DESEO

SARA ORWIG

NO SOLO NEGOCIOS

Editado por Harlequin Ibérica.
Una división de HarperCollins Ibérica, S.A.
Avenida de Burgos, 8B - Planta 18
28036 Madrid
www.harlequiniberica.com

© 2025 Harlequin Ibérica, una división de HarperCollins Ibérica, S. A.
N.º 573 - 26.12.25

© 2010 Sara Orwig
No solo negocios
Título original: Tempting the Texas Tycoon

© 2010 Sara Orwig
Negocios… y amor
Título original: Marrying the Lone Star Maverick
Publicadas originalmente por Harlequin Enterprises, Ltd.
Estos títulos fueron publicados originalmente en español en 2010

I.S.B.N.: 979-13-7000-803-1
Depósito legal: M-19466-2025
Impreso en España por Liber Digital
Fecha impresión Argentina: 24.6.26
Distribuidor exclusivo para España: LOGISTA
Distribuidores para Argentina: Interior, DGP, S.A. Pienovi 211 - Avellaneda
Cap. Fed./Buenos Aires y Gran Buenos Aires, VACCARO HNOS.

MIXTO
Papel | Apoyando la
silvicultura responsable
FSC™ C134275

Prólogo

–Por ti, padre –dijo Noah Brand, levantando la copa de Dom Pérignon.

–Feliz cumpleaños –Jeff también levantó la suya.

Los dos hermanos gemelos eran exactamente iguales; pelo negro y copioso, ojos grises, rasgos vigorosos y una estatura imponente.

Sin embargo, la personalidad de Jeff se dejaba ver en su ropa texana y en sus botas camperas.

–Gracias, chicos. Quería hablar un momento en privado con vosotros antes de reunirnos con los demás –Knox bebió un sorbo y miró fijamente a sus hijos.

Noah estaba preocupado porque la salud de su padre ya no era lo que solía ser en el pasado.

Una suave brisa entró por la puerta abierta. Era cuatro de marzo y Dallas ya mostraba los primeros signos de la primavera.

–Tenéis treinta y cuatro años –dijo Knox, mirando a su hijo Noah, que se sintió especialmente aludido–. Pero no veo que ninguno de los dos vaya en serio con una mujer.

Al oír las palabras de su padre, Noah se relajó un poco. Una vez más, sólo trataba de meterse en la vida de sus hijos y, como siempre, Jeff lograría desviar su atención hacia otro tema.

–Estáis en lo mejor de la vida. A mí se me acaba el

tiempo, al igual que a vuestra madre. A los dos nos gustaría veros sentar la cabeza.

–Papá, maldita sea –dijo Jeff.

Knox agitó la mano.

–Dejadme terminar. Sé que no puedo obligaros a que os caséis. Sé que a ambos os gustan mucho las mujeres y que habéis tenido relaciones serias, pero las cosas nunca han llegado lejos, ni han durado mucho. Ni siquiera habéis traído a una chica esta noche.

–Esto era algo familiar –dijo Jeff mientras Noah se preguntaba si su hermano se pasaría toda la vida llevándole la contraria a su padre.

–Lo único que quiero es que penséis en varias posibilidades, así que… Si alguno de los dos se casa en un plazo de un año, le daré cinco millones de dólares.

Noah no pudo esconder la sonrisa y Jeff se echó a reír a carcajadas, poniéndose en pie.

–Siéntate, Jeff. No he terminado. Y además, el que se case primero conseguirá dos millones más.

La sonrisa de Jeff se desvaneció.

–¿Es que vas a volver a ponernos a competir? –dijo, algo molesto.

Noah guardaba silencio.

–Sólo es un incentivo adicional. Dos millones no supondrán mucha diferencia para ninguno de vosotros. A los dos os ha ido muy bien sin mi ayuda.

–Bueno, gracias, papá –dijo Jeff en un tono irónico, levantándose de nuevo de la silla–. Voy a volver a la fiesta –dijo y se marchó a toda prisa.

Noah y su padre se miraron durante unos segundos.

–¿Esperas que yo sea el que consiga esos dos millones extra?

–Sé que eres competitivo –dijo su padre–. Y también dócil… Tu hermano es un rebelde.

Noah balanceó la copa que sostenía en la mano y se puso en pie.

–Papá, me gustaría haceros felices a ti y a mamá, pero el matrimonio es algo que ni siquiera me planteo.

–De alguna forma el matrimonio es una pequeña parte de la vida, Noah. El negocio del cuero consumirá una buena parte de tu vida. Tienes bastante dinero como para hacer lo que te plazca y hacer feliz a una mujer. Descubrirás que los hijos son una bendición… Son importantes. Busca a una mujer entre tus amigos, alguien con quien te lleves bien, y crea una familia. Nunca te arrepentirás.

–Me lo pensaré –dijo Noah–. Creo que tus invitados deben de echarte de menos, papá. Volvamos a la fiesta.

Knox avanzó hacia su hijo y juntos se dirigieron hacia la sala de fiestas.

Jeff estaba de pie en un rincón.

Noah fue hacia él.

–Una vez más quiere que nos piquemos el uno con el otro –dijo Jeff–. Bueno, hermanito, esta vez tienes mi permiso para ganar. Yo me retiro de la competición.

Noah se echó a reír.

–Sinceramente, estaba dispuesto a dejarte ganar. Los siete millones para ti. No estoy en el mercado matrimonial y por mucho que quiera tener todo ese dinero en las manos, no me veo casándome. Ya sabes que siempre he dicho que no quiero casarme antes de los cuarenta. Además, no voy a buscar a alguien con quien casarme sólo porque puedo hacerla feliz. Ya tengo bastante con el trabajo.

Al oír las palabras de su hermano, Jeff casi se atragantó con la copa que se estaba bebiendo.

–¡Hijo de…! –exclamó, sin poder aguantar las risotadas–. Ya lo tenía todo pensado para hacerte caer. ¡Qué futuro! Igual que mamá y él; tan felices como ellos. Mamá se va de compras y de viaje cuando le place y a nosotros nos ha criado la niñera. Eso no es lo que yo quiero y no voy a casarme por satisfacerlos, ni tampoco por conseguir un premio. Siempre tiene que controlar nuestras vidas. No sé cómo soportas trabajar con él. Cuanto más os veo, más me gusta mi rancho.

–Los dos estamos tan ocupados que apenas nos vemos –Noah dejó la copa sobre la mesa–. Deberíamos saludar a la gente. ¿Por qué no comemos juntos un día, Jeff?

–Claro, si es que eres capaz de escaparte de Brand Enterprises un rato. Estaré aquí unos días más para asistir a la subasta de ganado. ¿Te viene bien el lunes a mediodía?

Noah asintió y se alejó.

Entre los invitados había varios clientes potenciales que no podía descuidar.

Capítulo Uno

El lunes por la mañana Emilio Cabrera sonrió con efusividad al ver a su nieta, que lo saludó con un abrazo cariñoso.

Faith hubiera querido poder ayudarlo más. Quería tanto a su abuelo.

–Buenos días.

–Ah, ¿cómo es que tengo una nieta tan preciosa? Ella sonrió.

–Gracias, abuelo. No lo dirás porque soy tu nieta, ¿verdad? –dijo Faith, bromeando y apartándose un mechón de pelo rubio de la cara.

–¿Pero qué pasa esta mañana?

Faith le enseñó una hoja de papel que había recibido de Angie Nelson, la secretaria-recepcionista.

–Por un lado, nos han vuelto a llamar de Brand Enterprises. No pienso volver a contestar a sus llamadas.

Emilio asintió.

–¿Es que no entienden que no voy a vender mi negocio familiar? Creen que soy demasiado viejo y que tengo que dejarlo ya.

–No es eso, abuelo –dijo Faith. A ella no le gustaba que su abuelo hablara de hacerse mayor–. Siempre hemos sabido que andaban detrás de esta empresa desde sus inicios. Realmente no sé si eso es lo que empezó las disputas entre las dos familias, o si fue al revés, pero, lo que sí es cierto es que siempre han querido engullirnos.

–Las rencillas son tan viejas que ni siquiera yo puedo responder a tu pregunta con exactitud. Pero lo que sí sé es que tanto mi abuelo como mi padre tuvieron que enfrentarse a los Brand. Muchos edificios y camiones resultaron dañados, e incluso tenemos algunos agujeros de bala en la parte de atrás de este edificio. No mandaron a nadie a la tumba, pero las cosas llegaron muy lejos en ocasiones. Los enfrentamientos violentos terminaron con mi padre y, desde entonces, todo ha estado más o menos tranquilo. Sin embargo, ahora hay mucho resentimiento. Los Cabrera les echan la culpa a los Brand, y lo Brand les echan la culpa a los Cabrera. No podía ser de otro modo. Pero no te preocupes por estas cosas. A mí no me importa tener que volver a decirles que no.

–Voy a ocuparme personalmente de este asunto para que no tengas que volver a tratar con ellos –dijo la joven–. Yo trataré con los Brand, o mejor, los esquivaré. Ya nos han hecho perder bastante tiempo.

–Cuando entré, te vi mirando los libros. ¿Qué tal nos fue el mes pasado? –preguntó el anciano.

–Aún no he pedido que hagan un recuento final –dijo ella, intentando no dar detalles hasta haberlo comprobado una vez más.

No obstante, ella sabía que las ventas seguían bajando.

–¿No has hecho el recuento o es que no quieres preocupar a tu abuelo? –le preguntó él, guiñando un ojo.

Aunque estuviera a punto de cumplir setenta y nueve años, el viejo Emilio Cabrera aún conservaba algo de cabello negro, mezclado con hebras color plata. Él era un artesano nato, un auténtico maestro de los que ya no quedaban.

–Sé que puedes encajar la verdad sobre Cabrera Custom Leathers, y estoy segura de que aún no hemos llegado a los números rojos.

Asintiendo con la cabeza, el anciano se apartó un poco.

–No sé qué haría sin ti, pero desearía que no hubieras tenido que dejar tu trabajo en los grandes almacenes.

–Ya hemos hablado de eso, abuelo –dijo ella, sonriendo.

Emilio Cabrera dejó la habitación y Faith volvió a sentarse y siguió trabajando, pero, unos minutos más tarde, volvieron a llamar a la puerta.

–Entra, Angie –dijo, preguntándose qué había causado la cara de susto de la recepcionista.

–Faith, he salido a recoger el correo, y he visto una limusina aparcada delante de la puerta. En ese momento se estaba bajando un hombre trajeado.

–¿Una limusina en esta zona industrial de la ciudad? Eso es incluso más raro que lo del traje.

–Eso pensé yo. No vaqueros y camperas precisamente.

–Imagino que serán los Brand, de nuevo –dijo Faith mientras pensaba a toda velocidad–. Gracias, Angie. Voy a escabullirme por la puerta de atrás. Además, tengo algunas cosas que hacer. No quiero hablar con otro empleado de la empresa Brand, ni siquiera con el mismísimo Noah Brand –dijo, recordando la gran sorpresa que se había llevado una semana antes.

El director de Brand Enterprises la había llamado, pero ella no había respondido.

–Entretenlo un poco hasta que me haya ido. Llevo el móvil encima. Puedes decirle que no me encuentro aquí. Hace tiempo que dejaron de intentar hablar con el abuelo, así que no preguntarán por él –agarró el bolso y un libro a toda prisa y se dirigió hacia la puerta–. Mil gracias, Angie.

Cerrando la puerta con discreción, Faith salió al estrecho callejón, pero, de pronto, vio una sombra por el rabillo de ojo.

Rápidamente se dio la vuelta y se encontró con unos intensos ojos grises que la miraban con gesto divertido.

Por muy increíble que fuera, tenía delante al mismísimo Noah Brand.

–Señorita Cabrera –le dijo con una voz profunda y misteriosa–. Soy Noah Brand –le ofreció la mano.

–Señor Brand –dijo ella y le estrechó la mano con reticencia.

–Siento entretenerla –dijo–. Parece tener mucha prisa.

–Yo…

–He tratado de ponerme en contacto con usted en varias ocasiones, pero, no lo he conseguido. Por supuesto, de haber sabido lo hermosa que es la más joven de los Cabrera, hubiera insistido más.

–Señor Brand… –dijo Faith, sintiendo cómo se le ruborizaban las mejillas.

–Llámame Noah, Faith –dijo él.

Ella retiró la mano inmediatamente.

–Nuestras familias tienen una larga historia y me sorprende que no nos hayamos visto antes. Los Brand y los Cabrera son dos dinastías legendarias.

–Y los Brand siempre han intentado ganar la partida. Su familia siempre ha tratado de pasar por encima de la mía, pero, no han tenido mucha suerte –dijo ella.

Él sonrió levemente.

–¿Me está diciendo que su familia es muy testaruda? –le preguntó, en un tono de broma.

–No, sólo digo que nos gusta lo que hacemos y nos interesan las competiciones.

Noah Brand soltó una carcajada.

–Tal y como yo lo veo, usted se ocupa de los negocios en lugar de su abuelo. Me gustaría charlar con usted acerca del futuro de su empresa y quisiera hacerle una oferta. Tal vez le interese.

Exasperada, Faith lo miró de frente.

Su corazón palpitaba a un ritmo acelerado.

–Claro –dijo, sin pensar.

Y un segundo más tarde se dio cuenta de que acababa de sucumbir al poderoso efecto de su hechizo.

–Pero no en este momento –añadió para remediarlo.

¿Qué le había ocurrido? ¿Cómo había podido dejarse deslumbrar por un rasgo tan superficial como la apariencia de aquel hombre?

–¿Y si cenamos esta noche? –sugirió él, dando un paso adelante–. A lo mejor le gusta lo que tengo que decirle. Su abuelo sacaría un gran beneficio.

–Dadas las circunstancias, ¿no cree que una cena es una forma muy poco convencional de hacer una propuesta de negocios? Su familia lleva varias generaciones detrás de nuestro negocio de pieles, pero los Cabrera nunca hemos cedido. Y eso no ha cambiado.

–Ni siquiera sabe lo que voy a decirle. ¿No siente nada de curiosidad?

–Creo que ya puedo imaginármelo. Dudo mucho que las cosas hayan cambiado desde la última vez que convencieron a mi abuelo para que se reuniera con ustedes.

–A lo mejor ahora todo les parece distinto. Y su abuelo ha trabajado mucho. Ya es hora de que tenga el descanso que se merece.

–El abuelo no tiene ganas de retirarse. Hace lo que más le gusta en el mundo –dijo ella, en un tono más áspero–. Gracias por la invitación –añadió, yendo hacia el coche, que estaba aparcado junto a la puerta trasera–. Ahora no puedo hablar de negocios. Tengo un compromiso –dijo con sequedad.

Abrió el coche, y entonces Noah le abrió la puerta con caballerosidad.

Faith levantó la vista y se encontró con una sonrisa radiante.

–Cuando mi abuelo esté listo para hablar, lo llamaré, señor…

–No –dijo él, sacudiendo la cabeza–. Y… llámame Noah, Faith.

Al oírle pronunciar su nombre sintió un cosquilleo en el estómago.

–Ha sido un placer –dijo finalmente, subiendo al coche y cerrando la puerta.

Noah la observó un instante con gesto relajado y autosuficiente; una mano en un bolsillo.

Su pose no se parecía en nada a la de un hombre de negocios cuya propuesta había sido rechazada. Nada más lejos…

Se comportaba como si ya fuera dueño de la empresa de su abuelo y ella sabía muy bien que aquello no había hecho más que empezar.

Furiosa consigo misma por haberse dejado impresionar, arrancó el vehículo y salió a toda prisa.

El imperio Brand quería tragarse a la pequeña empresa familiar de su abuelo.

¿Pero por qué tanta insistencia?

No lo sabía con certeza, pero sí sabía que la calidad de las pieles Cabrera era muy superior a la de la multinacional Brand Enterprises. Las botas y demás artículos que producía su empresa familiar eran confeccionados de manera artesanal y gozaban de un gran prestigio entre grandes celebridades, presidentes, miembros de la realeza, estrellas del celuloide, magnates del petróleo y muchas otras personalidades.

Cabrera Custom Leathers era un manjar suculento que los tiburones de los Brand no estaban dispuestos a dejar escapar, pero su abuelo, al igual que su padre y que su tatarabuelo, se negaba a vender, y ella no podía sino apoyarle en su empeño.

Sin embargo, no podía evitar pensar en la invitación.

De no haberse tratado de Noah Brand, sin duda hubiera aceptado sin pensárselo dos veces, pero, tal y como estaban las cosas, ese hombre era la última persona en la Tierra con la que quería salir a cenar.

Noah la vio marcharse con una sonrisa en los labios. Nadie le había dicho que Faith Cabrera era una mujer arrebatadoramente hermosa.

Pero lo que sí sabía era que estaba soltera, que tenía treinta años y que se negaba a vender porque su abuelo no quería dejar el negocio.

De camino al coche, se preguntó si el director de

marketing habría vuelto a las oficinas de Brand Enterprises en la limusina.

La treta había funcionado como esperaban. Por lo menos había logrado hablar con ella.

Paciencia y tiempo...

Eso era todo lo que necesitaba.

Al final conseguiría hacerse con Cabrera Leathers; al fin y al cabo la pequeña empresa de Emilio Cabrera no era más que otro negocio familiar en su punto de mira, igual que todos los demás que habían sido absorbidos por el coloso Brand Enterprises.

Sin poder quitarse aquellos ojos azules de la cabeza regresó al complejo de edificios que albergaban las oficinas de la multinacional de su familia.

Faith Cabrera era una belleza. No había ninguna duda al respecto. Y por muy hostil que se mostrara, al final terminaría sucumbiendo, como todas las demás.

Entró en su despacho, situado en el último piso de uno de los edificios de veinte plantas, se sentó frente al escritorio y se dispuso a comprobar los mensajes del buzón de voz.

De pronto alguien llamó a la puerta con unos sutiles golpecitos.

Era Holly Lombard, su asistente personal; una secretaria tradicional, conservadora y tan motivada como él.

—Dime que has podido hablar con uno de los Cabrera —le dijo ella, sentándose enfrente.

—Sí —dijo él—. Y buenos días para ti también. ¿Qué tal te va con tu prometido? Cuando te vi el viernes pasado, me dijiste que creías que estaba a punto de poner una fecha.

Ella sonrió.

–Sí. De hecho, así fue. Doug y yo nos vamos a casar en diciembre.

–Enhorabuena –dijo Noah, mirándola un instante–. Falta mucho todavía.

–Estamos muy ocupados y él tiene algunos proyectos que poner en marcha, así que lo hemos fijado para diciembre. Bueno, y ahora háblame de los Cabrera. ¿Con quién hablaste? Déjame adivinar. La nieta…

–Chica lista. Hablé con Faith Cabrera. No conseguí mucho, pero por lo menos la conozco y no me daré por vencido. Al final conseguiré hablar con ella –dijo él, esperando que eso ocurriera pronto.

–Esa chica es una ganadora. Llegó a ser la compradora principal en la corporación de venta al por menor con la que trabajaba. Es brillante.

–A lo mejor podré contratarla. Quiero conocer los métodos artesanales del abuelo, su pericia y su experiencia. Y también podría usarla a ella.

Holly sonrió.

–Sé lo mucho que te gustan los retos –deslizó una carpeta sobre el escritorio–. Necesito que firmes estas órdenes de compra.

–A ver… –dijo él, agarrando los documentos–. Conciértame una reunión con nuestro director de marketing. Quiero que me ponga al día sobre el acuerdo para comprar la empresa de curtido de pieles de El Paso.

–Muy bien –dijo Holly.

Esperó a que firmara los documentos y entonces se retiró a su puesto de trabajo.

Una vez solo, Noah se puso a trabajar, pero, una y otra vez, sus pensamientos volvían a Faith Cabrera.

¿Cómo iba a acercarse a ella de nuevo?

A mediodía se marchó de las oficinas. Había quedado con su hermano Jeff para comer.

Nada más entrar en el restaurante, le vio sentado en una mesa.

La camarera que le había recibido le acompañó hasta su asiento con una sonrisa.

–Me había confundido, señor Brand. Pensaba que era usted.

–A mí nunca me verás con vaqueros y camperas. Pero mi hermano es un cowboy –dijo Noah, acostumbrado a oír el mismo comentario una y otra vez.

Siempre le sorprendía que la gente pensara que eran iguales porque en realidad no lo eran. Jeff era el rebelde aventurero, mientras que él era mucho más conservador.

Le estrechó la mano a su hermano y tomó asiento frente a él.

–Podríamos haber comido en mi despacho.

–Me alegro de que no lo hayamos hecho. No quiero encontrarme con papá. ¿Ya te has buscado una esposa? –le preguntó Jeff, en un tono jocoso.

Noah se echó a reír y sacudió la cabeza.

–Papá nunca se da por vencido cuando quiere algo. Tanto en los negocios como en los asuntos personales –dijo.

–Tienes toda la razón –dijo Jeff–. La otra noche pasó una hora intentando convencerme para que volviera al negocio.

–A mí me encantaría poder contar contigo –dijo Noah, sintiendo la vieja punzada de la rivalidad.

–Gracias, pero no. Pero a papá le entra por un oído y le sale por el otro. No sé cómo puedes soportar la vida corporativa. No sé cómo puedes tenerle contento todo el tiempo.

–No te creas. Estoy fallándole en lo que más le importa.

–Lo del negocio de los Cabrera. Papá quiere rendirse, pero él también falló en su día –Jeff hizo una pausa al ver acercarse al camarero, que les tomó nota y les sirvió agua fría.

En cuanto se volvieron a quedar solos, Noah volvió al tema.

–Parece que las cosas no han cambiado mucho, aunque ahora sea la nieta la que lleve el negocio. Ni siquiera quiere hablar conmigo.

Jeff dejó el vaso de agua sobre la mesa y se echó a reír.

–¿Una mujer que no quiere hablar contigo? ¿Está casada?

–No, no está casada. Y es impresionante.

–¿Y no quiere hablar contigo? –repitió Jeff, arqueando una ceja–. Bueno, me parece que no estás en tu mejor momento, hermanito. ¿Quieres que me ponga un traje y que te consiga una cita?

–No te eches tantas flores –dijo Noah, acostumbrado a las fanfarronadas de Jeff–. Conseguiré esa cita tarde o temprano –añadió y guardó silencio al ver acercarse al camarero, que les sirvió los emparedados de pollo y las ensaladas.

Comieron sin hablar durante unos minutos, pero finalmente Jeff bebió un sorbo de agua y miró a su hermano con una sonrisa radiante.

–¿A qué viene esa sonrisa? –le preguntó Noah.

–Acabo de encontrar una manera para que pases toda una tarde con Faith Cabrera, si es que tanto lo deseas. Claro que… si ves que no vas a dar la talla y la chica está tan bien, siempre puedo ir en tu lugar.

—No lo hacemos desde que éramos críos. ¿Por qué no me explicas cómo puedo pasar una tarde con ella?

—Tengo una amiga que la conoce. ¿Te acuerdas de Millie Waters? Me ha dicho que Faith Cabrera va a participar en una subasta de solteras este fin de semana. Es el viernes por la noche.

—Una subasta de solteras —dijo Noah, pensando en las posibilidades—. No parece de ésas, pero es publicidad gratis y su negocio no anda muy bien que digamos.

—A lo mejor no anda muy bien y es un poco anticuado, pero todavía hacen las mejores botas del mundo. Soy un traidor. Tengo ocho pares.

—Maldita sea, les haces publicidad gratis. Traidor.

—Cada día te pareces más a papá. Considéralo investigación competitiva. El viejo Cabrera sí que sabe cómo hacer botas perfectas. Y Brand Enterprises debe de darle escalofríos. Una gran multinacional gigante con una potente red de distribución —Jeff dejó el sándwich sobre el plato—. Creo que tengo una entrada en el bolsillo. Le compré una a Millie. Tenía cuatro más para vender.

—Entonces puedo comprarle una.

—No hace falta —dijo Jeff, rebuscando en su bolsillo.

Un segundo más tarde, arrojó una entrada roja sobre la mesa.

—Te invito. Seguro que será una velada interesante. Si ganas la puja, Faith Cabrera tendrá que ser un poco más amable contigo.

—Gracias —dijo Noah. Al recoger la entrada y leerla, levantó una ceja–. Déjame que te pague. Es un acuerdo de mucho dinero. Estas entradas cuestan una pequeña fortuna.

–Olvídalo –dijo Jeff–. La investigación contra el cáncer es una buena causa. Gástate una pequeña fortuna en comprar a la señorita Cabrera y, después, todo depende de ti –dijo Jeff, sonriendo con picardía.

–Eso haré –dijo Noah, sonriendo también.

–A lo mejor no deberías hacerte ilusiones. Quizá sea más fría que el hielo.

–Ya veremos. Gracias por la entrada.

–Estoy buscando un nuevo camión y esta noche voy a cenar con el tío Shelby.

–Estuvo unos veinte minutos en la fiesta de papá, y entonces se fue.

–Las cosas nunca cambiarán entre ellos –dijo Jeff–. Por mucho que a nuestro tío le encante Europa, nunca ha perdonado a papá por haberle enviado a ocuparse de las filiales europeas.

–El tío Shelby se la tiene bien guardada –dijo Noah.

–Pero ésa no es nuestra guerra –dijo Jeff–. Tengo que irme. Gracias por la comida.

–Gracias por la entrada de la subasta. Creo que va a ser un placer ir en tu lugar.

–Que lo disfrutes –dijo Jeff y se marchó entre risas.

Después de comer Noah regresó a su despacho. Todavía faltaba mucho para el día de la subasta, pero, si todo salía como esperaba, lograría hacerle una propuesta a Faith Cabrera y, con un poco de suerte, lograría hacerse con el negocio de su abuelo.

Un buen trato de negocios…

Capítulo Dos

Con mariposas en el estómago, Faith se alisó la falda de cuero beige y se miró en el espejo desde diversos ángulos. El dobladillo terminaba justo por encima de la rodilla y la chaqueta de cuero a juego le quedaba como un guante.

–Espero que con este traje las botas resalten más –dijo, mirando sus elegantes botas Cabrera.

–Todo el mundo reparará en tus botas –dijo Angie–. Estás fabulosa.

–Gracias, Angie –dijo Faith, ajustándose el cinturón de cuero y mirándose de nuevo–. Ya estoy lista.

–He comprobado que las participantes llevan botas Cabrera. Por nuestra parte está todo hecho –le aseguró Angie, dando un paso atrás–. Y espero que consigas un galán apuesto que te haga pasarlo bien.

–Mi amigo Hank me dijo que pujaría, y Rafe Hunter, el amigo de mi primo, estará aquí para empezar la puja si Hank no llega a tiempo –dijo Faith, atusándose su larga cabellera rubia–. ¿Me puedes arreglar el pelo por detrás, Angie?

–Lo tienes perfecto.

–Gracias por tu ayuda esta noche.

–De nada. Buena suerte. Déjalos K.O.

–Gracias de nuevo, Angie –dijo Faith, arrugando la nariz y deseando que el fin de semana llegara a su fin.

Se sentía como una universitaria a punto de acudir a su primera cita a ciegas, pero estaba dispuesta a seguir adelante por una buena causa. La publicidad le vendría muy bien al negocio Cabrera y había muchas clientas potenciales entre las asistentes al evento.

Contenta de estar entre las primeras solteras que iban a ser subastadas, salió del vestuario y fue a reunirse con las demás participantes. La cegadora luz de los focos ocultaba al público y las mujeres que salían a subasta estaban apretadas entre bastidores.

Espléndida con un ceñido vestido verde que le encajaba a la perfección, Emma Grayson posaba en el escenario mientras tres hombres pujaban por ella.

Faith esperaba que Hank ganara la puja cuando le tocara el turno a ella. Su amigo no estaba interesado en ella como mujer, así que podrían pasar una velada tranquila y distendida.

Miró a la audiencia una vez más, pero las luces no la dejaron distinguir a los invitados.

Unos minutos más tarde un hombre ganó la puja por Emma. Andrew LaCrosse, el maestro de ceremonias, le hizo señas para que se acercara al escenario y la multitud le abrió paso, aplaudiendo con entusiasmo.

—¡Nuestro ganador, Luke Overland! Luke, ésta es Emma… Gracias por pujar —le dijo Andrew a Luke—. Otra ronda de aplausos para el señor Overland, por favor, por su generosa contribución a esta noble causa.

Los asistentes se deshicieron en ovaciones y Luke y Emma se despidieron del público saludando con la mano.

Mientras les veía bajar de la plataforma del escenario, Faith se dio cuenta de que había llegado su turno.

—Y ahora recibamos con un fuerte aplauso a nues-

tra soltera número cinco, la señorita Faith Cabrera
–dijo Andrew.

Mientras la audiencia aplaudía y Andrew leía una
breve reseña de su biografía, ella salió al escenario, saludando y sonriendo.

–Gracias. Es un placer estar aquí –dijo, volviéndose hacia Andrew.

–Y esta noche lleva un par de botas Cabrera, hechas
por la prestigiosa firma de su familia, que lleva lide-
rando el mercado de la marroquinería desde 1882. Su
cinturón también es de Cabrera, y también ese maravilloso traje que lleva puesto. Cuero de primera calidad, y unas botas magníficas, hechas a mano y confec-
cionadas con el máximo esmero, señoras y señores.
Esta noche tenemos mucho que agradecerle, señorita
Cabrera, aparte de su propia participación en la subasta. Cabrera Custom Leathers ha tenido la gentileza
de donar una colección de botas y cinturones que las
solteras llevarán esta noche.

Andrew hizo una pausa mientas los asistentes
aplaudían y ovacionaban a la joven Cabrera.

–Empecemos la subasta con dos mil dólares –dijo
finalmente, cuando la multitud guardó silencio–. Dos
mil dólares, dos mil, por una tarde-noche de sábado
en compañía de la señorita Faith Cabrera.

–Tres mil –dijo un hombre.

Faith enseguida reconoció la voz de Hank y sonrió
de oreja a oreja. Era un alivio oírle pujar por ella.

Hasta ese momento, la máxima puja había sido de
ocho mil quinientos dólares, pero a ella no le importaba que su amigo fuera el único que pujara por ella.
De hecho, estaba segura de que todo terminaría en
menos de un minuto y ya esperaba con ilusión la lle-

gada del sábado. Una apacible velada en compañía de Hank era justo lo que necesitaba.

–Tres mil, tres mil… ¿Alguien da más, señores?

–Veinticinco mil –dijo otra voz, causando una exclamación conjunta entre los asistentes.

Faith perdió la sonrisa de inmediato. ¿Quién podía estar dispuesto a ofrecer semejante suma por ella? Era una locura.

Se echó a reír al tiempo que la audiencia rompía a aplaudir. Andrew agitaba las manos con un gesto de euforia.

De pronto, un temido fantasma tomó forma en la memoria de Faith.

Tenía que ser Noah Brand…

–No… –susurró, presa de la desesperación.

Ya no quedaba ni rastro de su sonrisa, pero no podía hacer nada para remediarlo. Toda una tarde y una noche en compañía de Noah Brand.

Respiró hondo y rezó porque alguien hiciera otra puja.

¿Pero quién hubiera podido superar una suma tan desorbitada?

Imposible.

Noah Brand tenía un objetivo y no se detendría ante nada.

Faith apretó los puños y esbozó una plástica sonrisa.

–Señoras y señores, creo que el caballero de los veinticinco mil dólares ha ganado la subasta –anunció Andrew–. Pero, para hacer las cosas bien, voy a preguntar por última vez… ¿Alguien da más? Veinticinco mil… Adjudicado –dijo, golpeando el martillo sobre la mesa con energía.

La audiencia rompió a aplaudir.

–¿Señor, sería tan amable de acercarse al escenario?

Un gran silencio se cernió sobre la multitud, que sentía gran curiosidad por saber quién había ofrecido tanto dinero.

Un torrente de rabia recorrió las entrañas de la joven y sus mejillas se incendiaron por dentro al verle emerger de entre el público.

Subiendo al escenario, le estrechó la mano al presentador de la subasta y entonces se volvió hacia ella para ofrecerle la mano.

Durante un efímero instante se taladraron con la mirada y entonces ella no tuvo más remedio que darle la mano.

Andrew estaba pletórico.

–Noah Brand es nuestro gran benefactor. Gracias a los dos. A Faith por participar y a Noah por su generoso regalo.

Los invitados aplaudieron una vez más, pero Faith apenas los oía.

–No, no, no… –susurraba en un hilo de voz, sabiendo que nadie podría oírla con tanto ruido.

Dieron media vuelta y abandonaron juntos el escenario.

–Estoy encantado de haber ganado la puja, pero parece que a ti no te hace mucha gracia –dijo Noah.

–Ya sabes lo que pienso de esto. Ya tienes lo que querías. La cita será una reunión de negocios.

–Al contrario –dijo él, mirándola fijamente–. Dejaremos los negocios a un lado por un rato. Por lo que a mí respecta, ésta es la última vez que hablamos de negocios este fin de semana.

Faith lo miró con recelo.

Entraron en el *backstage*, donde los esperaba un hombre sentado detrás de un escritorio.

Tenía un libro de contabilidad en la mano.

–Enhorabuena a los dos –dijo Terry Whipple–. Esta noche han conseguido una enorme suma –le dijo a Faith y entonces se volvió hacia Noah–. Y a ti, Noah, gracias por tu generosa donación a una buena causa.

–Estoy deseando conocer a Faith –dijo Noah, mirándola a ella mientras hablaba con Terry–. Y creo que ésa es una buena causa.

–Bien, bien –dijo Terry, abriendo el libro de contabilidad.

Noah se sacó un cheque de un bolsillo y se apoyó en la mesa para rellenarlo.

Mientras escribía, Faith lo observó con atención. Su cabello negro y copioso era ligeramente ondulado. Nariz recta, pestañas tupidas, y unos ojos agudos, penetrantes y eróticos…

Faith sintió un cosquilleo en el vientre que no podía controlar. Siempre que estaba cerca de él tenía la misma sensación.

–Gracias, Noah –dijo Terry, sonriendo de oreja a oreja y dándole un recibo a Noah–. Gracias de nuevo, Faith, por todo lo que has hecho. Y ahora tenéis toda una velada por delante para llegar a conoceros mejor. Podéis hacer lo que queráis, depende de vosotros. Eso ya no es parte del espectáculo. Pero mañana, Faith, necesitamos que estés disponible a partir de las tres y durante toda la tarde-noche. La mayoría de las parejas asistirán a la cena y al baile mañana. Pero eso es cosa vuestra. Y el sábado a medianoche termina tu compromiso, Faith. Que lo paséis bien.

–Tomemos una copa mientras hacemos planes –dijo Noah, agarrándola del brazo.

Faith sabía que era inútil protestar, así que se despidió de Terry y accedió a acompañarle hasta una apartada mesa.

Nada más sentarse, pidió un Martini.

–Mañana... ¿Por qué no te recojo a las tres? Podemos volar hasta mi yate, que está en el golfo. Podemos navegar, salir a nadar... lo que queramos. Más tarde, asistiremos al baile y a la cena, como sugirió Terry.

–A pesar de tu generosa contribución, debes saber que no me hace mucha ilusión todo esto.

Él sonrió y sus ojos destellaron.

–Ya trataré de conquistarte mañana. Con un poco de suerte, hasta podrías pasarlo bien.

El camarero les llevó las bebidas y Faith bebió un sorbo de su copa.

–¿Y qué me cuentas de ti, Faith? Los detalles que dio Andrew no me dijeron mucho –dijo Noah–. Una familia prominente, raíces texanas. Has tenido mucho éxito en el área del marketing y de los negocios, pero lo dejaste todo para ayudar a tu abuelo con el negocio del cuero.

Ella asintió.

–Perdí a mis padres y mi abuelo es la única familia que me queda, así que decidí ocupar el lugar de mi padre. Él conocía muy bien todo el proceso del curtido de pieles, pero terminó haciéndose cargo de toda la parte de los negocios también.

–Siento mucho lo del accidente de tus padres. Creo que os enviamos un mensaje en aquel momento... ¿Vives con tu abuelo? –le preguntó de repente y sonrió.

–No –dijo ella–. Tiene empleados que lo ayudan en todo. Bueno, ya veo que vas a por todas. Buena estrategia de interrogatorio... Pero yo no sé casi nada de ti. Eres el director general de Brand Enterprises y la empresa de tu familia siempre ha querido comprar la de la mía, pero nosotros no tenemos intención de vender –añadió, reprimiendo las ganas de insultarle de una forma más explícita.

Él sonrió.

–Me da la sensación de que no has dicho todo lo que querías decir.

Faith sintió cómo se le ruborizaban las mejillas.

–Ah, esas mejillas te delatan. Sólo espero que mañana no albergues los mismos pensamientos.

Faith bebió un poco de Martini y le rehuyó la mirada durante un instante. Lo único que deseaba en ese momento era escapar de aquel hombre inquietantemente turbador.

Noah Brand no era un enemigo cualquiera.

–Vamos, Faith, dime en qué estás pensando –le dijo él, en un tono conciliador.

–Tendré que fingir mejor la próxima vez –dijo ella–. Ya me has ganado un par de veces.

Los ojos de Noah emitieron un destello de picardía.

–Siempre intento salirme con la mía.

–Vaya, ya veo que la modestia no es lo tuyo. ¿Acaso no te sales siempre con la tuya? –le preguntó Faith, pensando que él debía de creerse invencible.

–Claro que no. No pude cuando te conocí. Quería que cenaras conmigo el lunes por la noche.

–Un pequeño retraso. Vamos a salir el sábado. Yo diría que al final sí que te has salido con la tuya.

–Bueno, en cualquier caso no siempre es así. Pero últimamente casi siempre consigo lo que quiero –añadió con una sonrisa y ella no pudo sino devolvérsela–. Y tú eres hija única, así que seguro que te sales con la tuya muy a menudo.

–Puede ser –dijo ella, bebiendo un poco de Martini–. Y los dos estamos empeñados en…

Él le puso la punta del dedo sobre los labios.

–Sh. No lo digas. Este fin de semana nada de hablar de negocios, ¿recuerdas?

Faith sintió un cosquilleo en los labios y por un momento olvidó lo que iba a decir. El tacto de su mano la hacía pensar en sus besos aunque no quisiera.

Al darse cuenta de que estaba mirando su boca, levantó la vista bruscamente, pero ya era demasiado tarde. Él la miraba con ojos burlones.

–Esas mejillas rojas te delatan de nuevo –dijo tranquilamente–. Y yo me preguntaba lo mismo que tú. Tendremos una respuesta antes de que el día termine –cambió de postura y de tono de voz–. Bueno, dime, ¿qué es lo que te importa de verdad, Faith? ¿Cómo te ves dentro de diez años?

–Me veo como una persona que ha tenido mucho éxito. Con un poco de suerte, mi abuelo aún seguirá conmigo. Él es lo más importante en mi vida. Dentro de diez años, espero tener una familia, pero si no la tengo, no hay ningún problema. ¿Y qué me dices de ti?

–Ya sabes qué es lo que más me importa ahora, pero, ¿dentro de diez años? A lo mejor para entonces me habré casado. Espero que mi empresa haya crecido mucho para entonces, espero ser más hábil cerrando acuerdos de negocios, aumentar mi red de contactos… En fin, cosas sencillas –añadió.

Faith sonrió.

–Muy bien. Uno o dos billones más, más bienes materiales, y una vida absolutamente egocéntrica.

–¡Vaya! Haces que parezca un egoísta empedernido.

–Sólo repito lo que me has dicho. Por lo menos eres sincero.

–He donado veinticinco mil dólares a una buena causa esta noche. Creo que eso también debería contar a mi favor.

–Sólo lo has hecho por conseguir hablar conmigo. ¿Lo has hecho alguna otra vez?

–Creo que mañana tendré que esforzarme mucho para hacerte cambiar de idea respecto a mí. Otro desafío más. ¿Sabes qué? A menos de diez metros de nosotros hay gente bailando –le dijo en un tono ligeramente irónico–. ¿Por qué no bailamos?

Sin esperar una respuesta se puso en pie y la agarró de la mano, así que Faith no pudo sino aceptar.

Sin embargo, cuando la atrajo hacia sí, ella trató de mantener las distancias.

–¿Cómo te enteraste de lo de la subasta? –le preguntó, tratando de ignorar la extraña sensación que recorría su cuerpo al tenerle tan cerca.

–Mi hermano me dio la entrada –le dijo él.

–No me digas que todo fue de casualidad.

–No. Lo tenía planeado y me alegro de haberlo hecho. Me gusta tu perfume.

–Gracias –dijo ella–. Ya veo que se te dan muy bien los halagos –añadió, pensando que debía de deshacerse en elogios con todas las mujeres con las que salía.

Continuaron bailando y hablando hasta que terminó la canción y después regresaron a la mesa.

Él era un buen conversador y al final logró cautivarla con numerosas anécdotas que los mantuvieron ocupados durante un largo rato.

Cuando Faith miró a su alrededor se dio cuenta de que la mayoría de los invitados ya se había marchado.

Miró el reloj y levantó la vista con ojos de sorpresa.

–¡Dios mío! La una de la mañana. Tengo que irme a casa.

–No te espera nadie. Me dijiste que no vivías con tu abuelo y, por lo que me has dicho, no tienes compromisos.

–Hoy me levanté a las tres de la mañana y ayer también. Creo que ya es hora de irse a casa.

–¿A las tres de la mañana? –Noah la agarró del brazo–. Entonces sí que tienes que irte a dormir. ¿Por qué no me lo dijiste antes?

–Lo estaba pasando bien –respondió ella en un tono jovial–. ¿Quieres que te diga que me tenías tan cautivada que perdí la noción del tiempo?

Él sonrió.

–A lo mejor eso es exactamente lo que quería.

–Muy bien –dijo ella, mirándolo a los ojos–. Estaba tan interesada en tu conversación que me parece que han pasado sólo unos minutos. ¿Qué te parece así?

–Ojalá lo dijeras de verdad –dijo él, sujetándole la puerta para que pudiera pasar al tiempo que hacía una breve llamada por el móvil.

–Te recogeré por la mañana y te traeré aquí para que recojas tu coche. Es tarde. Te llevaré a casa.

–Creo que voy a aceptar tu oferta –dijo Faith, sabiendo que sería inútil discutir con él.

Una limusina negra se detuvo delante de ellos y el conductor se bajó para abrirles la puerta.

Ya en camino, ella sonrió.

–He conseguido olvidar nuestras diferencias durante toda la noche, pero ya sabes que sólo estamos retrasando lo inevitable –le dijo.

Él sacudió la cabeza.

–Recuerda… Nada de trabajo este fin de semana. Sólo somos un hombre y una mujer que quieren llegar a conocerse mejor.

Faith se encogió de hombros y miró por la ventanilla. Las casas se sucedían una tras otra a toda velocidad.

Noah Brand no había pagado veinticinco mil dólares por una cita. Estaba tras el negocio de su abuelo y tarde o temprano pondría en marcha su plan, fuera el que fuera.

Al llegar a su casa le dio el código de acceso y aparcaron en frente de su apartamento.

–¿Qué tal si nos vemos a las nueve? Así puedes dormir un poco más y después de invito a desayunar –dijo él.

La había acompañado hasta la puerta de su casa.

–A las nueve está bien, pero mejor nos saltamos lo del desayuno.

–Esta noche también ha pasado volando para mí –dijo él, acercándose un poco y rodeándole la cintura con el brazo.

El corazón de Faith comenzó a palpitar con más fuerza.

Las miradas, el baile, el tacto de sus manos… Todo había avivado el fuego que la consumía por dentro.

Deseaba que la besara con todas sus fuerzas, pero también sabía que no podía desearlo. Él era el enemigo.

–Faith, a lo mejor no tenemos por qué llevarnos

tan mal –dijo él tranquilamente, agarrándola con más fuerza.

Ella sabía que tenía que rechazarle, pero no fue capaz.

Deslizó las manos a lo largo de sus brazos y lo miró fijamente, entreabriendo los labios, preparándose para el beso que ya era inevitable.

Un torrente de deseo recorrió su cuerpo, llegando hasta los rincones más escondidos.

Sabía que iba a arrepentirse de ese beso prohibido, pero no podía parar. Quería que la besara toda la noche.

Enredando los dedos en su cabello fuerte y ondulado, se apretó contra él, gimiendo suavemente y sintiendo su prominente erección.

Él la acorraló contra la pared y la alzó en el aire, deslizando las manos por su espalda hasta agarrarla de la cintura.

Faith ya no podía aguantar más. Su respiración se hacía cada vez más entrecortada y los latidos de su corazón retumbaban por todo su ser.

Aunque supiera que tenía que parar, no era capaz de hacerlo.

Finalmente, le empujó en el pecho y él se detuvo, levantando la cabeza.

Se miraron durante unos segundos que parecieron una eternidad, y fue entonces cuando Faith se dio cuenta de que había cometido un error irremediable.

Ya no iba a ser capaz de olvidar ese beso, por mucho que lo intentara.

–Faith… –dijo él e hizo una pausa–. Te veo a las nueve.

Faith se preguntó si era eso lo que iba a decir al principio.

—Ha sido una velada muy agradable —añadió.

—Gracias —dijo ella—. Yo también lo creo —abrió la puerta y entró en la casa—. Buenas noches, Noah —cerró la puerta, apagó la alarma y miró por la ventana, para verle marchar.

Con los labios todavía hinchados a causa de sus besos, Faith se preparó para irse a la cama, pero, una vez se tumbó, no fue capaz de cerrar los ojos.

Se acostó boca arriba y fijó la vista en la oscuridad del techo.

El sueño no iba a llegar, pero en su lugar creció un sentimiento de exasperación.

Estaba confusa y furiosa consigo misma. ¿Cómo era posible que no pudiera sacarse a Noah Brand de la cabeza?

Seguramente a esas alturas él debía de estar celebrando el triunfo obtenido esa noche.

Noah se acomodó en el asiento de la limusina y revivió todo lo acontecido esa noche en el recuerdo. Faith Cabrera era una mujer hermosa, sensual y apasionada a la que deseaba con locura.

Lo había pasado mucho mejor de lo que esperaba con ella, pero al final tendrían que volver a hablar de negocios y entonces, inevitablemente, todo llegaría a su fin, pues sólo uno de ellos saldría satisfecho del acuerdo. Y ése iba a ser él.

Más tarde o más temprano, Faith Cabrera iba a caer rendida a sus pies y el negocio de su familia acabaría en sus manos…

Capítulo Tres

La cama estaba llena de vestidos; todos descartados a favor de una sencilla blusa verde de lino y unos pantalones color caqui.

Faith salió del dormitorio a toda prisa y fue a abrir la puerta.

–Buenos días –dijo Noah con una sonrisa.

Faith lo miró de arriba abajo con disimulo.

Llevaba una camisa de punto de manga corta que realzaba su torso moldeado y sus imponentes bíceps.

–Estás impresionante –dijo él, mirándola sin cohibirse.

–Gracias –dijo ella rápidamente, intentando sonar desenfadada y tranquila–. Voy a conectar la alarma y enseguida estoy contigo –añadió y unos segundos después salió nuevamente.

–¿Has dormido bien? –le preguntó él de camino al coche.

–Como siempre –dijo ella–. ¿Alguna vez os habéis intercambiado tu hermano y tú? –le preguntó, intentando cambiar la conversación.

–Claro. ¿Cómo podrían resistir la tentación un par de críos?

–¿Y entonces cómo sé que hoy estoy con Noah Brand y no con Jeff? –le preguntó ella, aunque supiera muy bien que no estaba con Jeff Brand.

–Te garantizo que estás con el auténtico y genuino

Noah Brand –dijo y le la abrió la puerta de su reluciente deportivo negro.

Faith sonrió.

–¿Pero cómo puedo estar segura?

–¿Quieres que te enseñe las cicatrices? –dijo él, bromeando.

–No. Déjalo.

–Somos muy diferentes. Lo sabrás cuando lo conozcas.

Ella lo miró un instante. No tenía intención de conocer a Jeff Brand, ni tampoco pensaba volver a verle a él más allá del fin de semana.

–Me sorprende que tu hermano no trabaje en el negocio familiar.

–Jeff odia el mundo empresarial.

Faith se sentó en el asiento y esperó a que él rodeara el capó y subiera por el lado del conductor.

–¿Entonces no hay mucha rivalidad entre tu hermano y tú?

–Yo no he dicho eso. Hay rivalidad cuando hacemos las mismas cosas, y puede que ésa sea la razón por la que decidió hacer otra cosa. Supongo que no entiendes muy bien la competición entre hermanos.

–Yo diría que, teniendo un hermano idéntico, es como si compitieras contigo mismo.

–No exactamente. Yo no soy Jeff y él no es Noah. Pero no te preocupes. Estás con quien debes estar.

–No me preocupo. Además, si tu hermano no está en la empresa, no tiene motivo alguno para salir conmigo.

Noah se echó a reír.

–Tendría el mejor de todos los motivos. A los dos

nos gustan las mujeres guapas. Si le dieras una oportunidad, saldría contigo enseguida.

Sus cautivadores ojos grises, su sonrisa contagiosa, su encanto... ¿Cómo iba a librarse del hechizo de aquel hombre?

Noah miró a su alrededor y la sorprendió observándolo.

—¿En qué estás pensando? —le preguntó, arqueando una ceja.

—Pienso en que realmente no hay forma de que podamos escapar de la enemistad entre nuestras familias. Ni siquiera sé cómo empezó todo. Y creo que mi abuelo tampoco.

—Yo me imagino que todo empezó por una competitividad dañina. El arte del curtido de pieles es una tradición artesana que se transmite de generación en generación, así que imagino que la enemistad debe de remontarse los inicios del curtido artesanal.

La atención de Faith estaba dividida; una parte para sus palabras y otra parte para sus increíbles ojos grises.

—Supongo que sí. Por mucho que intente recordar, no recuerdo haber oído nada bueno de los Brand en toda mi vida. E imagino que tú podrás decir lo mismo de los Cabrera. Las viejas rencillas son un muro entre nosotros. Nuestras familias se odian.

—Pero nosotros no tenemos por qué entrar en el juego. Y «odiar» no es la palabra adecuada. Yo sólo quiero comprar el negocio Cabrera.

—Pero creo que no te hacemos mucha gracia.

—Yo no diría lo mismo —dijo él con una voz cálida.

—A mi abuelo no lo soportas. Y ni siquiera te molestas en disimularlo.

–Las disputas pueden terminar con nosotros. Te prometo que no hay ni un solo átomo en mi cuerpo que no responda positivamente cuando estoy contigo.

Ella no tuvo más remedio que sonreír.

–Tenemos un trato. No se trata de negocios. Deberíamos aprovechar la ocasión para terminar con las rencillas.

–Me temo que no se pueden obviar los sentimientos familiares tan fácilmente –dijo ella–. Son más grandes que los intereses empresariales. Pero lo intentaré –Faith miró por la ventana un instante y se preguntó si realmente sería capaz de ignorar sus sentimientos–. Me dijiste que hace muchos meses que no sales a navegar. ¿Qué haces para relajarte?

–Trabajo. Estuve un par de semanas en Suiza el año pasado. Me gusta nadar y jugar al tenis. ¿Y tú?

–Paso mucho tiempo con mi familia.

–Eso suena como si no tuvieras muchas ganas de pasarlo bien hoy. Deja de pensar que soy Noah Brand. Hoy sólo soy un tipo con el que vas a salir. Te encantará navegar por alta mar y la costa se ve preciosa desde esa perspectiva. Además, podemos bucear un poco.

Faith se rió.

–Muy bien –dijo.

De pronto sintió una punzada de nostalgia. Si lo hubiera conocido en otras circunstancias quizás…

Él giró hacia el aparcamiento del club de campo y ella lo llevó hasta donde estaba su coche.

Después de aparcar, él le abrió la puerta del acompañante y la ayudó a salir.

–Volveré dentro de un par de horas, y ya estoy impaciente –dijo él en un tono bajo, mirando su boca.

Faith le devolvió la mirada y entonces recordó el beso apasionado que se habían dado el día anterior.

Sin ninguna duda volvería a sentir el roce de aquellos labios antes de que terminara el día…

Faith se preparó rápidamente y, como le sobraba algo de tiempo, llamó a Millie para contarle todo lo ocurrido.

–¿Jeff te pidió una entrada para Noah?

–No. Jeff me compró cinco entradas, pero no sé lo que hizo con ellas. ¿Lo pasaste bien con Noah la otra noche?

–Eso no viene al caso. Aunque haya prometido no hablar de negocios, yo sé que todo es una patraña.

–Olvídate de los negocios y pásalo bien. Tienes que aprovechar.

–Millie, ¿es que no recuerdas el importe de su puja? Él se lo toma muy en serio y estaba dispuesto a hacer cualquier cosa por hablar conmigo. Es evidente que tiene un objetivo que cumplir.

–Pues haz que se olvide de ese objetivo.

–Tengo que irme.

–Llámame cuando puedas y me cuentas cómo ha ido.

Sacudiendo la cabeza, Faith colgó el teléfono.

Quizá Millie tuviera razón. A lo mejor la forma de hacer negocios era olvidarse de los negocios, como había dicho Noah.

Puntual como un reloj, Noah tocó el timbre.

Faith se echó una bolsa al hombro y abrió la puerta.

–¿Te llevo algo? –le preguntó él y agarró un maletín que estaba en el suelo–. Vaya, mira eso –dijo, mirando más allá del vestíbulo.

Ella siguió la dirección de su mirada.

–Son fotos familiares.

–Es increíble –fue hacia ellas–. ¿De cuándo son? Son fotos muy antiguas.

–De cuando se hicieron las primeras fotos –Faith señaló una–. Ahí está mi tatara-tatarabuelo, en un vagón de tren.

–Ya veo que estás muy apegada a tu familia. Tienes una auténtica galería de fotos aquí. Yo ni siquiera sé el nombre de mi tatara-tatarabuelo –siguió mirando otras fotos–. ¿Y quién es éste?

–Mi abuelo cuando tenía diecinueve años. Era boxeador.

–Estoy impresionado. ¿Emilio era boxeador?

–Por poco tiempo, cuando era joven.

–Aquí están las oficinas de la empresa Cabrera hace muchos años –dijo Noah–. Interesante.

–Es el mismo edificio. Siempre lo ha sido. La familia es importante para mí.

–Ya lo creo. No sé si nosotros tenemos fotos tan antiguas –la miró fijamente–. No te sorprendas tanto.

–Es que no me lo puedo ni imaginar. No me extraña que las viejas rencillas entre nuestras familias te traigan sin cuidado. A ti no te importa el pasado.

–En realidad no. No me importa. Eso es historia.

–Es tu historia –dijo ella–. Sólo quieres el negocio de mi familia por motivos puramente económicos.

–Sí –dijo él, arqueando una ceja–. Si pensabas que estaba intentando acabar con las viejas disputas, estás equivocada. Hacéis el mejor cuero, las mejores botas y las mejores sillas de montar. Eso es lo que yo quiero; nada que ver con las viejas rencillas familiares.

Ella lo miró con ojos perplejos.

–No puedo entenderlo. Yo siento que formo parte de la historia de mi familia y por eso representa tanto para mí.

–Pues yo pienso todo lo contrario. A mí sólo me mueven los negocios. Y la ambición –dijo, sonriéndole y volviendo a mirar las fotos–. De todos modos, tengo que admitir que la curiosidad me pica. Nunca había reparado en el hecho de que mi familia tiene un pasado, una historia. Y creo que mis padres tampoco.

–Bueno, entonces creo que te has perdido algo muy importante.

–No lo creo –dijo él–. Ahora tenemos que irnos, pero quiero que algún día volvamos aquí y me cuentes toda la historia de estas fotografías.

–Cuenta con ello, Noah. A lo mejor así despierto tu curiosidad por tu propia familia. Mira esto es un daguerrotipo de mi tatara-tatara-tatarabuelo cuando llegó a Nueva York, desde España. Tenía diecisiete años y no hablaba inglés. Llegó a Texas cuando tenía veintitrés años. Ya te hablaré de los otros en otra ocasión.

–Eso es un trato –dijo él, echándose el maletín al hombro–. Conecta la alarma –le dijo y salió al exterior.

Un minuto más tarde salió Faith.

–Llegaremos enseguida y entonces te alegrarás de haber salido pronto. Te lo aseguro.

–Siempre estás muy seguro de ti mismo, ¿no?

Él sonrió de oreja a oreja y le abrió la puerta del coche.

–No creo que quisieras que fuera de otra manera.

Ella se rió a carcajadas mientras él dejaba los bultos en el maletero y subía al coche.

Durante el camino volvió a verse asaltada por las

dudas. ¿Acaso debía hacer lo que decía Millie? ¿Hacerle olvidar los negocios?

Pero… ¿podía hacerlo? ¿Quería hacerlo?

Mientras viajaban en su jet privado, contempló el paisaje urbano de la ciudad de Dallas por la ventanilla.

Aunque no le estuviera mirando, sabía que él la observaba con atención.

—Si nos conocieras bien ahora sabrías que no estás con Jeff. Él estaría pilotando el avión porque le encanta volar. Creo que se aficionó a ello por llevar la contraria a mi padre, que siempre se preocupaba mucho.

—Por lo que has dicho creo que tú te llevas mucho mejor con tu padre que tu hermano.

—Así es, pero prefiero no hablar de eso. Mi yate está atracado en Cozumel. He pensado que podemos tomar un aperitivo en el avión y después nos vamos a nadar antes de comer.

—Lo tienes todo planeado hasta el último detalle.

—Más o menos —contestó él—. Pero tú no pareces ser de las que lo dejan todo a la improvisación. ¿Me equivoco?

—Supongo que no, pero sospecho que tú y yo tenemos expectativas muy distintas respecto a este viaje.

—Las expectativas son una cosa, pero los resultados siempre son un gran interrogante. Y es por eso que estamos intentando conocernos mejor.

—Sin duda llegaremos a un conflicto de intereses que al final terminará pareciéndose a las viejas disputas entre los Brand y los Cabrera —dijo Faith, que no podía resistir la tentación de provocarle.

—Mi único interés este fin de semana es pasarlo bien en compañía de una rubia impresionante.

—Pero yo no sé si podré obviar el hecho de que te

llamas Noah Brand. A lo mejor puedes mostrarme tu cara más amable.

Un destello parpadeó en la mirada de Noah y entonces suspiró profundamente.

—Este fin de semana acaba de mejorar —dijo él en un susurro.

—Bueno, ya veremos qué pasa, ¿no? —dijo ella en el mismo tono.

A lo mejor lograría darle la vuelta a la situación; hacerle olvidar los negocios y darle una lección de humildad.

—Mis expectativas, que ya eran considerables, acaban de dar un salto notable —añadió él.

—Tus ojos grises te delatan.

—Y…

—Tendrás que esperar, Noah. No dejes que tus esperanzas te lleven por delante.

—Ya es demasiado tarde —dijo él, acercándose un poco—. Acabas de aumentar mis esperanzas de forma considerable.

—Noah, eres imposible.

—Tengo el mejor de los motivos para serlo.

Ella sonrió.

—Creo que, llegados a este punto, deberíamos pasar a un tema más neutral. ¿Cuál es tu pasatiempo favorito, de los que se pueden contar?

Él parecía divertirse con la situación.

—Que se pueda contar… El trabajo. Y si estoy trabajando, me gusta jugar al tenis. Ahora tienes que decirme cuáles son los tuyos.

—Me gusta la ópera. Voy siempre que puedo. Puccini es mi favorita. También me gusta leer y siempre estoy pendiente de mi familia. ¿Cuál es tu comida favorita?

–Un buen filete, definitivamente, con un buen vino tinto. Déjame adivinar la tuya. Salmón y una copa de vino blanco.

–Buena elección. Espero que eso no signifique que soy una persona predecible.

–Por supuesto que no. Más allá de tu comida favorita, no tengo ni idea.

–Imposible. ¿Qué más te gusta hacer?

–Lo que me gusta sobre todas las cosas… son los besos lentos, apasionados… Una mujer hermosa, unos ojos profundos y agudos, unas curvas…

–¡De acuerdo! Creo que ya lo he entendido –dijo Faith, levantando una mano–. ¡Para! Yo me refería a otra clase de pasatiempo. ¿Por qué no me dices cuál es tu canción favorita?

–Pero eso no es tan divertido.

–Pero esta vez la precaución es mejor que la diversión.

–¿Y tú nunca dejas a un lado la precaución?

–Creo que acabo de hacerlo. Si no, no estaría en un avión con Noah Brand –dijo ella, sabiendo que estaba jugando con fuego.

–Me alegra oír eso.

Poco antes de llegar a Cozumel, el paisaje cambió por completo, dando paso a la inmensidad del mar azul.

–¡Esto es un paraíso, Noah!

–No debería decirlo, pero, te lo dije.

Ella sonrió.

–Puedes decirlo. Tienes razón –se volvió hacia él y lo sorprendió mirándola de nuevo.

Había deseo en sus ojos grises, un instinto básico que aceleraba el corazón de Faith.

–Lo vamos a pasar muy bien –dijo él–. De hecho, ya lo estamos pasando bien. Haré todo lo posible para que disfrutes este fin de semana –le dijo.

El doble sentido de la frase no pasó inadvertido para ella.

–Después de oír eso, yo diría que necesitamos darnos un baño para refrescarnos un poco.

–No lo veo probable. Sobre todo si llevas un traje de baño.

–Entonces debes distraerte admirando los peces tropicales –dijo y volvió a mirar por la ventanilla.

–Deja de preocuparte y de tener remordimientos por estar conmigo –dijo él, poniendo una mano sobre la de ella–. Hasta ahora todo ha ido bien.

Ella lo miró a los ojos y asintió. El tacto de su mano desencadenaba un cosquilleo que le recorría todo el cuerpo.

La limusina los llevó hasta el muelle, y allí subieron a bordo de un pequeño bote que los llevó hasta un imponente yate blanco.

–Ahí está –dijo él.

–¿Ése es tu yate? Más bien parece un transatlántico –dijo ella, pensando que la riqueza debía de parecer algo común y natural cuando se nacía con ella.

–Es cómodo. Cuando estoy aquí, pienso que voy a volver pronto, pero cuando me voy, siempre estoy tan ocupado en el trabajo que me olvido de ello.

–Pues no sé cómo puedes –dijo ella. Era evidente que Noah Brand era un adicto al trabajo.

Olvidarse del yate cuando estaba lejos… ¿Cómo podía llegar a enterrarse en el trabajo hasta ese punto?

Cuando subieron a bordo, fueron recibidos por un hombre alto y bronceado vestido de uniforme.

–Faith, éste es el capitán Mario Mena.

Ella le estrechó la mano y también saludó a los demás miembros de la tripulación mientras el yate arrancaba motores.

–Déjame enseñarte tu camarote –dijo Noah–. En cuanto nos cambiemos de ropa, te lo enseñaré todo. Dentro de una media hora llegaremos a un lugar donde se puede bucear. ¿Te parece bien?

–Sí –dijo ella.

Él la agarró del brazo y la condujo a un espacioso camarote decorado en tonos beige y blancos, y amueblado a todo lujo.

–Esto es precioso, Noah. ¡Es un palacio flotante! –dijo ella, extasiada.

Él sonrió.

–Gracias. Es muy cómodo y siempre lo paso bien cuando salgo a navegar. Cámbiate. Te estaré esperando. Mi camarote está justo al otro lado del pasillo –dijo.

Le indicó con la mano y la dejó a solas.

Faith fue hacia el balcón y contempló la inmensidad del mar. Una suave brisa le acariciaba el rostro y llenaba de vida sus pulmones.

Las olas pasaban por debajo del casco y en el firmamento azul asomaban algunas nubes blancas.

Su abuelo nunca había tenido vacaciones. Siempre había trabajado muy duro para ganarse la vida y el negocio de las pieles era su mundo, lo único que le hacía feliz.

Faith regresó al interior del camarote. No podía dejar que nadie le arrebatara aquello que tanto esfuerzo le había costado a su abuelo, y estaba dispuesta a hacer lo que hiciera falta para evitarlo…

***

Sin dejar de pensar en Faith ni un momento, Noah se cambió de ropa rápidamente. Había planeado el día hasta el último detalle y, si todo salía según lo esperado, ella no volvería a su casa esa noche.

Los negocios jamás habían resultado tan placenteros.

Al salir del camarote, se topó con ella y no pudo evitar mirarla de arriba abajo. Vestida con unos pantalones cortos y una blusa azul intenso, estaba impresionante. Y sus piernas... tan largas y aterciopeladas...

–Estás preciosa –le dijo en un tono de voz que revelaba el deseo que sentía por ella.

–Tú también –dijo ella–. Siento haberte hecho esperar, pero quería hacerme una trenza.

–Te queda muy bien –le dijo él, tirándole suavemente del pelo–. Y ahora nos vamos de tour.

Más de una hora después regresaron al punto de encuentro. Se habían tomado su tiempo para pasear por todos los rincones del barco.

–Bueno, ya lo has visto todo. ¿Estás lista para bucear un poco? Después podemos nadar en la piscina.

–Claro –dijo ella y entonces se apartó un momento. Se dio la vuelta y comenzó a quitarse la ropa.

Aunque no pudiera verle, sabía que él la devoraba con la mirada.

«Ojalá me hubiera comprado un traje de baño de una pieza en lugar de este diminuto bikini azul...», pensó para sí.

Pero ya era demasiado tarde, así que, armándose de valor, se dio la vuelta y puso una pose exagerada.

–Estoy lista.

–Bueno, entonces metámonos en ese agua fría cuanto antes.

Faith intentó sostenerle la mirada, pero no pudo. Su pecho fornido y bien moldeado era una visión irresistible, sus bíceps poderosos…

–Sí, metámonos en el agua cuanto antes –repitió ella, haciendo un esfuerzo por mirarlo fijamente.

Noah asintió con la cabeza y la condujo por la cubierta hasta las escaleras.

–Tenemos las toallas y el equipo de buceo en una balsa junto a la playa, así que primero tenemos que nadar hasta la orilla.

–Bueno, vamos a meternos en remojo.

Pasaron media hora buceando y disfrutando de la exuberante belleza submarina. Sin embargo, Faith no era capaz de olvidar ni por un segundo al hombre que estaba a su lado, fuerte, apuesto y casi desnudo.

Noah nadó hasta ella y la tocó en el brazo. Hizo un gesto y ambos emergieron a la vez.

–¿Y si nos quitamos el equipo de buceo? El agua está perfecta.

–Sí –dijo ella, deseando nadar un poco.

Regresaron a la orilla, se quitaron el equipo y después nadaron hasta aguas más profundas.

Un rato más tarde, ya lejos de la playa, se detuvieron un momento para descansar. Noah emergió junto a ella y se sacudió el agua de la cara. Ya no hacían pie.

–¿Quieres volver a la playa? –le preguntó él.

–Sí, claro. No me había dado cuenta de que nos habíamos alejado tanto –dijo ella, contemplando la orilla lejana.

–Es fácil hacerlo –dijo él, acercándose y agarrándola por la cintura.

Sorprendida, ella levantó la vista y lo miró.

–Noah –exclamó, desprevenida.

–Éste es un lugar memorable y un momento memorable. Debemos guardar un buen recuerdo de este momento –dijo, acercándose más.

–Noah –susurró ella, mirándole con ojos intensos. El corazón se le aceleraba por momentos y él se acercaba más y más…

En cuanto sus labios se encontraron, Faith sintió un revoloteo en el vientre y, agarrándole de la cintura, apretó su boca contra la de él al tiempo que dejaba escapar un gemido. Un torrente de calor fluía de sus bocas selladas por un beso ardiente, dejándola sin aliento.

Su potente erección la rozaba entre los muslos y el beso alimentaba las llamas que la consumían por dentro.

Incapaz de reprimir las sensaciones que se habían apoderado de ella, deslizó la mano por su musculosa espalda hasta llegar a su estrecha cintura masculina.

Estaba demasiado cerca, a punto de sucumbir a sus encantos, a punto de rendirse sin remedio a los pies de Noah Brand…

Pero en ese momento la cordura no tenía nada que hacer frente a los impulsos más primarios. Deseaba a aquel hombre como nunca antes había deseado a ningún otro.

Cambiándose de postura, él le apartó la parte superior del bikini y abarcó uno de sus pechos con la palma de la mano, jugueteando con el pezón.

A merced de sus caricias, ella empezó a restregarse contra él, moviendo las caderas a un ritmo suave y sensual.

–Noah –susurró ella, levantando la vista.

Él la miraba con ojos de fuego, consumido por la pasión.

Faith se apartó de él, nadando un poco.

–Deberíamos volver –le dijo y se echó a nadar a toda prisa hacia la orilla, furiosa consigo misma por haberse dejado llevar hasta ese punto.

Al llegar a las aguas poco profundas, apoyó los pies, tomó una toalla de la balsa hinchable y la puso sobre la arena.

Él llegó unos segundos después y se sentó a su lado.

–Ese beso no debería haber pasado.

–Tonterías –dijo él en un susurro–. Somos un hombre y una mujer que intentan escapar de la rutina y de la monotonía. Además, es el resultado natural de la subasta. ¿Qué creías que iba a ocurrir después de la subasta? No pensabas en serio que tu amigo sería el único que pujaría por ti.

–Bueno, en realidad, sí.

–Mírate en el espejo –dijo él, sonriendo–. De no haber sido yo, cualquier otro lo habría hecho.

Ella no tuvo más remedio que reírse.

–Supongo que tengo que darte las gracias –dijo ella, volviendo la vista hacia el mar–. Nunca olvidaré este lugar. Los peces son extraordinarios.

–Yo había empezado a hacerme ilusiones hasta que has dicho lo de los peces –dijo él en un tono sarcástico.

–Hasta hoy sólo había buceado una vez en mi vida, y fue en un río, así que no había muchos peces exóticos.

–¿Alguna vez te has enamorado, Faith?

–No de verdad. ¿Y tú? Creo que ya sé la respuesta.

–No.

–A mí me parece que no tienes tiempo para relaciones serias.

–Sí que tengo tiempo para vivir. No soy un adicto al trabajo, no hasta ese punto.

–No sé si tienes razón, sobre todo porque no recuerdas la última vez que te tomaste un fin de semana de relax. ¿Nunca has pensando en sentar la cabeza, en casarte?

–A lo mejor me lo planteo dentro de muchos, muchos años –dijo él.

Ella sonrió.

–Estoy hasta arriba de trabajo y me gusta disfrutar de mi libertad –añadió–. Nunca he llegado a estar comprometido o a tener una relación suficientemente seria. ¿Y qué me dices de ti, Faith?

Ella sacudió la cabeza.

–Tampoco.

Un poco más tranquila, apoyó las manos detrás de la espalda, cruzó las piernas, cerró los ojos y echó hacia atrás la cabeza. Los rayos del sol bañaban su rostro y la ayudaban a dejar la mente en blanco.

Unos segundos después volvió a abrir los ojos y le encontró allí, en la misma postura, mirándola intensamente.

–Vaya –exclamó–. Pensaba que te habías quedado dormido.

–No podría –dijo él.

Faith percibió la creciente tensión del momento y se puso en pie con brusquedad.

–Creo que deberíamos volver al barco.

–Claro.

En cuestión de minutos subieron a bordo del yate y un miembro de la tripulación se llevó las toallas y el equipo de buceo.

–Podemos ir a comer.

–Creo que antes voy a darme una ducha –dijo ella y se retiró a su camarote.

Después de comer, dieron un paseo por la cubierta y más tarde nadaron en la piscina. Él se mostró correcto en todo momento y ya no volvió a hacer ninguna insinuación más allá del deseo profundo que brillaba en su mirada.

Al atardecer, Faith se dio cuenta de que había pasado un día estupendo. Sin embargo, no podía olvidar que Noah Brand no tenía cabida en su vida. Esa noche, cuando regresaran a casa y él intentara convencerla de que se quedara un poco más, rompería con él definitivamente. Le diría que no podía volver a salir con él; que no tenían futuro.

Mientras meditaba el asunto, se preguntó si él insistiría en seguir viéndola, sobre todo después de convencerse de que su abuelo no iba a vender de ninguna manera.

Decidida a terminar con todo aquello, Faith se puso erguida y salió de su camarote. Tenía que resistir la tentación; mantener la cordura.

Noah Brand tenía un propósito más allá de la seducción, pero ella no iba a dejar que se saliera con la suya...

Capítulo Cuatro

Noah se dio la vuelta y avanzó hacia ella.

–Estás impresionante esta noche –le dijo, tomándola de las manos.

–Gracias. Tú tampoco estás nada mal –dijo ella, sonriendo y pensando que estaba siendo muy injusta.

En ese momento él parecía exactamente lo que era: un ejecutivo billonario.

Sin embargo, aunque hubiera pasado todo el día con él, aún seguía sintiendo una descarga eléctrica cada vez que la atravesaba con la mirada.

–Vamos a tomar algo antes de cenar. Podemos ver la puesta de sol –sugirió.

–Tomaré una margarita.

–Tenemos mucho que celebrar –dijo él–. Dos enemigos que han hecho las paces.

–Polos opuestos, pero… –se mordió la lengua–. Pero, aquí estamos –añadió, pensando en una forma de cambiar el tema de conversación.

–Eso no es lo que ibas a decir. Termina lo que ibas a decir.

Faith se sonrojó mientras pensaba en la increíble química que había entre ellos.

–Sí que era lo que iba a decir –dijo, esquivando su mirada.

Él esbozó una media sonrisa.

–Vamos –dijo él en un tono de broma–. Estabas pensando justo lo contrario.

–Ni siquiera lo digas –le dijo en un tono demasiado brusco–. No tiene importancia.

–Ah, yo creo que sí –dijo él con suavidad, agarrándola de la mano y frotándole los nudillos con el pulgar–. Hay fuego entre nosotros, pero tú no entiendes por qué… Yo tampoco, pero sí que sé cómo disfrutarlo. Y definitivamente quiero disfrutarlo.

El corazón de Faith se aceleraba con cada una de sus palabras y con el roce de su mano. El tacto de sus dedos desencadenaba una corriente que recorría cada rincón de su ser.

–No –dijo ella en un susurro, hechizada por su cautivadora mirada.

–Oh, sí. Hay demasiada química entre nosotros como para ignorarla. Esta clase de atracción no ocurre con frecuencia –añadió.

–Tú y yo estamos en bandos opuestos en esta lucha empresarial, que pronto se convertirá en una batalla. Ya hemos hablado de la enemistad entre nuestras familias, una enemistad que se remonta a muchas generaciones atrás. Creo que ésa es una muy buena razón para que nos mantengamos lejos el uno del otro.

–No estoy de acuerdo. Tú y yo somos una nueva generación. No tiene por qué haber odio y enfrentamiento entre nosotros. Esa clase de odio se enseña, pero no tiene nada que ver con nosotros. Yo puedo dejarlo atrás fácilmente. Esas viejas rencillas no significan nada para mí. Y ahora que te conozco me importa aún menos si cabe. Te puedo asegurar que a mi padre sólo le interesa el negocio en sí, y a Jeff y a mí nos trae sin cuidado la disputa entre nuestras familias.

Tienes que dejar todo eso atrás, Faith. Yo no siento ningún tipo de resentimiento hacia ti; más bien es todo lo contrario… Te deseo, Faith.

Ella sonrió y sacudió la cabeza al tiempo que retiraba la mano.

—La disputa entre nuestras familias no va a desaparecer, Noah, y no puedes ignorarla sin más. Te guste o no, tú y yo compartimos ese legado —dijo casi sin aliento.

—No me creo que realmente pienses eso. No puedo creerlo ni tampoco pensar lo mismo que tú. Mira lo que pasa cuando nos tocamos —le dijo, acariciándole la nuca y esbozando una sonrisa irónica.

Faith respiró hondo.

—Muy bien. Hay una reacción física entre nosotros, pero yo sigo pensando que no significa nada.

—Pero eso lo cambia todo. Y voy a pasarme toda la noche intentando demostrártelo.

—No te molestes… Creo que deberíamos cambiar de tema —dijo, apartándose un poco y mirando alrededor—. Tienes una banda de música en el barco —dijo, mirando a los músicos.

Había batería, un guitarrista, un violinista y también un pianista.

—Es una banda pequeña, pero así podremos bailar. También son parte de la tripulación —dijo él.

Faith se volvió hacia el mar y contempló la puesta de sol mientras se deleitaba con la música en directo.

Él se volvió hacia ella.

—Te pregunté que cómo te veías dentro de diez años. ¿Qué tal dentro de dos años? ¿Seguirás haciendo lo mismo que ahora?

Ella se encogió de hombros.

–Claro. Me gusta trabajar con mi abuelo y espero que él siga conmigo durante mucho tiempo.

–¿Y no echas de menos lo que hacías antes? Debía de ser más interesante.

Ella sacudió la cabeza.

–No, porque sé que me necesitan donde estoy. Además, aún tengo muchos años para hacer lo que quiera. Ahora mismo esto es una buena experiencia para mí.

–Por lo menos eres positiva, y eso hace que la vida sea más fácil –Noah miró hacia la banda de música–. ¿Quieres bailar?

Faith se dejó guiar, riendo, bailando, dando vueltas…

Él era increíblemente ágil y hermoso, pero era uno de los Brand.

Si hubiera sido cualquier otro…

Pero cualquier otro no habría podido pujar tanto por ella.

Se dio la vuelta y trató de ahogar las chispas que amenazaban con encender la llama de la pasión, pero fue inútil. Aquella mirada aguda y profunda… ejercía una atracción magnética sobre ella.

Él tenía razón. Había fuego entre ellos, pero eso era algo que ella no podía admitir.

El deseo palpitaba y fulguraba, cambiando cada palabra, cada mirada, cada roce de la piel…

Su fornido cuerpo, sus movimientos sensuales…

Mientras se mecía al son de la música Faith recordó su cuerpo semidesnudo, bañado por el agua del mar. Sus besos calientes, el roce de su ser…

De pronto la música cesó. Él la agarró de la mano y tiró hacia sí, y entonces ella se echó a reír, agarrándole de los brazos y palpando sus poderosos músculos.

Un instante después, levantó la vista y reparó en sus labios carnosos, listos para ser besados.

«¿Pero, qué estoy haciendo?», se preguntó, luchando contra el hechizo.

Se apartó rápidamente y justo en ese momento la música comenzó a sonar de nuevo.

Esa vez se trataba de una pieza lenta.

Noah la atrajo hacia sí una vez más.

—Si quieres les digo que vuelvan a tocar algo animado.

—A lo mejor después de este baile, pero ahora mismo prefiero bailar algo más calmado. Necesito recuperar el aliento.

—Sí, yo también lo prefiero. Me gusta tenerte así de cerca —dijo, abrasándole la mejilla con su aliento caliente—. Se te da bien bailar.

—No tan bien como a ti —dijo ella.

—Gracias, si es que te refieres a mi forma de bailar, pero, me da la sensación de que no es eso a lo que te refieres.

—Eres muy listo, Noah Brand —dijo ella, pensando que era un rival demasiado perspicaz.

Él sonrió de oreja a oreja.

—Gracias. Puede ser que sí. Sin embargo, la forma en que lo has dicho no me ha resultado muy halagadora. Sonaba como si fuera un defecto.

—Es que a veces me molesta que seas tan «listillo». Además, no me hace ninguna gracia que adivines mis pensamientos. Ni siquiera tienes una hermana, así que las mujeres no deberíamos ser tan transparentes para ti.

—Ahora sí que me siento halagado. Jamás me han dicho algo así. A lo mejor es por mi lado femenino.

Ella se echó a reír.

–Noah, tu lado femenino debe de estar tan profundamente enterrado, que no creo ni que exista. En ocasiones me extraña que no sufras una sobredosis de testosterona –dijo en un tono bromista y atrevido.

Él arqueó las cejas con un gesto de incredulidad y finalmente se sonrió.

–Supongo que conoces bien a las mujeres porque has estado con muchas y eres lo bastante listo como para averiguar lo que les gusta –añadió ella–. Bueno, creo que ya es hora de que me calle.

Los ojos de Noah emitían destellos brillantes mientras bailaban en perfecta sincronía. Era como si llevaran toda la vida bailando juntos.

–Sí. Creo que voy a abstenerme de hacer comentarios antes de oír algo que no quiera saber –dijo él–. Sin embargo, tú no te dejas impresionar tan fácilmente por muy bien que conozcas a los hombres.

Ella sonrió.

Un poco más tarde, apagaron las luces de cubierta y la pista de baile quedó sumida en la penumbra, tan sólo iluminada por algunas luces de emergencia.

–Me has hablado de tus días de universitario –dijo ella mientras tomaban una deliciosa tarta de frambuesa–. Y también de tu infancia, pero no me has hablado del presente. Eso me dice que estás demasiado involucrado en tu trabajo.

Él sacudió la cabeza, sonriendo.

–No necesariamente. Es que me gusta recordar tiempos pasados, como a ti.

–Pero mi vida no gira en torno al trabajo. Yo no soy tan ambiciosa.

–Creo que te has llevado una impresión equivocada. Este fin de semana es la prueba de que soy capaz de salir de la oficina. ¿Te apetece bailar de nuevo?

Ella asintió con la cabeza y se dejó llevar por la música lenta y romántica, entregándose a sus brazos como si no hubiera otro lugar en el mundo para ella.

Si las circunstancias hubieran sido diferentes…

Pero no.

Noah Brand era un tiburón de los negocios que no se detendría ante nada con tal de lograr su propósito y, por eso, no podía dejarse envolver en su tela de araña, por muy seductor que fuera.

–¿Lo ves? Te lo dije –dijo él–. Al mínimo contacto saltan chispas entre nosotros.

Faith levantó la vista y lo miró con ojos sedientos, hipnotizados. Apenas tenía aliento y lo único que deseaba en ese momento era sentir uno de sus besos apasionados sobre los labios.

–Muy bien. Será mejor que dejemos el tema –dijo finalmente con un tono de voz que más bien parecía una invitación.

–Cobarde –dijo él.

–Quizás –le contestó ella, usando el mismo tono ligero y acercándose un poco más.

Él la agarró con fuerza de la cintura y durante un buen rato bailaron en silencio.

–Después de este baile, les diré a los músicos que pueden marcharse. Quiero sentarme un rato, hablar, tomar una copa. ¿Te parece bien?

Unos momentos más tarde se acomodaron en una *chaise long* y se dedicaron a escuchar el murmullo de las olas que rompían contra el casco mientras disfrutaban de un delicioso margarita.

–Noah, creo que debería… –empezó a decir Faith unos momentos después.

Él se puso en pie.

–Espera un momento –dijo él suavemente, agarrándola de la cintura–. Esta noche ha sido genial, y podemos pasar más tiempo juntos mañana, así que no hay prisa por volver.

–No tenemos nada que ver, Noah. De hecho, ni siquiera deberíamos haber salido juntos.

Él esbozó una sonrisa deliciosa.

–No lo creo. Sólo se trata de pequeñas diferencias. Ya hemos hablado de eso y tú estás de acuerdo conmigo, aunque no quieras admitirlo –la agarró con más fuerza–. Faith, quiero que estés en mis brazos.

El corazón de la joven se aceleró y sus manos fueron a parar a la cintura de Noah. Él la miraba con ojos ardientes y ella se derretía bajo su mirada.

–Faith, tú también lo sientes, quieres lo que yo quiero –dijo él en un susurro, atrayéndola hacia sí.

Sucumbiendo a sus impulsos, ella cerró los ojos y buscó el beso que sabía estaba por venir.

Ya era demasiado tarde. El corazón se le salía del pecho y no había vuelta atrás. La cordura y la mesura la habían abandonado.

El beso fue arrebatador, exigente y apasionado; un beso capaz de sofocar todas las protestas y objeciones.

Enroscando los brazos alrededor de su cuello y deslizando las manos sobre su tersa piel, Faith se aferró a él y dio rienda suelta al desenfreno de la pasión.

–Noah… –dijo en un susurro cuando él le bajó la cremallera del vestido, dejándola desnuda–. Estamos en la cubierta.

–Estamos solos. No hay nadie en la cubierta –la levantó en el aire y la besó con frenesí, silenciando así sus protestas.

Y cuando Faith volvió a tocar el suelo, ya estaban en el camarote de él.

–No sabía que se pudiera desear tanto a alguien –susurró ella mientras le desabrochaba la camisa, cerrando los ojos para sentirlo todo con máxima intensidad.

Él le acariciaba los pechos, la espalda, el trasero. Qué dulce sensación…

De pronto le desabrochó el sostén y le cubrió los pechos con las palmas de las manos, haciéndola gemir de placer, y entonces ella le quitó el cinturón y le bajó los pantalones.

Él era la perfección hecha carne; un vientre plano, unos abdominales bien definidos, tableta de chocolate…

Con la boca hecha agua, le bajó los calzoncillos al tiempo que él se quitaba los zapatos y los calcetines.

Su erección, potente y palpitante, apelaba a los instintos más primarios.

Sin dejar de mirarla ni un momento, Noah deslizó un dedo por debajo del elástico del tanga que llevaba puesto y se lo arrancó de un golpe.

Faith se arrodilló y empezó a acariciar su miembro viril, pero él apenas pudo aguantarlo y la hizo incorporarse entre jadeos.

–Déjate llevar, Faith. Déjate llevar y ámame. Nunca antes… –dijo y se detuvo de pronto, dejándola con la duda.

Ella sabía muy bien que nunca antes había disfrutado de besos como aquéllos. El corazón le latía desbocado y apenas podía recuperar el aliento. El deseo la consumía por dentro y sólo deseaba prolongar ese instante, vivir algo que sólo pasaba una vez en la vida.

Deslizó las manos sobre su cuerpo desnudo, palpando su trasero firme, sus muslos fuertes, su pectoral fornido.

–Noah, me dejas sin aliento –le dijo.

–Así soy yo, cariño –susurró él.

«Cariño…», repitió ella para sí.

Una caricia para los oídos, aunque supiera que no debía darle importancia…

Él se inclinó hacia ella y empezó a mordisquearle el pecho, deslizando la lengua sobre su pezón turgente, arrancándole gritos de placer.

La alzó en el aire, se tumbó sobre ella y, metiendo la mano entre sus piernas, comenzó a palpar el centro de su feminidad, acariciándola y acariciándola hasta que ella empezó a menearse frenéticamente contra su mano.

Y entonces, después de hacerla apoyar las piernas sobre sus hombros, la lamió una y otra vez allí donde estaba su punto más sensible.

El deseo y la necesidad más primaria los consumía por dentro.

Faith le puso los brazos alrededor del cuello y lo besó con ardor.

–¿Tienes protección? –preguntó él de pronto.

–No –susurró ella.

Él estiró el brazo y sacó unos preservativos de la mesita de noche.

–Tengo un preservativo –dijo.

Se lo puso bajo la expectante mirada de Faith y entonces, por fin, se inclinó sobre ella y la penetró con toda su potencia viril.

Ella contuvo el aliento un instante, cerró los ojos y se dejó llenar por un torrente de sensaciones.

Él entraba en su sexo lentamente, avanzando y retrocediendo; un tormento exquisito que agravaba la agonía e intensificaba el placer.

–¡Noah, te deseo! –gritó ella, tirando de él, deslizando las manos sobre su piel y memorizando la textura de su espalda musculosa y de su trasero fuerte.

La volvió a penetrar hasta lo más profundo, aumentando su gozo, y entonces ella arqueó la espalda, jadeando de placer, pidiendo más.

–Faith, eres perfecta –susurró él, colmándola de besos–. Mi amor, te deseo.

Sin apenas oír lo que acababa de decirle, empezó a moverse debajo de él con desenfreno. La tensión crecía por momentos y una avalancha de lujuria la abrasaba por dentro.

Y entonces Noah empujó con fuerza y ella recibió su embestida con pasión. Estaba cubierta de sudor, pero eso no importaba. Lo único que importaba era llegar al clímax, que ya estaba cada vez más cerca, cada vez más cerca…

Faith se dejó llevar por la marea del éxtasis, gritando con todo su ser mientras las olas del placer recorrían hasta el último átomo de su cuerpo.

–Faith, ahh… –Noah soltó el aliento con brusquedad y entonces se dejó llevar por el torrente del éxtasis, aminorando el ritmo–. Ahh, cariño… Eres increíble. La mejor, la mejor…

Los dos estaban sin aliento, sudorosos y satisfechos.

Sin embargo, Faith no creía ni una sola palabra de las que le había oído pronunciar durante el fragor del encuentro amoroso. Estaba segura de que él no tenía ni idea de lo que había dicho.

Ella, en cambio, había cruzado la línea. Había sucumbido a los encantos de un hombre que a todas luces era su enemigo.

Intentando aplacar los pensamientos turbulentos, se abrazó a él y dejó que la besara en las sienes, en las mejillas, en la boca… Y entonces le devolvió los besos.

Aunque sólo fuera durante un rato, no iba a pensar en el futuro, ni tampoco en el pasado. Lo único que importaba era el presente, estar en los brazos de Noah, el hombre más excitante que jamás había conocido.

—Eres maravillosa —le dijo él, sonriendo y sujetándole un mechón de pelo detrás de la oreja.

Rodando sobre sí mismo, se tumbó a su lado y la miró a los ojos.

—Todo ha sido perfecto —añadió—. Y quiero abrazarte durante toda la noche. Me alegro de que te hayas quedado.

—No creo haberte dado mucha guerra en ese aspecto —dijo ella.

—Puede que no, pero estabas a punto de irte hasta que nos besamos… Me alegro de haberte encontrado.

Ella le puso un dedo sobre los labios.

—Nada de hablar del mundo exterior esta noche. Eso es lo único que pido.

—Dalo por hecho… Vamos a la ducha —le dijo, incorporándose y tomándola de la mano.

Mientras el agua caliente se derramaba sobre ellos, él deslizó sus manos sobre ella y empezó a acariciarle los pechos, suscitando una respuesta instantánea.

Bastaba con una simple caricia para reavivar el deseo que latía en el interior de ella.

–Noah –susurró ella, tocándolo y sintiendo su creciente erección.

–Te deseo, Faith –dijo él, atrayéndola hacia sí y besándola con furor.

La pasión despegó en cuestión de segundos, como si nunca antes hubieran hecho el amor.

Deseándolo con desesperación y dolor, Faith se frotó contra su grueso miembro y, en unos pocos segundos, él la agarró en el aire y la llevó al dormitorio para buscar un preservativo.

–Noah, estoy empapada.

Él la hizo callar con un beso y entonces ella se olvidó de todo.

Separándole las piernas, la hizo enroscarse alrededor de su cintura y entonces empezaron a mecerse al compás de la seducción, acariciándose y amándose… hasta estremecerse de placer.

Finalmente ella se desplomó contra él y tuvo que apoyar los pies en el suelo.

–No sé si podré mantenerme en pie.

–Yo te sujetaré, siempre –dijo él.

–Estás loco –dijo ella, besándolo.

Él la cargó en brazos y la llevó a la cama.

–Noah, estamos mojados.

–No lo creo, y no me importa –dijo, tumbándose y abrazándola con idolatría–. Esto es genial, genial. Ha sido una noche perfecta, un día perfecto. Un recuerdo que jamás se borrará.

–Estoy sorprendida. El hombre de negocios se vuelve un poeta.

–A lo mejor tengo más facetas de las que te crees.

–Sé que te he infravalorado desde el principio. Estoy deseando descubrir todas esas facetas tuyas desconocidas –le dijo, bromeando y acariciándole el trasero–. ¡Oh, Dios mío! Esta faceta es inolvidable.

Él se rió a carcajadas y la besó en el cuello, rascándole el mentón con su barba de medio día. Faith soltó un grito sofocado.

–Yo aún tengo que descubrir casi todas tus facetas –le dijo de pronto, deslizando la mano sobre su trasero y metiéndola entre sus piernas.

Ella se estremeció y le agarró la muñeca.

–Noah, para. Se supone que estás muy cansado.

–No te creas –dijo él, en un tono bromista.

Ella se rió.

–Pisa el freno –le dijo, sonriendo.

–Ah, Faith, esto es maravilloso –dijo él, pensativo y complacido.

Horas más tarde, aún exhausta tras una intensa noche de pasión, Faith abrió los ojos. La luz del sol se filtraba a borbotones por las ventanas, y con ella había llegado…

La cruda realidad.

Él dormía plácidamente a su lado, así que tuvo tiempo de observarle y de pensar.

Recuerdos de la noche vivida… Problemas insalvables…

Faith recorrió su cuerpo con la mirada. Él estaba tapado hasta las caderas y uno de sus fornidos brazos estaba extendido sobre la almohada.

Poderoso y hermoso, incluso cuando estaba dormido.

La joven se humedeció los labios.

¿Qué había hecho? ¿Cómo había podido caer en

la trampa de su hechizo mágico? ¿Por qué no se había ido a casa cuando aún había tiempo?

Volvió a mirarlo y un torrente de rabia recorrió sus entrañas.

¿Cómo podía haberse rendido tan fácilmente?

Enojada consigo misma, se levantó de la cama y recogió la ropa. ¿Cómo le había dejado seducirla? La luz de la luna, los margaritas, la magia del momento… Todo había obrado en su contra.

Noah Brand era una fruta prohibida, el enemigo de su familia, de su abuelo, de su negocio. Era un hombre astuto y decidido con el que no podía dar un paso en falso.

Desde un primer momento había quedado claro que él buscaba la seducción. Lo tenía todo planeado desde que había llegado a la subasta.

Sin embargo, a pesar de saber lo que se traía entre manos, ella había caído en sus redes como una tonta.

Mientras se ponía la ropa, Faith deseó poder borrar lo ocurrido la noche anterior.

«¿Cómo he podido ser tan estúpida?», se dijo, culpándose de todo.

Recogió sus pertenencias y trató de calmarse un poco. Tenía que controlar sus emociones, pues no podía darle el gusto de verla flaquear.

A esas alturas, Noah Brand ya debía de pensar que podría manipularla a su antojo para lograr su objetivo. Para alguien como él, ella sólo era un mero instrumento, un medio para conseguir un fin.

Pero ella no estaba dispuesta a convertirse en un juguete. Ya había cometido demasiados errores con ese hombre y era hora de empezar a usar la cabeza.

Capítulo Cinco

Noah salió de la cocina del barco.

–Aquí estás. Buenos días –le dijo en un tono cálido–. Te he estado buscando.

Tratando de ignorar el atropellado palpitar de su corazón, Faith lo miró con gesto serio.

–Buenos días. He recogido mis cosas y me gustaría volver a Dallas tan pronto como sea posible –le dijo en un tono excesivamente seco.

Él arqueó las cejas y su sonrisa se desvaneció.

–¿Pasa algo?

–No. Lo siento… Si estás pensando en volver ya, o mejor, si ya vamos hacia Cozumel a buscar el avión… Siento haber sonado tan brusca –dijo ella, vacilante.

Él dio unos pasos hacia ella y la miró fijamente.

–¿Qué sucede, Faith? No pareces la misma mujer con la que estuve anoche.

Ella apretó los labios y se mantuvo firme.

–Es temprano. La noche ha terminado y, francamente, aunque eres irresistible, Noah, seguimos siendo rivales. Olvidemos lo de anoche, ¿de acuerdo?

–Ésta no es la reacción que yo esperaba –él le puso una mano sobre el hombro y ella frunció el ceño.

–Noah, creo que ya hemos hablado bastante.

–No lo suficiente –afirmó él–. La noche de áyer fue memorable y en ese momento tú también parecías feliz. Y satisfecha.

Faith trató de aplacar la rojez que le quemaba las mejillas.

—Olvida lo ocurrido, Noah —le dijo, fulminándolo con la mirada—. La noche ha terminado. Será mejor que cada uno se vaya por su lado. No has conseguido nada.

—Yo no recuerdo que quisiera conseguir nada. Disfruté mucho de tu compañía, por decirlo de alguna manera. Pasé un rato muy agradable con una mujer hermosa y seductora, y lo que ocurrió fue natural. Era algo que tú querías tanto como yo.

—Me dejé hechizar, Noah. Éste es un lugar de ensueño. Los margaritas, un paisaje arrebatador… Me dejé llevar.

—No recuerdo haberte visto beber tantos margaritas y sé muy bien que yo tampoco bebí tantos.

—Ahora ya no importa —dijo ella y echó a andar, pero él la agarró del brazo.

—Espera un momento —le dijo, obligándola a darle la cara—. Sí que importa. Cuando volvamos a Dallas quiero volver a verte.

—Rotundamente no —le espetó ella—. Noah, no vamos a tener una relación.

—No puedes decirme que te arrepientes de lo de anoche.

—Eso es exactamente lo que te estoy diciendo —dijo ella, con el corazón descontrolado—. Sé que no debes de estar acostumbrado a que te digan algo así, pero así es cómo…

Él dio un paso adelante y la hizo callar con un beso.

Ella se resistió durante un momento, empujándolo y golpeándolo en el pecho. Sin embargo, un segundo más tarde ya no fue capaz de rechazarlo más.

«No, no, no…», exclamó una voz desde un lejano rincón de su mente.

–¡No! –dijo, zafándose de él al tiempo que intentaba recuperar el aliento–. Sabes que te deseo. Como tú mismo dijiste, hay fuego entre nosotros, pero también hay un abismo que no podemos superar. No vuelvas a besarme, Noah. No lo hagas. Llévame a casa. Ya has ganado la mayoría de las batallas entre nosotros, pero no vas a salirte con la tuya. Ya tengo bastantes remordimientos, así que no empeores las cosas.

Él la miró con ojos serios.

–Creo que estás inventando problemas que no existen. Creo que lo que dices no es del todo cierto. No quieres que salga de tu vida, porque, si así fuera, no me habrías besado tal y como acabas de hacerlo. Tú sientes lo mismo que yo, Faith. Estás loca si piensas que voy a volver a Dallas y a olvidar este fin de semana. Te quiero para mí, te quiero en mi cama, Faith. Puede que no quieras entenderlo, pero sí que podemos disfrutarlo.

–He intentado decirte, de todas las maneras posibles, que no vamos a tener una relación. No quiero seguir con esta atracción… fatal –le dijo, decidida a terminar con todo aquello en ese momento–. No hay una amistad entre nosotros.

–Pero tus besos y tus palabras me dicen todo lo contrario. No me creo nada. Tienes miedo de que me apropie del negocio de tu abuelo, pero eso no tiene nada que ver con lo que pasa entre nosotros. De hecho, ya no tengo intención de comprar el negocio Cabrera y ni siquiera quiero hablar de ello, ni contigo ni con nadie de tu familia, y mucho menos con tu abuelo. Haré que Brand Enterprises desista de la idea. Tú y yo podemos tener una relación sin necesidad de pensar en los negocios. Te lo prometo.

Faith sintió un escalofrío y entonces recordó el consejo de Millie.

« … haz que se olvide de ese objetivo», pensó, recordando las palabras de su amiga.

–Ahora entiendo por qué tu padre te deja a cargo de todo, Noah. Hemos ido demasiado deprisa este fin de semana. Volvamos a Dallas y vayamos más despacio.

–Puedo hacerlo. No quiero… –dijo él con una sonrisa–. Pero lo haré, si eso es lo que quieres.

–Lo es. Ya ha habido bastantes cambios hasta este momento. Me estás presionando, Noah, pero yo no estoy preparada para tener una relación seria con un miembro de la familia Brand. No tengo más remedio que admitir que este fin de semana ha sido… especial. No puedo negarlo, pero necesitamos tomárnoslo con calma antes de volver a la rutina de la vida diaria.

Él la miró fijamente, decidido a no dejarla marchar así como así.

–Noah… –dijo ella, esquivando su mirada.

–Puedes negarlo todo el tiempo que quieras, pero todo tu cuerpo me dice lo que realmente sientes. Piénsalo, Faith. Te estás negando la posibilidad de disfrutar y de pasarlo bien a mi lado. La otra noche fue muy especial –dijo él.

Ella siguió la dirección de su mirada hasta la cama y entonces recordó los momentos que había pasado en sus brazos; sus cuerpos desnudos…

–Deja de luchar contra lo que sientes –dijo él, mirándola con ojos satisfechos y burlones–. Se te acelera el corazón. Te quedas sin aliento. Deja de luchar. Lo que hay entre nosotros es algo inusual.

–Pero estás de acuerdo conmigo en que tenemos que ir más despacio.

Él movió la mano.

–Quiero seguir viéndote. Nos iremos a casa y te daré más espacio, pero esta relación no va a terminar así. No vas a convencerme de ello.

–Muy bien. Me voy a arriba, a esperar. Por ahora, Noah, el fin de semana ha terminado –dijo, pensando en lo difícil que sería mantener su palabra.

Los dos habían conseguido lo que querían la noche anterior, pero... ¿Cuáles serían las consecuencias?

Subió a la cubierta superior, agarró un periódico y se sentó de cara al mar, acompañada de una taza de café.

Unos segundos más tarde, él se sentaría a su lado.

–Faith, por lo menos podríamos comportarnos de forma civilizada. No creo que te hayas levantando con tan mal humor esta mañana. Sin duda ayer no pasaste una mala noche.

–A lo mejor no, pero cuando desperté esta mañana la realidad me dio una bofetada en la cara. No tiene sentido seguir dándole vueltas al asunto porque ya está hecho. Yo cumplí con mi parte del trato.

Él la miró fijamente un momento y entonces se recostó contra el respaldo del asiento, tomándose el café.

–Yo sigo perteneciendo a la familia Cabrera y tú sigues siendo uno de los Brand. Lo siento, pero no puedo pasar algo así por alto. Tengo que ser precavida, Noah.

–Ya sabes lo que pienso de toda esta disputa familiar. Déjalo ya, Faith. Ayer lo hiciste. Sólo fuimos Noah y Faith. Busca lo positivo y céntrate en el presente.

–Lo intentaré, pero va a ser difícil. Mi familia valora mucho el pasado y la historia.

–¿Alguna vez has estado en España? ¿Has visitado el lugar de donde es la familia Cabrera?

–No. Me gustaría mucho ir. Y quisiera que mi abuelo me acompañara. Creo que un viaje a España sería lo único que lo sacaría del trabajo. He pensado en regalarle un viaje por Navidad.

–¿De qué parte de España es tu familia?

–Del sur, de una zona costera. Aún quedan algunos Cabrera por allí y mi abuelo mantiene correspondencia con ellos. Todavía tienen el negocio de las pieles, pero creo que sólo se dedican a fabricar aparejos de equitación, como sillas de montar, arneses, y cosas así. Nada de botas, ni cinturones, ni ropa.

–¿Nunca han pensado en unirse a vosotros?

Faith sacudió la cabeza.

–Han hablado de ello, pero no lo han hecho. Creo que todo el mundo está contento con la situación actual. A diferencia de los Brand, ellos no se han dejado consumir por la ambición y la avaricia. Mi abuelo se siente muy feliz con lo que hace.

–Es un hombre afortunado. Feliz con su trabajo, feliz con su familia. Te tiene a ti, y supongo que eso compensará un poco la pérdida de su esposa.

–Espero que sí. Sé que la echa mucho de menos –dijo Faith, pensando que Noah jamás sería capaz de entender una relación así. Él debía de ser de los que usaban a las mujeres y después las tiraban como a un juguete roto.

En cuanto volvieran a Dallas, seguramente se olvidaría de ella, excepto por lo del negocio que se traía entre manos...

***

Faith pasó el resto del viaje recluida en su camarote, evitándole. Sabía que se estaba perdiendo un día espléndido, unas vistas de ensueño y una comida exquisita, pero no quería estar cerca de Noah Brand.

Cuando por fin atracaron en Cozumel, él fue a buscarla y la ayudó a desembarcar su equipaje, tan galante como de costumbre. Sin embargo, ella continuó sin hablarle apenas.

—Creo que ahora vamos a sobrevolar unas pequeñas islas —le dijo, durante el viaje en avión de vuelta a Dallas—. Pensé en comprarme una, pero me di cuenta de que casi no tendría tiempo de visitarla, porque apenas uso el bote.

—Noah, «bote» es una palabra ridícula para referirse a un magnífico yate de lujo.

Él sonrió.

—Sí, yate. Flota y es muy cómodo.

—Tienes razón en lo de la isla. Seguro que sí —dijo ella, mirando por la ventanilla—. Casi nunca estarías allí. Además, una isla debe de ser un lugar muy solitario.

—No cuando se tiene la compañía adecuada —dijo él en un tono suave—. Sí que tengo una casa en la montaña, en Colorado, y Jeff también tiene una. Mi padre tenía la suya, pero la vendió hace unos años, y ninguno de nosotros la quería. Mi tío tiene una casa de campo que no está lejos de donde estamos ahora.

—Conozco a tu tío. ¿No es Shelby Brand?

—Sí. No me digas que el tío Shelby ha intentado hablar contigo y con tu abuelo.

–Sí. Habló con mi abuelo, y yo estaba presente. Entonces lo conocí.

Noah se rió a carcajadas.

–La mayoría de los Brand os han fastidiado mucho a ti y a tu abuelo. El tío Shelby y Jeff están muy unidos.

–Entonces debo entender que tú no.

–Bueno, así así. Jeff está más unido a él. Se llevan muy bien, pero yo me llevo mejor con mi padre. Jeff piensa que soy el favorito de nuestro padre, y yo creo que él es el favorito del tío Shelby. Mi padre y el tío Shelby han mantenido una gran rivalidad que deja muy pequeño lo de mi hermano y yo.

–Entonces toda tu familia es muy competitiva. Mi familia, en cambio, sólo piensa en pasarlo bien.

Él se rió y ella no pudo evitar sonreír.

–Noah, creo que vas a tener que casarte con una adicta al trabajo como tú.

–Yo no soy de los que se casan, así que no te preocupes.

Faith se dejó llevar por la conversación sobre la familia Brand y Noah le contó muchas anécdotas de su hermano y de su tío.

Aunque no quisiera admitirlo, era divertido estar con él y no podía evitar disfrutar de su compañía.

El atardecer tocaba a su fin cuando por fin la llevó a casa en coche.

–¿Por qué no cenamos juntos? –le preguntó él al detener el vehículo.

–Noah, ya sabes que no…

–De acuerdo. Entonces en otra ocasión –dijo él, cauteloso y comedido.

–Sabes que lo he pasado muy bien –dijo ella, deteniéndose junto a la puerta.

–Ya casi puedo oír el «pero» en tu voz.

–Sólo quiero proteger a mi abuelo. No quiero que se disguste. A su edad, lo último que necesita es que alguien le haga la vida imposible.

–Faith, en este momento, eso es lo último que me importa –dijo él, dando un paso adelante y besándola con frenesí.

Aquel beso la sorprendió sobremanera; tanto así que sólo fue capaz de resistirse durante unos breves instantes.

Él la desarmaba con el más leve roce de sus labios, y su propio corazón se volvía loco, loco de pasión.

Sin dejar de besarla, él le quitó la llave de la mano, abrió la puerta de la casa y entró con ella.

–¿La alarma? –le preguntó, entre jadeos.

A duras penas Faith atinó a desconectar el sistema de alarma.

–Noah, espera…

Pero él la hizo callar con sus besos y, una vez más, Faith no tuvo más remedio que aferrarse a él y dejarse llevar por el furor del más profundo deseo, levantando un poco una pierna para darle acceso a la cara interna de sus muslos.

Sin embargo, pronto recordó que no podían seguir adelante con aquello y, empujándolo en el pecho, retrocedió.

–No. No podemos seguir con esto –le dijo, con la voz entrecortada.

–Lo deseas tanto como yo –susurró él, besándola en el cuello y desabrochándole los botones de la camisa.

Faith gimió al sentir su aliento caliente sobre los pezones.

–Noah, para.

Él dejó de besarla de inmediato y la miró a los ojos.

–Paro, pero una parte de ti lo desea tanto como yo –dijo él, mirándola con los ojos nublados por el deseo–. Hemos disfrutado mucho juntos, Faith. Sabes que es verdad. Todo el fin de semana ha sido… espectacular. Y nunca me arrepentiré de ello.

–Sabes que lo pasé muy bien el sábado –dijo ella, intentando recobrar la compostura y arreglándose la blusa–. Noah, todo ha ido demasiado deprisa. Tengo que tomarme un respiro. Pongamos algo de espacio y tiempo entre nosotros, a ver qué pasa. De lo contrario, podríamos precipitarnos hacia una relación superficial, sobre todo teniendo en cuenta los antecedentes familiares.

–No me puedo creer que quieras que me marche sin más.

–No quiero que nos veamos constantemente. Esta relación va a la velocidad de la luz. Frena un poco.

–Frenaré un poco… –dijo él, acariciándole el cuello–. No nos veremos constantemente, pero sí con frecuencia.

Ella sacudió la cabeza.

–Eres imposible –susurró ella, mirándole los labios.

Él le dejó el equipaje en el vestíbulo y, dando media vuelta, regresó al coche.

Después de cerrar la puerta, Faith se dejó caer contra ella, exhausta. Añoraba tanto sus besos.

–Podrías hacerme caer en un nido de serpientes, Noah Brand –dijo en voz alta, dejándose llevar por sentimientos de rabia consigo misma.

Tomó las bolsas del equipaje y se fue a su habitación.

Al día siguiente tendría que ir a la oficina y dar muchas explicaciones, sobre todo a Angie, que sin duda le haría más de una pregunta para después contárselo todo a su abuelo.

Sin embargo, aún estaba por ver si había perdido la batalla con Noah. ¿Se daría por vencido y desistiría de sus planes de hacerse con la empresa Cabrera?

En lo referente a la seducción, sin duda había ganado con creces.

Faith se detuvo ante el espejo.

–¿Por qué he sido tan estúpida, ayer y hoy?

Conocía muy bien la respuesta, pero todavía estaba molesta por haber dejado que el sexo y el magnetismo de un hombre apuesto arrasaran con su determinación y sus principios.

–¿Cuándo voy a aprender?

Después de desempacar, lavar la ropa y prepararlo todo para el día siguiente, se sentó a revisar unos libros de cuentas y no se fue a la cama hasta las dos de la mañana.

Sin embargo, nada más acostarse se dio cuenta de que era incapaz de dormir y después de veinte minutos de agitadas vueltas, regresó al escritorio.

Después de hacer una llamada el lunes por la mañana, Noah se distrajo mirando por la ventana. Acababa de decirle al vicedirector de marketing que desde ese momento se ocuparía del asunto Cabrera personalmente.

Aún tenía intención de mantener la promesa que

le había hecho a Faith. Tenerla en su vida era mucho más importante que hacerse con la empresa de su abuelo y no estaba dispuesto a dejarla ir así como así por culpa de una absurda disputa familiar.

De pronto sonó su teléfono privado.

—¿Qué tal el fin de semana? —le preguntó Jeff cuando contestó—. ¿Mereció la pena la subasta?

Noah se echó a reír.

—Fue una ganga teniendo en cuenta el fin de semana que he pasado.

—Vaya. Entonces sí que lo pasaste bien con la chica Cabrera, ¿no?

—Ya lo creo. Confío en que no le digas nada a nuestro padre. Le dije a ella que dejaría de intentar hacerme con la empresa de su familia mientras nos siguiéramos viendo.

—Creo que debería sentarme. Estoy impresionado. ¿Y cómo piensas hacerlo?

—Ya sabes quién dirige Brand ahora mismo.

—Entonces supongo que puedes hacer lo que quieras. ¿De verdad vas a mantener tu promesa? —le preguntó Jeff.

—Desde luego. Lo demás no es tan importante.

—¡Esto es increíble! Ahora sí que tengo que sentarme hasta que se me pasé la conmoción cerebral —dijo Jeff, bromeando—. ¿De verdad estoy hablando con mi hermano?

—No seas tan bocazas, Jeff. Tampoco es para tanto. Ya sabemos que los Cabrera siempre han rechazado nuestras ofertas.

—Cierto. Así que no has perdido nada.

—Nada en absoluto.

—Y ahora tienes la posibilidad de seguir viendo a la

chica. Nunca pensé que vería el día en que irías detrás de una mujer.

—Creo que tú eres es el que más encaja en esa descripción.

—¿Y entonces quién se va a vivir con quién?

—Nadie, de momento. Ella quiere ir más despacio.

Jeff se echó a reír.

—Bueno, bueno… Otra sorpresa. Pero es una Cabrera y probablemente no se fíe de ti igual que un ratón no se fía de un gato hambriento.

—Haré lo que he dicho que haré. ¿Qué tal todo en el rancho? —preguntó Noah con la esperanza de cambiar el tema.

—Bien, con los problemas de siempre, pero sin importancia. Lo peor es el tiempo que hace. El calor es insoportable y no nos vendría mal algo de lluvia.

—¿Cuándo vendrás a la ciudad?

—Ya te lo diré. ¿Todo bien con mamá y papá?

—Sí, y él lleva tiempo sin pasarse por la oficina, lo cual está muy bien.

Noah se despidió de su hermano, colgó el teléfono y se quedó mirándolo, pensativo. Deseaba mucho volver a verla, tenerla en sus brazos, en su cama…

Volvió a agarrar el teléfono para llamarla a su casa, pero entonces retiró la mano.

Esperaría un poco antes de llamarla.

A esa hora ya debía de estar en el trabajo.

El jueves por la tarde Emilio Cabrera pasó por el despacho de su nieta para hablar de un pedido de una silla de montar y, finalmente, la conversación derivó hacia el tema del fin de semana.

–¿Y qué tal se vendieron nuestras botas en la subasta del sábado?

Al oírle, Faith dejó de hacer anotaciones en el pedido y levantó la vista. Sabía que ese momento tenía que llegar, tarde o temprano.

–Iba a decírtelo. Según Angie, hasta el momento hemos recibido nueve pedidos para las botas que fueron exhibidas esa noche. Espero que aún recibamos muchos más. Hemos vendido una docena de cinturones hechos a medida y dos trajes como el que yo llevaba. Y eso sin contar las ventas de botas y cinturones en los grandes almacenes locales y en otros puntos de ventas.

–Entonces mereció la pena. Espero que lo hayas pasado bien. ¿Hank pujó por ti?

–Sí. Pero… no fue el que más pujó. Debería haberlo visto venir, pero Noah Brand ganó la puja y pasé la noche del sábado con él. Por lo menos estuvo de acuerdo conmigo en no tocar el tema de los negocios y no me habló de ello en toda la velada.

Los ojos oscuros de Emilio Cabrera, siempre indescifrables, no revelaron reacción alguna durante unos interminables segundos.

Faith casi nunca era capaz de adivinar sus pensamientos.

–Tenías que salir con uno de los Brand –dijo de repente y apretó los puños. Era como si no hablara con ella, sino consigo mismo.

–Abuelo…

–No fue culpa tuya. Los Brand son capaces de hacer cualquier cosa para hacernos la vida imposible. Se empeñó en ganar la puja para que te vieras obligada a salir con él –sacudió la cabeza–. Esa familia es de la peor calaña.

–Por favor, no te preocupes. El fin de semana ha terminado.

Él levantó la vista y la miró fijamente.

–¿Y?

–¿Y qué? –preguntó ella, sonriendo.

–¿Lo pasaste bien? ¿Vas a volver a verlo?

–Lo pasé bien, pero no creo que vuelva a verlo. He intentado desalentarlo y creo que no volverá a insistir. Sospecho que no está acostumbrado a que una mujer lo rechace. Sin embargo, no me mostré demasiado hostil porque me dijo que iba a desistir de comprar nuestra empresa.

–No te lo creas, Faith.

–Lo sé. Soy consciente de que seguimos siendo rivales en el mundo de los negocios, así que ¿qué sentido tiene que nos sigamos viendo?

Emilio sacudió la cabeza.

–Eso depende, Faith. ¿Quieres volver a verlo?

–No puedo olvidar que es uno de los Brand, así que la cosa no tendría ningún futuro.

–Podría tenerlo. Yo podría ocuparme de los Brand en el terreno de los negocios. Así te quitaría ese peso de encima. No me importa hacerlo. Llevo toda la vida diciéndoles que no. Tanto a Knox, como a su padre, y en una ocasión incluso a su hermano Shelby. Creo que Shelby me gustó más que los otros. No era tan altivo y arrogante.

Ella sonrió.

–No. No tienes que preocuparte de los Brand, abuelo. A lo mejor por fin se han dado cuenta de que no queremos vender.

–Ésos no son de los que se rinden. ¿Te ha llamado desde que volvisteis?

–No.

–Entonces quizás no lo hayas pasado tan bien con él como dices. Me dijiste que Hank también había pujado, así que, con los dos, ¿recaudasteis mucho dinero?

–Creo que sí. Fue una suma muy grande.

Su abuelo se echó a reír.

–Fuera lo que fuera, fue poco para lo que tú vales, pero, si fue a parar a una organización benéfica, entonces es dinero bien empleado. ¿Te hizo pasarlo bien?

–Sí –dijo Faith. Ése era el momento de hablarle del yate, pero era mejor dejarlo pasar–. Creo que ya no volveré a ver a Noah Brand. Por lo menos hasta que vuelva a aparecer para hablar de negocios.

–Bueno, si no te importa, yo lo prefiero así. Voy a seguir con lo que estaba haciendo. ¿Te apetece salir a cenar con tu abuelo esta noche?

–Me encantaría –dijo ella, sonriendo.

Él le devolvió la sonrisa.

–Vendré a buscarte a las cinco y media. Yo tengo que acostarme pronto y tú trabajas hasta muy tarde.

Faith se echó a reír y trató de volver al trabajo, pero era imposible concentrarse en las cifras impresas en el papel. La sonrisa contagiosa de Noah Brand y su musculoso cuerpo la atormentaban sin cesar.

¿Cuánto tiempo tendría que pasar hasta que pudiera sacarle de sus pensamientos?

Capítulo Seis

Noah se pasó la mano por el cabello, soltó el bolígrafo y miró el teléfono. Faith estaba ahí fuera, no muy lejos…

Ella quería espacio y tiempo, pero a lo mejor sólo se trataba de una elegante estrategia para librarse de él de una vez y por todas.

Tenía que olvidarla y seguir adelante, pero no era capaz.

Después de repasar todas sus opciones una y otra vez, sólo veía dos posibilidades: podía llamarla o ir a verla, pero…

Ella le había dicho que no quería verlo.

—Noah, ¿estás ocupado?

Su tío Shelby estaba apoyado contra la puerta.

—Entra, tío Shelby. ¿Qué estás haciendo en Dallas?

—Tengo que venir de vez en cuando, aunque no me gusta tener que dejar Londres. Llevas mucho tiempo sin ir por allí.

—He tenido demasiado trabajo, pero ya sabes que si voy a Londres, serás el primero en enterarte.

Shelby avanzó hacia él y se sentó en una silla forrada en cuero.

—¿Qué tal el sábado con la nieta de Cabrera?

—Ya veo que las noticias vuelan. Mi hermano, ¿no? Él te lo dijo.

—La cuestión es… ¿La convenciste para que te consiguiera una entrevista con su abuelito? –le preguntó su tío con ironía.

–No. No fue una entrevista de negocios. Evitamos ese tema.

–No se lo digas a tu padre. No obstante, ha sido una maniobra muy inteligente, lo de tomárselo con calma. Supongo que lo pasasteis muy bien tú y la señorita.

–Así es. Claro que… sólo puedo hablar por mí.

–Bueno, conociendo a tu padre, te caerá encima para que vuelvas a salir con ella. He oído que Jeff se ofreció a ir en tu lugar –dijo Shelby, con ojos destellantes.

–No me extraña. Es una mujer espectacular.

Shelby se echó a reír.

–Puedes casarte con ella y conseguir el premio de tu padre.

Noah sonrió.

–Creo que no –dijo–. ¿Cuánto tiempo estarás aquí?

–Sólo vine a la fiesta de tu padre y a terminar algunas cosas pendientes. Me voy mañana.

–No te quedaste mucho en la fiesta –dijo Noah, preguntándose cuál era el verdadero motivo de la visita de su tío.

–Le deseé un feliz cumpleaños. Bueno, no te entretengo más. Sé que estás ocupado. Me alegro de verte, Noah. Ven a verme a Londres.

–Lo haré, dentro de un par de meses –dijo Noah, recordando que el viaje ya estaba programado para esas fechas.

En cuanto Shelby se fue, la duda y la indecisión volvieron a apoderarse de Noah. ¿Acaso debía llamar a Faith?

Él nunca se había puesto así por una mujer.

«Llama a otra y olvídate de ella», se dijo a sí mismo, agarrando el teléfono.

–¿Ha venido Shelby? –dijo su padre de pronto, entrando por la puerta.

–Sí, señor. Ha venido y se ha ido. Sólo se pasó pasa saludarme.

–Quería hablar con él, pero lo llamaré por teléfono. ¿Qué has decidido respecto a la cadena Reydon? ¿Vas a dejar que se ocupen de nuestros muebles? ¿Qué recomiendas?

–Tengo las cifras y los informes y, si te corre prisa, diría que sí, pero, tal y como están las cosas, creo que son un riesgo que no podemos asumir ahora. Ellos no llevan productos de máxima calidad, así que no deberíamos mezclar la marca con otras de menor categoría y prestigio. Voy a decirles que no.

Su padre asintió.

–Ésa es una buena razón. No he tenido ocasión de hablar contigo desde el fin de semana. ¿Cómo fueron las cosas?

–Bueno, declaramos una tregua y yo no saqué el tema de la oferta.

–De acuerdo. Eso está bien si estás tratando de ablandarla. ¿La has vuelto a ver?

–No, desde el fin de semana.

–Bueno, no lo dejes pasar y sigue en contacto con ella. La tendrás comiendo de tu mano dentro de muy poco.

Noah no tuvo más remedio que sonreír.

–Ya veremos, papá. Todavía tengo que conseguir que el abuelo me escuche. Él tiene la mayor parte de la empresa, si no es dueño de todo.

–Si ella te escucha, él lo hará. Maldito viejo testarudo –Knox se puso en pie–. Si Shelby vuelve a venir por aquí, dile que venga a verme. Lo llamaré a su teléfono móvil.

—Claro, papá —dijo Noah y esperó a que se marchara antes de volver a descolgar el teléfono.

Faith trabajó hasta muy tarde el viernes. Eran más de las seis cuando salió del despacho.

El señor Porter, el vigilante nocturno, no estaba por allí, pero el coche de Noah estaba aparcado junto al suyo.

Él bajó del vehículo al verla salir.

—¿Cómo sabías a qué hora iba a salir hoy? —le preguntó ella.

—En realidad llevo aquí un buen rato y he tenido que darle explicaciones al vigilante. Tenía algo de trabajo que hacer mientras esperaba.

—¿Es así como entiendes lo de darnos un respiro? —le preguntó ella, exasperada.

Él avanzó hacia ella y esbozó su sonrisa seductora de siempre.

—No parece que lleves todo el día trabajando. Pensé que podría convencerte para que cenaras conmigo. Tienes que comer algo. Conozco un sitio que hace una comida digna del mejor de los Cabrera, la mejor paella de este lado del Atlántico.

Ella no tuvo más remedio que sonreír, sacudiendo la cabeza.

—Vamos. Puedes protestar todo lo que quieras después de probar la paella —dijo él, agarrándola del brazo y conduciéndola al coche.

—Noah, estás demasiado seguro de ti mismo. ¿Qué esperas conseguir haciendo esto?

–Espero disfrutar de una cena contigo –le cerró la puerta del acompañante, sin dejarla terminar la frase y fue hacia el lado del conductor.

–Sólo estás posponiendo el inevitable desenlace.

–¿Y por qué tenemos que preocuparnos por esas cosas? ¿Por qué preocuparse por problemas que a lo mejor nunca llegan? Mientras tanto, aquí estamos, los dos juntos. Tenía ganas de verte y… Disfrutemos del momento.

Ella volvió a reír.

–Eres incorregible. Apuesto a que tus profesores te adoraban. Seguro que los tenías a todos encantados cuando eras un niño.

–Sí que me llevaba bien con ellos –dijo él, haciéndola sentir como si su día gris se hubiera vuelto multicolor de repente–. Mis profesores me adoraban y yo era un estudiante adorable.

–Y egocéntrico también, ¿no?

Él sonrió de oreja a oreja y la besó en el dorso de la mano.

–Mucho mejor así. Te he echado de menos.

Después de una repentina avalancha de placer, Faith no tuvo más remedio que recordar que no podía bajar la guardia. Debajo de todo aquel derroche de carisma, sonrisas y atenciones acechaba un implacable hombre de negocios con un solo objetivo que no era disfrutar de una cena.

El reloj casi marcaba las doce de la noche cuando salieron del restaurante. Después de ir a buscar el coche de Faith, Noah la siguió a casa y la acompañó hasta la puerta.

–Vendré a buscarte mañana para desayunar –le dijo antes de marcharse.

–Noah, no… Es demasiado.

–Te deseo, Faith. Te quiero en mis brazos, en mi cama –le susurró.

–Pero eso no va a ocurrir. Ya te lo dije. Necesito tiempo –dijo ella, dando media vuelta.

Él la agarró de la mano y la hizo detenerse con un beso arrebatador que la estremeció de pies a cabeza.

En algún momento indefinido entraron en la casa y él empezó a tirarle de la blusa y a acariciarle los pechos.

Faith gemía de placer.

–Noah, espera… –dijo, empujándole en el pecho y apagando la alarma–. No. No vamos a acostarnos juntos –le dijo, frenándole con una mano–. No voy a pasar por otra tormenta emocional. No esta noche –añadió, apenas capaz de recuperar el aliento.

Él le acarició el cuello y deslizó la mano hasta sus duros pechos, pero ella se la agarró en el aire y negó con la cabeza.

–Ah, Faith. No seas así. Te deseo.

–Adiós, Noah. Gracias por la cena –dijo ella, haciendo acopio de toda su fuerza de voluntad.

Cerró la puerta y se fue a su habitación. La oscuridad de una noche cerrada se colaba por la ventana.

De repente sonó el teléfono.

Era él.

–Pensé que podría charlar un rato más contigo de esta forma –le dijo.

–Noah, ¿te das cuenta de qué hora es?

–¿Y eso qué importa? –le preguntó él en un tono divertido.

–Sí que importa porque mañana apenas podré mantener los ojos abiertos.

–¿Quieres que vaya a arroparte? –le pregunto en un tono sugerente.

–Adiós, Noah.

–Mejor será que me dejes ir ahora. La semana que viene me voy a Japón y no sabrás nada de mí durante mucho tiempo.

–Te echaré de menos –le dijo ella en un tono jocoso–. Esta vez va en serio. Adiós –dijo y cortó la comunicación.

Unos minutos después recibió un mensaje de texto en el móvil.

–Vete a dormir, Noah –le contestó y se metió en la cama.

–Lo haría si estuvieras aquí –contestó él.

Faith sonrió y suspiró.

Era tan fácil enamorarse de él…

El sonido del teléfono la hizo despertarse de nuevo.

Era Millie.

–Hola –le dijo, todavía algo adormilada.

–¡Hola, Faith!

–¿Qué tal el fin de semana con Noah Brand? –le preguntó en un tono de intriga.

–Bien, muy bien. Lo pasamos bien.

–Me alegro mucho, Faith. Y siento un gran alivio. Tenía miedo de que las cosas se torcieran. ¿Estáis saliendo?

–Algo así –dijo Faith con reticencia–. Él lo tiene muy claro. Pero de todos modos no habría sido culpa tuya si lo hubiéramos pasado mal. No sabías que la entrada terminaría en manos de Noah Brand.

–A lo mejor no, pero me habría preocupado de todas formas. Si lo pasaste bien con Noah, entonces deberías dejar de preocuparte de los negocios. Además, tu abuelo sabe cómo mantener a raya a los Brand.

–Puede que te interese saber que seguí tu consejo y le hice olvidar los negocios. Y al final me dijo que iba a desistir de sus planes de adquirir la empresa de mi abuelo.

–Increíble –dijo Millie.

–No tengo prisa por consolidar una relación, pero, ahora mismo, Noah está en mi vida.

–Y eso es aún más increíble –exclamó Millie–. Así puedo dejar de sentirme culpable por lo de la entrada.

–Desde luego que sí –dijo Faith–. ¿Y tú qué tal?

Millie le contó las últimas novedades en su vida y Faith la escuchó con atención. Era un alivio haber dejado atrás el tema de Noah.

–Bueno, Millie, me alegro de que las cosas te vayan bien. Ahora tengo que dejarte, pero te llamaré pronto.

–Relájate y disfruta de él –le dijo su amiga–. Cualquier mujer de la ciudad daría cualquier cosa por estar en tu lugar.

Faith sonrió y se despidió de Millie.

El siete de abril, Faith comenzó a alarmarse. Llevaba muchos días sintiendo náuseas por las mañanas y el periodo se le estaba retrasando.

El viernes, todavía mareada, miró el calendario. Noah había usado protección, pero las garantías nunca eran absolutas.

Algo preocupada, fue a comprar un test de embarazo y se fue a casa para usarlo.

«No puede ser...», se dijo a sí misma, mirando el resultado.

Estaba esperando un hijo de Noah Brand.

Su planes de futuro se esfumaron en un abrir y cerrar de ojos. Iba tener un bebé, el bebé de Noah...

Con la mirada perdida en el vacío, Faith se quedó inmóvil durante unos segundos, incapaz de pensar con claridad.

La furia fue el primer sentimiento que se apoderó de ella. Noah podía usar al bebé para ejercer control sobre ella y sobre su abuelo.

De repente sintió un miedo terrible. Si se casaban entonces él acabaría apropiándose del negocio más tarde o más temprano.

«No. No puedo casarme con él bajo ningún concepto...», pensó para sí.

–Mi abuelo jamás lo aceptará –se dijo en voz alta–. Dios mío, voy a tener un hijo de Noah Brand. Mi vida va a estar unida a la de los Brand de ahora en adelante. Dios... –desesperada, se llevó las manos a la cabeza y lloró desconsoladamente.

Un rato más tarde, se lavó la cara y llamó a su médico para concertar una cita. Por suerte, el ginecólogo la pudo recibir esa misma tarde y entonces ya no quedó la más mínima duda.

Estaba embarazada de Noah Brand...

–Cierra la puerta, Angie, tengo que hablar contigo.

Faith llevaba toda la semana esperando el momento apropiado para hablar con Angie. Ella era la persona en la que más confiaba en el trabajo y tenía que decírselo antes de que empezara a sospechar.

–Me preguntaba cuándo ibas a hacerlo –dijo Angie, sentándose delante.

Sorprendida, Faith la miró fijamente.

–Ya lo has adivinado.

–Sí. Una de mis hermanas pequeñas tuvo a sus dos hijos cuando todavía vivía en casa.

–Estoy muy sorprendida, Angie. Tardé demasiado tiempo en darme cuenta. Yo he tenido cerca a mis tías, pero supongo que no prestaba mucha atención cuando pasaron por ello.

–Tienes náuseas por las mañanas. Pero, por lo demás, ¿te encuentras bien, Faith?

–Físicamente, sí. Pero todavía no me lo creo. Este embarazo no estaba entre mis planes. Tengo que decírselo al abuelo. Tú eres la primera persona a quien se lo digo. Y tengo la sensación de que no va ser tan fácil decírselo a él.

–Tu abuelo es una persona cabal. Nunca le he visto perder la ecuanimidad. Pero, si puedo hacer algo por ti, sólo tienes que decirlo.

–El padre no lo sabe y no quiero que se entere de momento. Si se entera las cosas pueden ir a peor.

–Entonces es Noah Brand. Vaya… Me figuraba que tenía que ser él. Llevo mucho tiempo sin ver a Hank. Pero vosotros nunca habéis sido nada más que amigos, ¿verdad?

–Sí, pero no quiero que Noah lo sepa de momento.

–Sólo recuerda una cosa. Tienes amigos, familia… No estás sola en esto.

–Lo sé. Es que no era lo que yo había planeado. Creo que hoy me voy a ir a casa pronto. Le voy a decir al abuelo que me voy a casa.

–Claro. Yo me ocuparé de todo por aquí y, te desviaré las llamadas al móvil si es algo realmente importante.

–Muchas gracias por todo, Angie.

–Cuando quieras hablar, aquí estoy –dijo la secretaria y sonrió.

Faith le devolvió la sonrisa.

Una vez sola, miró el reloj. Eran más de las cuatro.

Llamó a Noah y le dijo que tenía algunas cosas que hacer.

No quería verle ese día.

A la luz de un cálido sol de primavera, Faith subió al coche y se fue a su casa.

Esa noche iba a cenar con su abuelo y tenía que contárselo todo.

Después de la cena, Faith y su abuelo fueron a sentarse en la sala de estar. Ella había crecido en aquella casa y cada rincón estaba lleno de dulces recuerdos de su infancia.

En las estanterías había varias fotos suyas de cuando era niña, y también viejos libros que su abuela solía leerle en voz alta.

Faith sonrió para sí y miró a su abuelo.

Tenía puestas sus zapatillas de estar en casa y la miraba con una sonrisa desde su sillón.

–Tengo algo que contarte, abuelo –dijo ella, sentándose a su lado y tomándolo de la mano.

–Espero que sean buenas noticias. Tienen que serlo –dijo él, mirándola con mucha atención–. No parece que estés triste.

–Es alto inesperado y me ha llevado unos cuantos días hacerme a la idea. Quería meditar bien las cosas antes de contártelo. Espero que no te enojes conmigo.

–¿Enojarme contigo? Claro que no. Mira, cariño, si quieren que vuelvas a tu antiguo trabajo, podemos arreglárnoslas.

Ella sonrió, le dio una palmadita en la mano y sacudió la cabeza.

–No, abuelo. No me han llamado, pero, aunque lo hicieran, no querría volver con ellos. Soy feliz aquí.

–Bueno, ahora sí que has despertado mi curiosidad. Dejaré de hacer conjeturas y te dejaré hablar.

–A lo mejor deberías beber un poco más de vino.

Esa vez fue él quien sonrió.

–¿Tan malo es?

–Vas a ser bisabuelo –dijo ella, conteniendo el aliento y esperando a ver su reacción.

–Creo que sí necesito beber algo más –dijo él, frunciendo el ceño y mirándola con gesto pensativo–. ¿Las campanas de boda van a sonar próximamente?

Ella sacudió la cabeza.

–No. Este bebé ha sido toda una sorpresa. Pero creo que podré arreglármelas si estás conmigo.

–Bueno, desde luego que sí –dijo él, poniendo la bebida sobre la mesa y abrazándola con mucho cariño–. ¡Claro que puedes contar conmigo! ¡Bisabuelo! –la soltó y entonces volvió a mirarla con ojos inquisitivos–. ¿Y qué tal te encuentras?

–Tengo algo de náuseas por las mañanas, pero el médico me ha dicho que se me quitarán pronto. Por lo demás, estoy bien. Me llevé una gran sorpresa porque no lo esperaba, pero ya estoy empezando a hacerme a la idea. Como he dicho, te tengo a ti y creo que estaré bien.

–Puedes venirte a vivir conmigo si quieres.

Ella sonrió y volvió abrazarlo.

–Gracias. Te agradezco tu oferta, pero no creo que quieras tener a un bebé llorando a todas horas en casa.

–¿Crees que no estoy acostumbrado? Estaría encantado de teneros aquí a los dos. Puedes mudarte cuando quieras, aunque sólo sea por unos meses.

–Gracias, abuelo –dijo ella, volviéndose a sentar en la silla–. Te quiero mucho. Sabía que podría contar contigo.

–¿Pero cómo es que no hay campanas de boda? ¿El padre lo sabe?

–No lo sabe. Quería decírtelo a ti antes. Creo que va a ser mucho más difícil para ti.

Él la miró fijamente.

–Maldita sea. Es Noah Brand, ¿verdad?

–Sí.

–Creo que es el único hombre con el que has salido últimamente. Maldita sea. Ni siquiera lo conocías antes de la subasta. Acabas de entregarle nuestro negocio en bandeja de plata –dijo, golpeando el brazo de la silla con la mano.

–Eso no pasará, abuelo.

–Más le vale casarse contigo y darle un apellido al bebé.

–No voy a casarme con él. Nuestras familias nunca se han llevado bien. Tú no puedes ver a los Brand ni ellos a nosotros.

Emilio Cabrera se puso en pie, fue hacia la repisa del hogar y le dio otro sorbo a la bebida.

–Esto no me gusta nada, pero creo que deberías casarte, Faith. También es su responsabilidad. Él tiene que darle su apellido y ocuparse de él.

–Lo tendré en cuenta –dijo Faith, esperando que fuera suficiente para su abuelo.

–Quiero hablar con él. En ausencia de tu padre, creo que es mi responsabilidad.

–No, no… –dijo ella, frotándose la frente y sintiendo cómo se le agarrotaba el estómago–. Que insistas en que se case conmigo no es lo que deseo. Por favor, déjamelo a mí, abuelo –dijo, arrepintiéndose de haberle revelado el nombre del padre.

–Faith, va a casarse contigo.

–Abuelo… –dijo ella, cada vez más nerviosa–. Por favor, los tiempos han cambiado. Las mujeres tienen hijos sin necesidad de casarse…

–No en mi familia –dijo él, algo molesto.

–Sólo te pido que esperes un poco. Dame algo de tiempo para ocuparme de Noah. Tenemos nueve meses, casi un año, así que no tengo por qué precipitarme. Por favor, hazlo por mí. Prométeme que vas a esperar y a dejar que me ocupe yo. Te lo ruego.

Él la miró fijamente, dejó la bebida sobre la repisa, fue hacia ella y le puso las manos sobre los hombros.

–Deja de preocuparte. Lo último que quiero es verte sufrir. Esperaré un poco, lo prometo, pero más le vale mantenerse fuera de mi vista.

–No hagas nada precipitado, abuelo. No quiero que Noah me proponga matrimonio para complacerte. No hay amor entre nosotros. Sólo fue un romance de fin de semana, pero no estamos enamorados. Y yo quiero casarme por amor.

–Mira, Faith. Puede que yo ya esté un poco anticuado, pero ésta es una familia de valores y el padre de este bebé debería reconocerlo y ocuparse de él.

–Sólo dame algo de tiempo para hablar con Noah. Yo no quería que esto ocurriera.

–Te daré el tiempo que me pides.

–Muchas gracias, abuelo –dijo Faith, aliviada.

–Deja de preocuparte. Yo te quiero muchísimo y quiero lo mejor para ti.

–Gracias de nuevo, abuelo. Yo necesito todo el amor que puedas darme, no necesito más problemas.

–Se lo diré a tu abuela esta noche cuando rece mis oraciones. Y a tus tías les encantan los niños y a sus hijos también, así que no estarás sola. Pero, bueno, yo sé que tú sabes cuidar muy bien de ti misma.

–Sí, abuelo, y estoy bien. Me voy a casa –le dijo, al darse cuenta de que ya había llegado la hora de acostarse para su abuelo–. Es tarde… Ahora me canso más fácilmente y tú también debes de estar cansado.

Él la acompañó a la puerta y la despidió con un beso en la mejilla y con un sentido abrazo.

«Acabas de entregarle nuestro negocio en bandeja de plata…», pensó Faith, recordando las palabras de su abuelo de camino a casa.

«Yo no soy de los que se casan…».

Un escalofrío recorrió su cuerpo de pies a cabeza.

Cuando Faith salió de la oficina el lunes por la tarde, Noah la estaba esperando en el aparcamiento.

Al verlo allí parado, la joven respiró hondo y se preparó para lo que estaba por venir.

–Te he echado de menos –dijo él, yendo hacia ella para darle un beso.

Ella se lo devolvió con frialdad.

–Esto es un poco peligroso. El señor Porter se da varios paseos por aquí mientras patrulla la zona, pero cuando no está por aquí, este lugar es un poco solitario. Podrían atracarnos en un abrir y cerrar de ojos –dijo ella.

–Si es así, no deberías salir sola. Me sorprende que tu abuelo te deje irte sola.

–Cree que salgo a las cinco y media.

Noah le abrió la puerta del pasajero de su deportivo, pero ella le enseñó las llaves de su coche y las sacudió con énfasis.

–Creo que me iré en mi coche. Mañana voy a tener un día muy ajetreado.

–No seas ridícula. Puedo llevarte al trabajo a tiempo –dijo él, sonriendo y agarrándola del brazo–. Vamos.

–Noah, ¿es que no entiendes la palabra «no»?

–Claro que la entiendo, pero no me gusta –dijo, sin soltarla, llevándola hacia su propio coche.

Faith entró al vehículo y le observó mientras rodeaba el capó para subir por el lado del conductor.

Vestido con un traje de color negro, Noah Brand estaba impresionante, tan apuesto e imponente como siempre, y arrebatadoramente sexy.

El hombre perfecto en muchos aspectos…

Un candidato perfecto para ser el padre de su bebé.

Él se sentó a su lado, giró la llave del contacto y la miró un instante. Sus ojos agudos e impasibles veían a través de ella.

Algo inquieta, Faith levantó la cabeza.

–¿Qué? –le preguntó–. ¿A qué esperas? –le espetó en un tono injustificadamente áspero.

–Me estás mirando como si fuera un bicho bajo la lente de un microscopio –dijo él–. Creo que debería ser yo quien preguntara «¿Qué?».

Ella le puso una mano sobre la rodilla para distraerle.

–No seas tonto. ¿Vamos a comprar algo de comer y cenamos en mi apartamento? Una cena íntima…

–Ésa es la mejor idea que he oído en todo el día. ¿Qué tal unas costillas? Conozco un sitio donde hacen la mejor barbacoa.

–Muy bien.

Como siempre, sus indescifrables ojos grises no revelaban emoción alguna y Faith se sentía cada vez más incómoda.

Al intentar retirar la mano, él se la agarró y volvió a ponerla sobre su propia rodilla.

–Así mejor.

–Sólo quería captar tu atención –dijo ella, intentando retirarla de nuevo.

Él volvió a agarrarla.

–Noah, pon las dos manos en el volante. Estás conduciendo.

–El semáforo está en rojo. Cuando se ponga verde, seré un conductor modelo –dijo, acariciándole el muslo y despertando su deseo.

–Ya se ha puesto verde, así que deja de jugar conmigo.

–Ah, entonces te has dado cuenta. A lo mejor podemos hacer algo para aliviar ese mal humor tuyo. No creo que sea tan malo como lo mío –dijo, volviendo a agarrar el volante con ambas manos.

–Esta noche te voy a deleitar con algo de historia familiar sobre los Cabrera. ¿Quieres conocerlos mejor?

–Lo estoy deseando. Sobre todo a una Cabrera en particular...

Después de cenar la ayudó a recoger y a fregar. Se había quitado el abrigo y la corbata y se había desabrochado los primeros botones de la camisa.

–A ver si aprendes algo de historia acerca de la familia Cabrera y así abres tus horizontes, Noah –dijo ella, tomándole de la mano.

Él bromeaba y flirteaba con facilidad y ella le seguía corriente aunque no quisiera.

–Me saltaré todas las fotos de bebés y me centraré en aquéllas que creo pueden interesarte –dijo ella.

Él la atrajo hacia sí y la hizo detenerse en el vestíbulo.

–Aquí está mi bisabuelo trabajando en la tienda y mi abuelo es ese niño que le observa desde un rincón –dijo ella, señalando una foto.

–Qué bien que tengas estas fotos –dijo Noah, mirándolas–. Yo ni siquiera sé si en mi familia tenemos fotos antiguas. A mi madre sólo le gusta irse de compras y viajar y a mi padre nunca le han gustado estas cosas.

–Aquí hay otra que te puede interesar.

–Vaya –dijo él, mirando una foto de su abuelo.

–Mi abuelo está enseñando el primer par de botas que hizo él solo. Todavía las tiene. Están muy gastadas y ya no puede usarlas, pero las guarda con orgullo.

–No me extraña. Parece que tenga unos catorce años.

–No. Tenía dieciséis –dijo ella, consciente en todo momento del calor que desprendía el cuerpo de Noah.

Él le soltó la mano y le puso el brazo alrededor de los hombros.

–¿Ves por qué me importa tanto la historia familiar? Durante las vacaciones, en la casa del abuelo, o dondequiera que nos reunamos, siempre hay un montón de gente, todos los parientes que podemos juntar.

Noah se volvió hacia ella. Sus ojos grises eran una invitación y su boca resultaba demasiado tentadora.

–Creo que no tienes nada parecido en tu familia. No hay historia, ni respeto por el pasado, ni tampoco resentimientos por las viejas rencillas.

–Así es. Ahora entiendo por qué tú te lo tomabas tan en serio, pero tienes que ser capaz de superar todo eso. Yo sigo diciendo que la historia es historia. Tienes que dejarlo atrás.

–Lo estoy intentando, Noah –respondió ella con sinceridad–. Sé que tengo que hacerlo.

–Faith, te he echado mucho de menos –dijo, atrayéndola hacia sí para darle un beso.

Ella se dejó llevar por un intenso deseo y, rodeándolo con los brazos, le devolvió el beso.

Se apretó contra su potencia masculina y entonces le desabrochó los botones de la camisa para palpar su fornido pectoral mientras él la colmaba de besos.

Sólo deseaba tocarlo, besarlo y explorar su cuerpo. Tenía que compensar todas esas noches que había pasado en soledad, añorándolo.

–Esto es lo único que importa, nena –susurró él–. El pasado, pasado está –la agarró en el aire–. ¿Dónde está tu dormitorio?

La llevó a la habitación cargada en brazos.

–Noah, te deseo –dijo ella, tirándolo de los hombros.

—Y tú no sabes cuánto te deseo yo —susurró él, apartándose un momento para contemplarla—. Eres preciosa —la agarró en el aire una vez más, la tumbó en la cama y entonces se volvió para buscar protección.

Faith mantuvo silencio. No era el momento de decir la verdad, sino de dejarse llevar por la pasión…

A la luz del amanecer, Faith se acurrucó contra Noah.

—Todavía no he terminado de enseñarte mi apartamento y aún te quedan por ver muchos recuerdos y reliquias de familia.

—Lo dejaremos para otra ocasión —dijo él, besándola en la mejilla—. Te veré esta noche después del trabajo. Ahora te toca a ti visitar mi casa. ¿Por qué no vienes luego a verla?

—Muy bien. Me encanta la idea —dijo ella—. Pero ahora tenemos que levantarnos, Noah.

—A mí se me ha levantado otra cosa —le dijo él, rodando sobre sí mismo hasta ponerse encima de ella.

Alrededor de las siete le vio marchar desde la puerta y volvió a entrar en la casa. Lo había dejado entrar en su vida para siempre… a Noah Brand. Y no sabía cómo reaccionaría él cuando supiera la verdad.

Pero tenía que decírselo cuanto antes. Tenía que contarle lo del bebé.

Capítulo Siete

–Buenas tardes, señor Porter –dijo Noah, bajando del coche y metiéndose las llaves en el bolsillo de su traje color azul oscuro–. Me alegra verlo por aquí. Me preocupa que la señorita Cabrera trabaje hasta tan tarde.

–Yo siempre estoy por aquí y, si no estoy, tengo un sustituto –dijo el empleado, abriéndole la puerta trasera.

–Gracias –dijo Noah, avanzando por el largo pasillo rumbo al despacho de Faith–. Faith –dijo.

Ella asomó la cabeza por la puerta y salió al pasillo.

–¿Cómo…? –empezó a decir, pero se detuvo–. El señor Porter te dejó entrar, ¿no?

–No le digas que no lo haga –dijo Noah, sorprendido ante su reacción.

Ya había vuelto a ser la misma Faith que había conocido aquel lejano día cuando le había tendido una pequeña emboscada.

–Llegas pronto, Noah. Tengo que terminar unas cosas –entró en el despacho a toda prisa y él fue tras ella.

–¿Qué es esto? –le preguntó, mirando a su alrededor y reparando en una silla de montar.

–Es la silla de mi tatarabuelo. Ya te dije que, a diferencia de los Brand, nosotros valoramos mucho el pasado. Además, el matrimonio y la familia no son para ti, ¿verdad? A ti no te gustan las relaciones a largo plazo. Tú mismo me lo dijiste.

–Deja de recordarme todo lo que he dicho. Siempre hay una primera vez. Vamos a ver dónde nos lleva todo esto –dijo él, yendo hacia ella. Le puso las manos sobre los hombros y empezó a acariciarla en el cuello.

Su pulso acelerado palpitaba bajo las yemas de los dedos de Noah.

–Esto es lo que me hace volver una y otra vez aunque me digas que no tenemos futuro juntos. Tu corazón late muy deprisa y te has quedado sin aliento. Puedo ver deseo en tus ojos, lo mismo que yo siento. Hay pasión y fuego entre nosotros, así que deja de resistirte.

–Oh, Noah –dijo ella, mirando su boca y entreabriendo sus propios labios.

Él se inclinó para darle un beso, rozándose contra ella y palpando sus generosas curvas.

Quería hacerle el amor allí mismo, en el despacho.

–Noah –repitió ella, empujándole suavemente.

Pero él apenas podía oírla. Los latidos de su corazón retumbaban en sus oídos.

Puso las manos sobre las mejillas de ella y la miró fijamente.

Ojos velados por la pasión, la boca hinchada y roja después de sus besos… Ella también lo deseaba.

Respiró hondo y trató de mantener la compostura.

–Si estás lista, nos vamos a mi casa –le dijo en un tono sugerente–. ¿Dónde está tu bolso? –le preguntó, besándola en la comisura de los labios.

Ella se apartó y, mientras apagaba el ordenador, Noah tuvo tiempo de mirar a su alrededor para así calmar su libido en ebullición.

Había un libro en el borde de la mesa. En la portada aparecía un bebé sonriente.

Noah se acercó un poco y justo en ese momento ella lo agarró y lo guardó en un cajón.

Sus mejillas estaban rojas como un tomate y sus ojos brillaban como nunca.

–¿Qué era eso? –preguntó él, observándola con curiosidad.

–Es un regalo –dijo ella en un tono nervioso.

De repente Noah recordó claramente lo que había visto y no tardó en unir las piezas del rompecabezas.

–Es un libro sobre bebés para madres primerizas.

–Mis tías tienen muchos hijos.

Noah la miró con ojos de sospecha y entonces se dio cuenta de que no le estaba diciendo la verdad.

Un torrente de lava recorrió sus venas y la temperatura de su cuerpo se disparó.

–Noah, ¿nos vamos? –preguntó ella, mordiéndose el labio, impaciente.

Él guardó silencio. Las fotos de su familia, su amabilidad repentina…

–Estás embarazada, ¿no?

Ella permaneció callada y el corazón de Noah empezó a latir sin ton ni son. Un frío gélido recorría sus entrañas.

–Usamos protección.

Ella levantó la barbilla, sonrojada.

–Un preservativo no es cien por cien fiable.

–Vas a tener un hijo mío.

–Siempre has sido demasiado perspicaz. Si hubiera sabido que ibas a llegar tan pronto, no habría dejado el libro sobre la mesa. Un embarazo es algo de lo que me puedo ocupar muy bien, Noah. Sé que eres el padre y al final compartiremos las responsabilidades, pero no me presiones. Yo misma acabo de enterarme.

–¿Pero podemos hablar de ello? –preguntó él. La mente le daba vueltas y no podía pensar con claridad. Faith estaba esperando un hijo suyo; un vínculo que los uniría para siempre.

Noah la estrechó entre sus brazos.

–Tenemos tiempo para pensar las cosas. Admito que estoy muy sorprendido, pero al final encontraremos una solución. ¿Cómo te sientes?

–Después de superar la tremenda sorpresa que me llevé, me di cuenta de que tengo una enorme familia que me ayudará en todo. También ha sido toda una sorpresa para ti. Tienes que darte tiempo y pensarlo bien, que es lo que yo he estado haciendo.

–Tienes razón… –Noah se vio interrumpido por el sonido del teléfono de Faith.

Ella contestó y comenzó a hablar de negocios, así que él decidió salir al pasillo para darle algo más de privacidad.

Iba a ser padre.

Noah Brand iba a ser padre, pero aún no sabía cómo hacerse a la idea.

Nunca antes había considerado la posibilidad de tener una familia. Casarse y tener hijos siempre había sido una idea lejana que pertenecía a un futuro distante y poco probable.

Sin embargo, esa idea se había hecho realidad en un abrir y cerrar de ojos.

¿Qué iba a hacer a partir de ese momento?

Tenía que ocuparse de su hijo y quería apoyar a Faith en todo, si ella lo dejaba. Él nunca había sido de los que evadían las responsabilidades y ése iba a ser uno de los momentos más importantes de toda su vida.

De pronto recordó las palabras de su padre.

«Descubrirás que los hijos son una bendición… Son importantes. Busca a una mujer entre tus amigos, alguien con quien te lleves bien, y crea una familia. Nunca te arrepentirás…»

La puerta del despacho se abrió.

–Ya he terminado. No hacía falta que salieras.

–Nos íbamos a mi casa, así que, vámonos ya y así podremos hablar con más calma.

–Voy por el bolso.

Mientras conducía de camino a casa, Noah tuvo tiempo de reflexionar. Varias preguntas sin respuesta se arremolinaban en su mente.

Lo que jamás había esperado se había hecho realidad. Él siempre había sido prudente y precavido, pero el futuro era una incógnita que nunca dejaba de sorprenderlo.

–Noah, casi puedo ver cómo bullen las ideas en tu cabeza.

–Estoy seguro de que tu mundo se puso patas arriba cuando lo supiste. Claro que estoy pensando en ello. Me afecta mucho y a ti también. Nos guste o no, estamos juntos en esto.

Ella guardó silencio y Noah se dio cuenta de que sus palabras no le habían gustado mucho.

«De alguna forma el matrimonio es una pequeña parte de la vida, Noah. El negocio del cuero consumirá una buena parte de tu vida. Tienes bastante dinero como para hacer lo que te plazca y hacer feliz a una mujer…»

Las palabras de su padre retumbaban en su cabeza.

–¿Qué estás pensando? –le preguntó, incapaz de aguantar la curiosidad.

Ella miraba por la ventana con gesto pensativo e indescifrable.

—Intento pensar de forma práctica –dijo–. No sé si irme a vivir con mi abuelo o quedarme en el apartamento. Mis tías querrán que me vaya a vivir con ellas, así que tengo que contar con ellas. Yo soy hija única, pero mi padre no lo era. Tiene cuatro hermanas. Todas viven cerca y tienen familias numerosas. Nuestras vacaciones siempre son muy ajetreadas. La casa siempre está repleta de gente, muchos niños… Bodas, funerales, bebés… Todos son grandes acontecimientos, sobre todo los bebés. Mi abuelo ya es bisabuelo. Tiene seis biznietos. Mi familia es muy grande y variada, así que no voy a estar sola en esto… Hubo un tiempo en el que quería estar sola. Por eso me busqué un trabajo fuera de Dallas.

Él sonrió.

—Bueno, yo no tengo ese problema. Por lo menos en lo que se refiere a estar solo. Éste va a ser el primer nieto de mis padres, Faith, así que sí será un momento importante para nuestra familia.

—Les he pedido a mi abuelo y a Angie que guarden silencio de momento. Quiero pensarlo todo muy bien antes de que mis tías se enteren. Y te agradecería que tú también fueras discreto al respecto.

—Por supuesto. No se lo diré a mis padres de momento. Si crees que me gusta controlarlo todo, entonces deberías conocer a mi padre.

Ella frunció el ceño.

—No es tan malo como parece –añadió él–. Él no puede controlar tu vida.

—No, no puede –dijo ella con firmeza.

Noah se preguntó si se refería a su padre o a él mismo.

—Un cosa, Faith… Y no admito discusión al respecto. No quiero que te preocupes de nada en el tema del dinero. Yo asumiré todos los gastos, sean los que sean.

—Noah, ya estás intentando controlarlo todo —dijo ella, algo molesta.

—Por favor, Faith. También es mi hijo y quiero que sea mi responsabilidad. No vas a perder nada por dejarme asumir los gastos de manutención. Además, ya tienes bastante con las náuseas mañaneras. Yo creo que es un trato justo.

Ella no tuvo más remedio que sonreír y Noah se sintió más aliviado.

—Más bien preferiría que tú tuvieras las náuseas mañaneras y yo me ocuparía de los gastos.

—Lo siento —dijo él, apretándole la mano.

—Dicen que se pasa después de los tres primeros meses. ¿Cómo es que tres meses me parece una eternidad en este momento?

—¿No puedes entrar más tarde al trabajo hasta que te recuperes de las náuseas? No creo que a tu abuelo le moleste y tampoco creo que influya en tu trabajo.

—Probablemente tengas razón.

—Vamos a ser padres. Eso es algo que me resulta difícil de asumir.

Ella siguió mirándolo en silencio.

—Me sorprende que te lo hayas tomado con tanto entusiasmo e interés. Eres un soltero codiciado y siempre me has dicho que valoras mucho la soltería y la independencia.

—Pero quiero ser parte de la vida de mi hijo.

—Tenemos muchos meses por delante para pensar cómo distribuir el tiempo. Pero, al menos durante el primer año, el bebé necesita estar conmigo.

–También es mi bebé, Faith. No quiero perderme nada.

Los ojos de ella emitieron un destello brillante, pero su respuesta fue sosegada.

–Lo entiendo.

Noah era consciente del choque entre ellos, pero no estaba dispuesto a olvidarse de su hijo. No podía permitirlo de ninguna manera.

Tenían que hallar una solución satisfactoria y beneficiosa para todos.

En unos minutos entraron en una zona residencial de lujo con flamantes mansiones rodeadas de inmensas fincas.

Faith la conocía vagamente, pero nunca había estado allí.

Poco después atravesaron un portón junto al que se alzaba una garita de control ocupada por un vigilante.

–Noah, ahora entiendo de dónde proviene toda esa confianza en ti mismo –dijo ella, contemplando la imponente mansión que aparecía ante sus ojos–. Cualquier persona se sentiría así de seguro si fuera dueño de este palacio.

–Detecto cierto desprecio en tu voz.

–No, no es desprecio. ¿No te sientes como si estuvieras en un museo?

Él sonrió.

–No mucho. Es mi hogar –dijo y se detuvo en la parte de atrás.

Alrededor del edificio principal había otras construcciones rodeadas de muros y árboles que mantenían la privacidad del domicilio.

–¿Por qué no te vienes a vivir conmigo? –le preguntó él de repente–. Tengo una casa muy grande y así no estarás sola en tu apartamento. Podemos hacerlo.

Atónita, Faith lo miró fijamente como si acabara de sugerirle que se fueran a vivir a la Luna.

–¿Qué demonios…? Eso no tiene ningún sentido –dijo ella en un tono tenso–. No estamos enamorados, Noah. Esto fue un accidente, un embarazo inesperado. Bueno, ahora tenemos que planear las cosas, pero no tengo motivos para irme a vivir contigo. Además, si quiero vivir con alguien tengo familiares de sobra. Y estoy mucho más apegado a ellos que a ti.

–Faith, te he dicho que quiero estar cerca de ti y del bebé –dijo Noah, intentando evitar el delicado tema del matrimonio. No estaba preparado para casarse con ella, pero tampoco quería perderla para siempre–. Creo que sería más fácil si viviéramos juntos.

–Más fácil para ti, supongo.

–Y también para ti. Buscaré una niñera. Tengo muchos empleados en la casa; un cocinero, empleados de limpieza, un chófer… Así te quitarías más de un peso de encima y podrías dedicarte por completo al bebé. Hay sitio de sobra para ti y para el niño, y podemos mantenernos alejados el uno del otro.

–En esta casa, podría pasar todo un año antes de que volviéramos a vernos.

–Piénsalo –dijo Noah, cada vez más impaciente.

–Consideraré tu oferta –dijo ella tranquilamente.

Resistiendo la tentación de estrecharla entre sus brazos, Noah la llevó a conocer la casa.

–Tengo que irme a casa –dijo ella, después de cenar.

Estaban sentados en el patio de la casa, tomando el aire.

–Faith –dijo él en un tono seductor que desperta-
ba sus instintos más primarios.

Ella se volvió hacia él al tiempo que él intentaba
abrazarla.

–Nada ha cambiado por mi parte. Yo sigo deseán-
dote con todo mi ser –añadió, acariciándola en la espalda.

Las azules pupilas de ella se dilataron y sus labios
se entreabrieron.

–Noah –susurró ella.

Sin saber si aquel susurro era una objeción o una
demostración de deseo, la atrajo hacia sí y le dio un
beso apasionado.

–Tú lo deseas tanto como yo –le dijo, besándola en
la frente, en la mejilla…

Ella le puso los brazos alrededor del cuello y se
entregó a la pasión del momento.

Él deslizó la mano sobre su espalda y le agarró las
nalgas con furor, provocando una reacción que la
hizo apretarse y rozarse contra él hasta hacerle arder
de deseo.

–Noah… Noah… tengo que parar e irme a casa
–susurró ella, empujándolo en el pecho. Ha sido una
tarde larga y no quiero tener que quedarme aquí.

Él la miró con gesto serio, asintió con la cabeza y
echó a andar hacia el coche en silencio.

El abuelo de Faith la esperaba en el jardín con
cara de pocos amigos.

–Maldita sea. No voy a poder darte un beso de
buenas noches –dijo Noah entre dientes.

–No esta noche –contestó ella–. Yo no sabía nada

112

de esto, Noah. Mi abuelo está enojado y no quiero que hable contigo hasta que se calme un poco. Déjame aquí y vete a casa.

–Ni hablar –dijo, bajando del coche al mismo tiempo que ella.

Emilio se volvió hacia su nieta.

–Faith, entra en casa. Quiero hablar con Noah.

–Abuelo…

Emilio Cabrera le hizo un gesto con la mano.

–Entra en casa. Esta conversación no te incumbe. Si intentas impedírmelo, entonces iré a ver a Noah a su despacho y no creo que tú quieras eso.

–Abuelo, tienes la tensión alta. Deja que yo me ocupe de todo. Quisiera que no interfirieras en esto.

–Ahora mismo estás haciendo que me suba mucho más. Muy pronto todos vamos a estar unidos por el hijo que esperas, así que será mejor que me dejes hablar con Noah.

La joven se dio por vencida. Sin embargo, antes de entrar en la casa se volvió hacia Noah y le lanzó una mirada mucho más amenazante que la de su abuelo.

–Mi nieta lleva un hijo tuyo en su vientre.

–Sí, señor. Le he pedido que se vaya a vivir conmigo y le he dicho que yo me ocuparé de todos los gastos de manutención.

–Eso está bien, pero no lo bastante. No le hagas daño. Nuestras familias nunca se han llevado bien, pero ahora no tendremos más remedio que sobrellevarnos. Más te vale hacerla feliz durante todo el embarazo.

–Haré todo lo que esté en mi mano.

–Si tuviera veinte años menos, te rompería la cara sin dudarlo, pero me estoy haciendo viejo y conozco bien mis limitaciones. Además, no tiene sentido pelearse en estas circunstancias. Sin embargo, más te vale escucharme con atención y hacerme caso.

–Lo haré, señor Cabrera. Nunca ha sido mi intención hacerle daño a Faith.

–Sé cuáles son tus intenciones. Las conozco muy bien.

–Ya sé lo que está pensando, pero las cosas han cambiado desde que conocí a Faith. He intentado no hablar de negocios con ella y he desistido de los planes de mi empresa. Brand Enterprises no tiene intención de comprar su negocio, señor.

–Entonces ahora vas por Faith… pero no la quieres como esposa –añadió en un tono ligeramente sarcástico–. Puede que sea un poco anticuado, pero en mi familia, cuando hay un niño de por medio, sólo se puede hacer una cosa… Casarse. He visto pelear a los Brand y a los Cabrera desde que era niño, y no es que me cause especial alegría la idea de que mi nieta pueda casarse con uno de los Brand, así que a lo mejor las cosas están mejor así.

–Señor, estoy intentando decidir qué hacer con mi futuro. Acabo de enterarme de que voy a ser padre y Faith y yo tenemos que ponernos de acuerdo.

Emilio sacudió una mano.

–Ya puedes irte. He dicho todo lo que tenía que decir –dijo y dio medio vuelta.

Noah le vio acercarse a la puerta, que se abrió de inmediato.

Se despidió de ella con la mano y fue hacia el coche.

Capítulo Ocho

Tan pronto como Noah se fue, Faith se volvió hacia su abuelo.

–Abuelo, déjame ocuparme de Noah.

–Sólo quería hablar con él. No le puse la mano encima, ni lo insulté ni le eché un sermón. Sé que los dos tenéis que hacer frente al futuro.

–Ven a la cocina a tomar algo. Leche, zumo…

Él sacudió la cabeza.

–Tengo que irme a casa. Me gusta acostarme pronto.

–Deja que te lleve a casa –dijo ella, sacando las llaves del bolso.

–Todavía es de día. Si me voy ahora, no tendré problemas –puso su mano sobre la de ella y sacudió la cabeza–. ¿Vas a apartar a Noah de tu vida? Él también tiene derecho, Faith.

–Ya lo sé. Puede pagar los gastos y cosas así. Y ahora si no te pones en marcha, me empezaré a preocupar. A no ser que quieras quedarte conmigo esta noche. Eso también estaría muy bien.

Él sonrió y la estrechó entre sus brazos.

–No. Me voy. Hice lo que quería hacer. ¿Cuándo vas a volverle a ver?

–Mañana por la noche. Voy a cenar con él.

–Muy bien. Dice que ha desistido de comprar nuestro negocio.

–Abuelo, ¿tú te fiarías de tu tiburón o de un león?

Emilio ladeó la cabeza y fingió meditar la respuesta.

–No, pero desistir de su propósito habla a favor de él en este momento. Con un bebé en camino, por lo menos tiene suficiente sentido común como para tratar de suavizar las relaciones entre las dos familias. Además, es lo bastante listo como para saber que si te propone matrimonio, estará más cerca que nunca de llegar a hacerse con nuestra empresa.

–No voy a casarme con Noah, abuelo.

–No te hagas daño a ti misma o a tu bebé porque estés enojada con él o a causa de los negocios. Ahora tienes un niño en que pensar. Y eso es lo primero.

–Lo sé –dijo ella en un tono serio y deseó no haberle conocido nunca.

La mañana transcurrió sin pena ni gloria. Faith no era capaz de concentrarse en el trabajo, y no podía dejar de pensar en Noah.

Y por la tarde, para su sorpresa, él la llamó y le preguntó si podía pasarse por su despacho para hablar un momento.

«¿Qué será lo que quiere decirme?», se preguntaba Faith, intrigada.

–¿Y qué te trae por aquí a estas horas? Tú no eres de los que se toma tiempo libre.

–Pero hoy sí. Jeff me llamó. Está aquí para asistir a una subasta de caballos y antes de volver al rancho, quiere que firme unos papeles. Está en Fort Worth y pensé que a lo mejor te gustaría venir conmigo y conocerlo. Hace un día precioso. Quisiera presentarte a mi encantador hermano y así pasaríamos la tarde juntos.

Ella sonrió.

–¿Cómo voy a resistirme a esa propuesta? La tarde ha sido muy tranquila, así que voy a ir. Como siempre, has hecho uso de tus mejores dotes de persuasión, pero esta vez no te hacían falta.

–Estupendo.

–Pero tienes que traerme pronto, porque le dije al abuelo que pasaría la noche con él. A veces se siente muy solo, Noah.

–Y yo también –dijo él, sonriente–. Pero estoy dispuesto a renunciar a ti para que estés con tu abuelo. Así que vámonos ya –dijo él, poniéndose en pie.

Faith se preparó y en unos pocos minutos se pusieron en camino.

–¿Cómo te sientes hoy?

–Bien, desde las once de la mañana más o menos. A veces me siento un poco mareada, pero en general estoy bien.

–Es bueno saberlo. ¿Has pensado en lo de mudarte a mi casa?

–Sí. Hasta ahora, el plan no suena muy factible, Noah. El camino al trabajo sería mucho más largo. No sé qué ganaría yéndome a vivir contigo. Creo que nos apañamos bien tal y como estamos ahora.

–Parece que mi poder de persuasión me está fallando. Quiero que estés cerca de mí y creo que podría hacer mucho más por ti y ahorrarte muchos problemas. No tendrás que cocinar ni que limpiar. Y disfrutarás de mi compañía –dijo, mirándola con una sonrisa.

Faith no pudo sino devolvérsela, aunque no quisiera reconocer sus argumentos.

Mudarse con él significaba mudarse a su cama, pero ella aún no sabía si debía dar ese paso.

–Jeff me dijo que nos veríamos en su camión. Todavía estaba ocupado en el edificio, pero cree que ya habrá salido para cuando lleguemos. Si no le vemos, le dije que lo esperaríamos. Hace un día maravilloso de primavera.

A medida que se acercaban a los graneros y corrales, Faith se dio cuenta de que no sería fácil encontrar al hermano de Noah.

–Noah, este lugar es enorme.

–He estado aquí con Jeff y con mi padre. Sé donde suelen aparcar. Es un sitio a la sombra. Y si no está fuera, entramos y lo llamo por teléfono. Ahí está –dijo Noah.

Faith vio a su hermano gemelo por primera vez.

–Ya lo veo. Sí. Es fácil identificarlo porque es igualito a ti. Entonces así serías si fueras un vaquero –dijo Faith, sonriendo–. No te imagino viviendo en el campo y cuidando del ganado.

–Ahí tienes razón. Jeff tiene una vena rebelde y yo solía preguntarme si lo hacía para molestar a nuestro padre, pero a Jeff le encanta de verdad.

Detuvo el coche y fue a abrirle la puerta a Faith al tiempo que Jeff iba hacia ellos.

–Faith, éste es mi hermano, Jeff. Jeff, la chica más guapa de todos los Cabrera.

Jeff sonrió y le extendió la mano.

–Es un placer conocerte. Mi amiga Millie me ha hablado mucho de ti.

–Y yo también he oído hablar de ti a Millie y a Noah.

–Tu camión está vacío. ¿Has comprado un caballo? –preguntó Noah.

–No. He vendido uno –dijo Jeff, mirando a Faith–.

No me extraña que mi hermano haya desistido de comprar tu negocio –dijo Jeff en un tono divertido–. Así que eres la famosa nieta de la que tanto he oído hablar.

–Sí, lo soy –respondió Faith con una sonrisa–. Y tengo intención de proteger a mi abuelo de todos los Brand.

Jeff se echó a reír.

–Llevo mucho tiempo intentando convencerla de que he renunciado a comprar la empresa Cabrera –dijo Noah.

–Yo tengo que hablar a favor de mi hermano –dijo Jeff, sonriendo–. Pero no creo que me escuches más a mí que a él.

–Tienes razón.

–Me alegro mucho de conocerte, Faith. Tienes las mejores botas del mercado. Esto te lo puedo decir aquí, pero no en casa de mi padre.

Faith se echó a reír y Noah sintió la vieja punzada de los celos al verla congeniar tan bien con su hermano.

–No quiero entreteneros. Noah, voy a buscar los papeles al camión –dijo.

Fue al camión y regresó con un sobre y un bolígrafo. Sacó unos papeles y se los dio a su hermano.

–Si me disculpáis un momento –dijo Noah, apoyándose sobre el capó del coche para firmar.

–Supongo que las viejas rencillas entre los Brand y los Cabrera terminarán con vosotros dos –dijo Jeff en un tono bromista.

–Creo que las rencillas son mucho más fuertes en mi familia. Nosotros somos muy tradicionales. Pero, por lo que me ha dicho Noah, vuestra familia es todo lo contrario.

–Así es. Y no voy a decir que lo echo de menos. Creo que si nunca lo has conocido entonces nunca lo echarás de menos.

–Si vienes algún día a mi despacho, te enseñaré la vieja silla de montar de mi tatarabuelo. La hizo él mismo. Supongo que nos gustan las reliquias del pasado.

–Sí, me gustaría mucho. De todos modos, creo que me quedo con los sillines modernos. Son mucho más cómodos.

–No puedo creerme que el hermano gemelo de Noah sea un vaquero. Él es todo lo contrario.

–Desde luego. Mi hermano, el magnate de los negocios. Somos físicamente idénticos, o eso dicen, pero nosotros pensamos que somos muy distintos. Pero, bueno, eso tú ya lo sabes.

Noah le devolvió el sobre a su hermano.

–No me ha llevado mucho tiempo.

–Gracias por venir, chicos. Creo que me voy a poner en marcha. Vosotros dos tendréis muchas cosas que hacer.

Se volvió hacia Faith.

–Y ha sido un verdadero placer conocerte, Faith. Buena suerte con tu negocio familiar –se puso en pie–. Nos vemos, hermanito –dijo, estrechando la mano de Noah.

Noah le vio subir a su camión mientras le sujetaba la puerta del coche a Faith.

–Me alegro de que lo hayas conocido. Quería decirle que iba a ser tío, pero no podía hacerlo sin consultártelo antes. Jeff me guardaría el secreto si se lo pidiera.

–Si es así, entonces no hay problema. Díselo… Me sorprendió ver que no sois precisamente iguales.

–Me sorprende que te hayas dado cuenta en tan poco tiempo.

–Cuando le vi por primera vez, pensé que erais idénticos, pero después de hablar un rato con él me di cuenta de que podía decir quién es quién aunque no os identificarais.

–Ya veo que eres rápida. Algunas personas nunca se dan cuenta, y otras no nos distinguen hasta después de muchos años. Claro que las botas y los vaqueros ayudan bastante para identificarnos.

–Me sorprende que seáis tan diferentes.

–No sé por qué lo somos. Yo soy el que se toma más en serio lo de la rivalidad, creo –dijo Noah, confesando algo que jamás le había dicho a nadie.

Ella sonrió.

–Supongo que es lógico entre dos hermanos gemelos. Sin embargo, no deberíais. Los dos habéis tenido mucho éxito, pero tenéis diferentes gustos y metas en la vida, según lo que me has dicho.

–Estoy de acuerdo contigo. Pero, cuando nos implicamos en algo, yo siempre quiero ser el primero. De hecho, nuestro padre ha contribuido a esta rivalidad. De alguna manera, siempre nos ha hecho picarnos el uno con el otro. Cuando nos implicamos en algo de forma competitiva, yo siempre quiero salir ganando.

–Eso es ridículo, Noah, pero imagino que es natural. Seguramente él también quiere derrotarte a ti también.

–Claro que sí. Sin embargo, si algo se interpone en nuestro camino, entonces aunamos fuerzas.

–A mí me parece de lo más normal entre hermanos, aunque no sé cómo sería tener un hermano o una hermana.

–No sabes lo que te has perdido. No puedo imaginarme estar solo y ser hijo único durante toda la vida.

–No es tan malo como parece y no sé cuál es la diferencia.

–Ojalá no tuviera que llevarte de vuelta. Espero que me hayas reservado la noche de mañana –dijo, mirándola con una sonrisa.

–Claro, Noah –contestó ella con gesto divertido–. Di por hecho que querrías verme.

–No puedes darlo por hecho –dijo él y su sonrisa se desvaneció–. Espero que hayas pensado en mudarte conmigo.

–Todavía no lo veo claro. Todo sería más complicado de esa manera.

–No vamos a arruinar un día tan bonito con una discusión, así que intentaré buscarle otro enfoque.

Giró y se dirigió hacia la puerta de atrás del edificio Cabrera.

–Gracias por venir conmigo. Quería que conocieras a Jeff.

–Me alegro de que me lo hayas pedido. Y hace un día espléndido. Te veré mañana, Noah.

Se inclinó, le dio un beso en la mejilla y entonces fue a abrirle la puerta del vehículo.

–Hasta mañana –dijo ella, entrando en la casa.

El viernes por la tarde Faith visitó la casa de Noah otra vez.

«Si viviera aquí con él, entonces estaría en su cama todas las noches», pensó, sonrojándose.

¿Acaso se había enamorado de él a pesar de todo el resentimiento y los inconvenientes?

Levantó la vista y lo miró fijamente.

–¿Qué? –preguntó él.

–Sólo estoy pensando en cómo será vivir en este lujoso palacio –dijo, sin intención de revelarle sus verdaderos pensamientos.

Hasta ese momento él no había vuelto a insistir en el tema y ella había podido relajarse y disfrutar de su compañía.

–Faith, ¿puedo pensar en nombres para el bebé?

–Estoy abierta a sugerencias –respondió ella en un tono ligero.

Él se detuvo junto al sofá y la hizo darse la vuelta hacia él.

–La otra noche te eché mucho de menos –dijo él en un susurro–. Te echo de menos siempre que estás lejos de mí –mientras hablaba le quitó la pinza del cabello y dejó que la melena le cayera sobre los hombros.

–Noah… –susurró ella al tiempo que él le quitaba el vestido.

–Te deseo –dijo él, empujándola hacia atrás.

¿Adónde la llevaba?

Faith no tenía ni idea.

Las prendas caían una a una a su alrededor mientras avanzaban, lentamente, entre besos y caricias.

En cuestión de segundos se quedaron desnudos. Él la levantó en el aire para llevarla al dormitorio y, tumbándose sobre ella, entró en su sexo desnudo con suavidad.

Faith arqueó la espalda para recibirle y enroscó sus largas piernas alrededor de él, agarrándolo con firmeza y moviéndose al son de la pasión hasta llegar al clímax.

–Faith –susurró él de repente, empujando con frenesí. Gotas de sudor cubrían su frente y sus poderosos hombros.

Ella lo abrazó con idolatría y se dejó llevar por la intensidad del momento, decidida a no pensar en nada más.

Él rodó hacia un lado y le apartó el pelo de la cara a Faith.

–Eres preciosa y me vuelves loco.

–Éste es nuestro momento, Noah. Aquí y ahora. No hay mañana –susurró ella, reconociendo por fin la cruda realidad.

Se había enamorado de él sin remedio.

–Faith, te quiero en mi vida, a ti y al bebé.

–Noah, disfruta del momento –repitió ella–. Ahora no quiero pensar en nada más. No iba a volver a hacer esto y, sin embargo, aquí estoy. No quiero pensar en el futuro.

Mientras él la colmaba de besos ella le acariciaba el hombro, con la mente en blanco.

Lo único importante en ese momento era su fabuloso cuerpo.

–Llevo días sin dormir. Pienso en ti a todas horas, en el trabajo, en casa… Siempre estás en mi mente…

Noah no terminó lo que iba a decir y entonces se hizo el silencio; un largo silencio que anunciaba algo importante.

–Creo que sé cuál es la mejor solución para todos –dijo finalmente.

–¿Y qué es? –preguntó ella, intrigada.

–Faith, yo te deseo. Y quiero que seas mi esposa. Cásate conmigo.

Capítulo Nueve

El corazón de Faith dio un vuelco. Una parte de ella deseaba decir que «sí», aceptar la propuesta con la esperanza de que algún día él llegara a enamorarse de verdad.

—¡Noah! No lo dices en serio —susurró.

—Claro que sí. He pensado en ello y también en lo que quiero hacer.

Faith cerró los ojos un instante y respiró hondo.

—No estamos enamorados.

—Pero si nos damos una oportunidad, podemos llegar a estarlo. Maldita sea, Faith, haces que sea difícil cuando en realidad es muy sencillo. Quiero que seas mi esposa. Es así de simple —dijo, frunciendo el ceño.

—Cuando supiste lo del bebé no te pusiste muy contento que digamos.

—Estaba sorprendido. No me digas que tú no sentiste lo mismo cuando te enteraste de que estabas embarazada.

—Claro que me llevé una sorpresa. Pero me hace muy feliz saber que voy a tener un bebé.

—No te estás tomando en serio mi propuesta. Si nos casamos, podríamos tener una vida feliz, una familia de verdad. No voy detrás del negocio de tu familia. ¿Es que no puedes olvidarlo de una vez?

—Creo que no —dijo ella con incredulidad—. Noah, tu familia quería el negocio desde mucho antes de que tú y yo naciéramos. La disputa se remonta a muchas generaciones atrás.

–Pero yo puedo hacer que eso cambie. Lo más importante para mí ha cambiado. Ya no me interesa adquirir Cabrera Leathers. Quiero casarme contigo.

–Si esta semana el médico me dijera que en realidad no estoy embarazada, ¿seguirías queriendo casarte conmigo?

–Faith, es evidente que sí lo estás, así que, ¿para qué darle más vueltas? –dijo él, molesto.

–Creo que lo he dejado muy claro –contestó ella, hiriéndole–. Tú tienes un agudo sentido del deber, Noah, pero eso no es suficiente para mí. Un matrimonio debe estar cimentado sobre otras cosas.

Él estiró el brazo y le apartó un mechón de pelo de la cara.

–Piénsalo. Podríamos ser felices si nos damos una oportunidad. Nuestro hijo tendría dos padres y yo puedo darle muchas cosas.

–Y yo también –dijo ella.

–Bueno, claro que sí. Además, podemos firmar un acuerdo prematrimonial para que la empresa Cabrera nunca pase a manos de tu esposo.

Ella asintió.

–Sólo piensa en ello, cariño. Quiero casarme contigo.

–Desde que te conocí me has tenido hecha un lío, Noah Brand. Pensaré en ello.

–Bien –dijo él, agarrándola de la cintura y besándola en los labios–. Vamos. Si no vas a quedarte esta noche, déjame llevarte a casa.

–Noah, ¿estás seguro de que no te estás precipitando? Hace muy poco que sabes lo del bebé –le dijo, mientras caminaban por la casa.

–A lo mejor, pero yo sé que esto es lo que quiero. Creo que es la mejor solución posible.

–El matrimonio no debería ser la mejor solución posible –dijo ella–. Esto tengo que pensarlo mucho.

Durante el camino de vuelta a casa, Noah no insistió más y Faith tuvo tiempo de pensar las cosas.

En la puerta de la casa, se volvió hacia él y lo besó hasta sentirse tentada de invitarle a entrar.

–Piensa en mi propuesta. Haríamos bien casándonos. Ya hay mucho entre nosotros, Faith. Olvida todos esos miedos y reservas y dame una oportunidad.

–Pensaré en ello, Noah. Es un gran paso, un compromiso que no esperabas asumir.

–Pero ahora es un compromiso que quiero –le dijo, rozándole los labios con un beso sutil–. Quiero estar contigo mañana.

Ella asintió.

–Te veré entonces –dijo ella, sabiendo que él la llamaría para hacer planes.

Cerró la puerta, le vio marchar desde la ventana y se fue a su dormitorio. Una larga noche de dudas se extendía ante ella...

Faith trató de refugiarse en el trabajo para superar las náuseas matutinas y olvidarse de Noah durante un rato. Sin embargo, la incertidumbre que la atenazaba no se disipaba aunque siguiera trabajando.

A eso de las once y media recibió una llamada de Millie.

Estaba de paso y quería ir a verla.

–¿Pero qué te pasa? ¿Qué te ha ocurrido? –le preguntó Faith en cuando la vio entrar.

Millie tenía los ojos hinchados, llenos de preocupación.

–¿Ha ocurrido algo con tu familia?

–No soy yo. Eres tú –dijo Millie.

–¿Qué pasa conmigo?

–Es algo que recordé de repente. Al principio no significaba nada y por eso se me olvidó. Pero ahora que estás viendo a Noah con más frecuencia y después de que me contaras que te ha propuesto matrimonio… volví a recordarlo. Cuando Jeff me compró aquellas entradas, estaba en la ciudad para asistir al cumpleaños de su padre.

–Eso debió de ser antes de que yo conociera a Noah.

–No lo sé. Jeff me dijo que en la fiesta Noah y él habían tenido una conversación seria con su padre. Resulta que les había hecho una oferta. Los Brand quieren tener nietos…

Mientras la escuchaba hablar, Faith se puso más y más nerviosa.

–El padre de Jeff y de Noah les ofreció cinco millones de dólares si se casaban en un plazo de un año. Y dos millones más para el hijo que se casara antes.

–Genial. Esto es simplemente genial –Faith apretó los puños–. Menudo incentivo. Así se lleva la empresa y encima siete millones.

–Puede que ése no sea el motivo por el que te propuso matrimonio, pero pensé que debías saberlo.

–Claro que debo saberlo. Además, no iba a aceptar. Maldita sea, Millie, eso es lo que quiere –dijo Faith, dejando que la furia fluyera por sus venas–. Me alegro de que te hayas acordado. No me extraña que insista tanto.

–Siete millones es una fortuna, pero ellos ya son más que millonarios, así que quizá no tenga nada que ver con la propuesta de Noah –dijo Millie, arrugando el entrecejo.

–Tiene todo que ver con la propuesta. Estoy segura. Noah calcula todo lo que hace. Siete millones es una auténtica fortuna, incluso para Noah. Así que no va a dejar escapar esta oportunidad.

–No te exaltes tanto, Faith –dijo Millie, apartándose el pelo de la cara con nerviosismo–. No quería preocuparte.

–Y no estoy preocupada. Sólo es una razón más que me confirma que he tomado la decisión adecuada.

–¿No estás enamorada?

–No, no estamos enamorados –dijo Faith en un tono cortante, sabiendo que estaba mintiendo–. Por lo menos ya no me sentiré tan atraída por él como antes.

–Realmente no sé si he hecho lo correcto. ¿Seguro que estarás bien?

–Sí, no te preocupes. Seguro que tienes que volver al trabajo. Gracias por decírmelo. No sabes cuánto te agradezco que hayas venido a decírmelo –dijo, acompañando a Millie a la puerta–. Deja de preocuparte. Me habría enterado más tarde o más temprano.

–A lo mejor no –dijo Millie–. Te lo he dicho porque yo también habría querido saberlo de haber estado en tu lugar.

Llena de rabia, Faith regresó al despacho y trató de seguir trabajando. Un rato más tarde recibió una llamada de Noah, pero decidió no contestar.

Tenía que verle cara a cara y resolver todo aquello de una vez por todas.

–Entra. Quería hablar contigo.

Él la miró con ojos serios y no tardó en darse cuenta de que algo iba mal.

–¿Cómo te encuentras? Te veo pálida.

–No me siento bien y quiero irme a casa a dormir, pero antes tenemos que hablar.

–¿Y no puedes esperar a que te sientas mejor? –le preguntó él con el ceño fruncido.

–No. Aquí estamos solos… Acabo de descubrir la verdadera razón por la que me propusiste matrimonio. O, por lo menos, una de las razones más importantes. Ya sé que tienes varias. Sé que te gusta el sexo. Sé que quieres un hijo. Y sé que quieres esos siete millones que te ofreció tu padre. ¿No es así?

Noah siguió mirándola con una expresión imperturbable.

–No me declaré para conseguir esos siete millones. Eso te lo garantizo. Yo ya tengo una fortuna propia.

–¡Vamos, Noah! La ambición te corroe por dentro. Eres una máquina de hacer dinero.

–Te juro que no te propuse matrimonio para conseguir el maldito dinero de mi padre. Él es así y no puedo hacer nada para evitarlo. Ni Jeff tampoco. ¿Cómo te enteraste?

–Eso no tiene importancia. Ya puedes irte por dónde has venido, Noah Brand.

–Sólo una parte de ti está furiosa conmigo. La otra parte siente la misma atracción que yo siento, pero no quieres confiar en mí. Yo no tengo la culpa de lo que hace mi padre, pero no me declaré para conseguir ese dinero.

–Sin embargo, no me negarás que esos siete millones hicieron mucho más atractiva la propuesta de matrimonio.

–Claro que sí. Lo admito, pero eso no cambia lo que deseo. Si no hubiera querido casarme contigo, el dinero no me habría importado en absoluto.

–No te creo.

Él fue hacia ella, le puso las manos sobre los hombros y la hizo levantar la barbilla.

Sus ojos color humo se habían oscurecido.

–Te deseo. Quiero casarme contigo. Y eso no tiene nada que ver ni con el dinero ni con los negocios. A estas alturas deberías conocerme lo bastante bien como para saber que soy totalmente independiente.

Faith pensó un momento en lo que él acababa de decirle. La lógica le decía que tenía razón, pero siete millones era mucho, mucho dinero.

–Estás sacando todo esto de contexto. El dinero nunca me habría hecho proponerte matrimonio. Éste no es un buen momento para hablar de esto, Faith. No te encuentras bien –le dijo con suavidad–. Déjame llevarte a mi casa. ¿No deberíamos llamar a tu médico?

–No. Me voy a casa –de pronto se llevó la mano al estómago y frunció el ceño.

–Entonces te llevo yo –dijo Noah en un tono que no admitía discusiones.

Pero Faith se sentía cada vez peor.

Se volvió para agarrar el bolso y entonces sintió un dolor agudo en el vientre.

–Noah… –dijo con la voz ahogada. El bolso cayó al suelo.

–De acuerdo. Vamos a llamar al médico ahora mismo. Siéntate. ¿A qué hospital sueles ir? –la cargó en brazos y la ayudó a recoger el bolso–. A ver si te pueden recibir en urgencias.

Rápidamente Faith buscó en el bolso y sacó el teléfono móvil.

Segundos después, se dirigían al hospital a toda velocidad.

Tan pronto como informó al doctor de los síntomas que tenía, Faith terminó la llamada y miró a Noah.

–El doctor Hanover me recibirá en urgencias –cerró los ojos y rezó para no perder al bebé. Los calambres eran cada vez más insoportables.

Unos minutos más tarde, Noah paró delante de la zona de urgencias y se la llevó en brazos a toda prisa.

–Tranquila, cariño. Estamos aquí.

–Noah, llama al abuelo. Su número está en mi teléfono. Aquí tienes mi bolso. Sólo quiero que sepa dónde estoy y dile que lo llamaré cuando vea al médico. No lo asustes.

–Sh. Yo me ocuparé de todo.

Una enfermera los vio llegar y Noah la puso al tanto de la situación de Faith.

–Muy bien, espere allí, por favor –dijo la enfermera, indicándole la sala de espera.

En cuestión de minutos la sentaron en una silla de ruedas y se la llevaron a toda prisa.

De pie, en medio del pasillo, Noah la siguió con la mirada hasta que la perdió de vista.

Con el estómago agarrotado, Noah fue a mover el coche y, después de aparcar, llamó a Emilio Cabrera para contarle lo sucedido.

Emilio Cabrera no tardó en llegar, visiblemente afectado.

–Gracias por llamar –le dijo, estrechándole la mano–. Todavía no sabes nada, ¿verdad?

–No, señor.

–Entonces tendremos que esperar. Quería estar con ella todo el tiempo. Por eso he venido tan rápido. Gracias por traerla.

–De nada –dijo Noah, sin saber qué decir.

La situación era bastante incómoda y los dos hombres guardaban silencio.

Unos momentos después Noah caminó hasta la ventana y miró al exterior, pero no fue capaz de ver nada más que el pálido rostro de Faith cuando la había tomado en brazos.

Se sentía tan impotente por no poder ayudarla.

–Me preocupa que tarden tanto –dijo finalmente, volviendo junto al abuelo de Faith.

–¿Sabes cuándo llegó el médico?

–No. La oí llamarlo. El médico se llama Farley Hanover. ¿Lo conoce?

–No. Sólo sabía que había visto a un médico –dijo Emilio.

–Conozco a algunos de los médicos de este hospital porque es el de mi familia. Mi padre fue operado aquí. Pero no conozco a ningún obstetra.

–Mi médico trabaja en este hospital. Y su antiguo pediatra también. Debe de ser por eso que lo ha elegido.

De nuevo se hizo un largo silencio, incómodo e insoportable para Noah. Estaba tan nervioso e intranquilo que apenas podía estarse quieto.

Una vez más, se levantó y comenzó a andar por la sala.

Unos momentos más tarde, un médico se asomó a la puerta.

–¿Señor Cabrera? ¿Señor Brand?

Ambos se pusieron en pie.

–Soy Farley Hanover. Ahora mismo le estamos haciendo algunas pruebas a Faith. Sus constantes vitales son buenas y le hemos dado medicación. Cuando hayamos terminado, la llevaremos a su habitación. Tiene que guardar reposo y queremos que se quede hasta mañana para hacerle otras pruebas. Tan pronto como la llevemos a su habitación, podrán verla.

–Muchas gracias –dijo Noah al mismo tiempo que Emilio–. ¿Y el bebé?

–Pronto sabremos más –dijo el médico y se marchó.

–Y ahora a esperar de nuevo –dijo Noah.

Por suerte la había llevado a tiempo al hospital, pero habría preferido que ella hubiera llamado al médico mucho antes.

–No se sentía bien durante el desayuno, pero no parecía nada serio, así que me imaginé que sólo se trataba de las típicas náuseas. Y ella también lo pensaba.

–Me alegro de que la hayas traído. Sospecho que no habría venido tan rápido si hubiera estado sola.

Guardaron silencio y las horas comenzaron a hacerse eternas.

–Señor Cabrera, voy a la tienda de al lado a comprarle unas flores.

Emilio se puso en pie.

–Si no te importa, voy contigo.

Noah le encargó un ramo de rosas y también le compró un albornoz, unas zapatillas a juego y una bolsa con un cepillo de dientes, un peine, y pasta de dientes. Emilio, por su parte, le compró otro ramo de flores, un libro y otro estuche que incluía una crema y un perfume.

Y, por fin, a eso de las nueve, una enfermera los acompañó hasta la habitación de Faith.

Mientras subían en el ascensor, Noah se volvió hacia Emilio.

–Señor, me gustaría quedarme con ella esta noche, si no le importa.

–Si tú te quedas, entonces yo me iré a casa. Espero que se encuentre lo bastante bien como para no necesitar a alguien toda la noche.

–Pero aunque se encuentre bien, quisiera quedarme por si necesita algo.

Emilio asintió con la cabeza.

–Muy bien.

Faith estaba tumbada en la cama, con el pelo suelto, sobre los hombros.

Noah deseaba besarla, estrecharla entre sus brazos, pero sabía que no podía, así que en vez de ir hacia ella, dejó que su abuelo la besara en la mejilla y la tomara de la mano.

–Me alegro de que ya estés aquí. Vine en cuanto Noah me llamó.

–No tenías por qué, abuelo. Ahora me preocuparé por ti. No me gusta que tengas que conducir hasta casa.

–No te preocupes por eso –dijo, volviéndose hacia Noah–. Y aquí está Noah –se apartó un poco y se sentó en una silla a un lado de la cama.

–¿Te encuentras mejor? –le preguntó Noah, parándose al otro lado de la cama.

–Sí. Gracias por traerme y gracias por esas preciosas rosas –se volvió hacia Emilio–. Abuelo, y gracias a ti por tus flores. Ya sabes que me gustan mucho.

–Te he traído algo –dijo Noah, dejando su regalo sobre la cama–. Y Emilio también.

Su abuelo le dejó el regalo al otro lado.

–Gracias a los dos –dijo Faith, abriendo primero el regalo de su abuelo–. Gracias, Noah –dijo, abriendo el suyo con una sonrisa–. Parece que habéis pensado en todo.

–Tu abuelo escogió el perfume y la crema.

Ella miró el albornoz y las zapatillas.

–Me las voy a poner mañana. Están estupendas. Muchas gracias. Estaba preocupada porque no había traído nada.

–Me alegro de que te gusten –dijo Noah, sentándose a su lado–. Si queréis estar solos un rato, puedo esperar fuera –dijo unos minutos después.

Faith miró a su abuelo, pero éste sacudió la cabeza.

–No hace falta, a menos que quieras algo –le dijo Emilio a Faith.

–No, Noah, por favor, quédate. Pero gracias de todos modos –dijo ella.

Sus mejillas ya habían recuperado el color de siempre, pero su voz sonaba cansada, como si le hubieran dado algo para dormir.

Una vía de medicamentos goteaba a un ritmo constante.

«Mañana tengo que volver a hablar con los médicos», pensó Noah.

Unos minutos después Emilio se puso en pie.

–Creo que me voy a casa. Si quieres algo, llámame. Volveré por la mañana.

Ella le apretó la mano.

–Por favor, abuelo, llámame cuando llegues a casa.

Él asintió, la besó en la mejilla y le dio una palmadita en la mano.

–Buenas noches, Noah –dijo, recogiendo su sombrero y dirigiéndose a la puerta.

En cuanto Emilio se marchó, Noah se acercó a la cama y la tomó de la mano.

–Ojalá pudiera hacer algo para que te sintieras mejor.

–No hay nada que puedas hacer. Gracias por todo lo que has hecho por mí esta noche.

–Pareces cansada. Vamos, duérmete. Yo atenderé la llamada de tu abuelo.

Ella asintió, cerró los ojos y, en pocos minutos, ya estaba dormida.

Noah sacó el móvil de Faith y acercó el teléfono fijo a una tumbona que estaba en un extremo de la habitación. Se quitó los zapatos, la corbata y el abrigo, y se acostó un rato.

Unos minutos después sonó el móvil.

–Señor, está dormida –dijo en un susurro y Emilio terminó la llamada rápidamente.

Noah se acomodó todo lo que pudo y trató de averiguar qué había causado el problema.

¿Acaso había sido por la discusión sobre el dinero?

El dinero no significaba nada para él si ella no estaba a su lado…

Faith se movió y miró a su alrededor. La pálida luz del amanecer se filtraba por las ventanas.

Noah estaba a su lado, dormido en una tumbona. En ese momento él abrió los ojos y la miró.

–¿Qué estás haciendo aquí? –le preguntó, sorprendida–. No tenías por qué quedarte.

–Aquí es donde quería estar –dijo él, levantándose y quitando los pies de la tumbona.

Su ropa estaba arrugada y su pelo alborotado.

–¿Cómo te sientes?

–Mejor –dijo ella–. No deberías haberte quedado, Noah.

Él sacudió la cabeza.

–Si me hubiera quedado en casa, me habría preocupado más. Emilio llamó en cuanto llegó a casa. Pronto vendrá para acá.

–Me quedé dormida muy rápido. Quería esperar la llamada del abuelo, pero no pude. Y ahora vete. Sé que estás muy ocupado.

–Me iré unos minutos y volveré enseguida. Quiero hablar con el médico… Sólo quiero que estés bien –le dijo en un tono cariñoso y sincero–. Y el bebé también.

–Lo sé, Noah. Yo también.

–No quiero dejarte ni un momento, pero volveré enseguida –dijo, saliendo al vestíbulo y cerrando la puerta tras de sí.

Faith suspiró y pensó en lo mucho que lo amaba. Era imposible negarlo más. Amaba a Noah Brand con todas sus fuerzas, aunque no estuviera segura de ser correspondida.

Él regresó unos minutos más tarde, con la cara lavada y bien peinado.

–Puedes irte a casa. Ya he llamado al abuelo y le he dicho que no venga hasta que vuelva a llamarlo. Ahora van a hacerme algunas pruebas… –dijo Faith.

La enfermera acababa de estar en la habitación.

–Y no podrás verme de todos modos. Creo que voy a estar ocupada durante un buen rato, pero no sé muy bien. Espero que me dejen marchar esta mañana.

–Tengo que hacer un par de cosas por aquí. Iré a la cafetería a comer algo y después me quedaré por aquí. Quiero hablar con tu médico.

Ella sonrió.

–Yo te diré lo que me diga. Vete, Noah.

–Volveré pronto –le dio un beso y un abrazo y entonces se marchó.

Faith se quedó sola, y entonces sintió otra punzada de dolor.

La mañana fue tan ajetreada como esperaba y cuando por fin la llevaron de vuelta a la habitación, su abuelo y Noah ya estaban allí.

Ambos la acompañaron mientras tomaba el almuerzo y después salieron al pasillo cuando el médico fue a visitarla.

Un rato más tarde la puerta se abrió de nuevo y el doctor Hanover fue hacia ellos.

–Faith se lo puede contar todo, pero ella me dijo que quería hablar conmigo. Me dijo que le dijera que va a tener que guardar reposo absoluto durante el próximo trimestre. Espero que para entonces se encuentre mejor y pueda levantarse de nuevo, pero sus actividades se verán restringidas durante todo el embarazo.

–¿Y qué pasa con el bebé?

–No debería haber ningún problema si se cuida y sigue mis instrucciones. Dice que vive sola, pero tiene una gran familia que puede ayudarla. Durante este primer trimestre debería estar acompañada porque necesita guardar reposo absoluto.

–Me la llevaré a mi casa si ella accede. Nunca estará sola. Yo tengo muchos empleados y puedo contratar a una enfermera –dijo Noah, decidido a hacer lo que debía hacer.

–No necesitará una enfermera si Faith coopera. Ella puede contarle todo lo demás.

–Muchas gracias, doctor Hanover –dijo Noah.

Emilio también le dio las gracias y entonces se volvió hacia Noah.

–Podría quedarse en mi casa si quiere, pero creo que tú podrás hacer más por ella.

–Me gustaría cuidar de ella, señor –dijo Noah.

Emilio asintió.

–Si me dejas un momento hablaré con ella –dijo.

–Gracias –dijo Noah, deseando que Emilio fuera capaz de convencerla.

La espera se hizo interminable. Emilio tardaba mucho más de lo esperado en salir y la incertidumbre lo carcomía por dentro. ¿Qué estaba pasando?

–Habla con ella. Creo que se quedará en tu casa –le dijo el anciano en cuanto salió.

–Yo quiero que lo haga. Pero no quiero que se enoje conmigo –dijo Noah, algo preocupado por ella.

–Yo esperaré aquí. Cuando lo tengáis claro, decídmelo. Si no quiere irse a tu casa, entonces insistiré en que venga a la mía.

Noah asintió, respiró hondo y se dispuso a entrar en la habitación.

Los ojos azules de Faith estaban llenos de nubarrones.

–Lo siento, cariño –dijo él, acercando una silla y sentándose a su lado–. Sólo recuerda que esto es temporal.

–No puedo mantenerme en pie. No puedo ir a la oficina. El abuelo no quiere que trabaje en casa.

–Y tiene razón. Tienes que relajarte y descansar. Cuidar de ti y de nuestro bebé.

Ella lo miró fijamente y apretó los labios. Parecía que estaba a punto de echarse a llorar.

–Cariño, ven a mi casa y deja que cuide de ti. He hablado con el doctor Hanover y él piensa que es una buena idea. Tu abuelo es mayor y no querrás que descuide el negocio.

Faith se mordió el labio y frunció el ceño.

–Tienes razón. Claro. No quiero que tenga que ausentarse de la oficina –miró a Noah con ojos intensos–. Noah, dime algo con sinceridad. ¿Me estás haciendo esta oferta porque crees que debes?

–Te prometo que no es así. Podría ofrecerme a mandarte una enfermera a tu casa o a casa de tu abuelo, pero quiero que estés en mi casa. Lo digo de verdad. Tengo muchas habitaciones, así que si tus tías o tus primos o tu abuelo quieren quedarse contigo…

Ella esbozó una sonrisa débil.

–No tienes ni idea de lo que me estás ofreciendo –su sonrisa se desvaneció y fue reemplazada por una expresión de ansiedad.

Noah le dio algo de tiempo para pensarlo.

–Muy bien, Noah –dijo por fin, suspirando–. No quiero ser desagradecida. Es que nunca pensé que me pondría enferma y que tendría que renunciar a mi autonomía.

–Sólo recuerda que es algo temporal.

—No hago más que recordármelo, pero podría ser más de un trimestre.

—El tiempo pasa muy rápido. Te lo prometo. El doctor Hanover me dijo que te dejará salir cuando sepas adónde vas a ir y quién se va a ocupar de ti. Tu abuelo te está esperando en el pasillo.

—Entonces ya puedes ir a decírselo al doctor Hanover. La atención es buena, pero preferiría salir del hospital cuanto antes.

Noah se inclinó y le rozó la frente con los labios.

—No te preocupes. Puedes tener todo lo que quieras. Tendrás que hacer lo que dice el médico, pero, por lo demás, haré lo que sea por complacerte.

Ella le dio un abrazo.

—Espero que hables en serio cuando dices que quieres que me mude a tu casa.

—Sí. Ya te dije que lo decía en serio.

Ella se frotó los ojos.

—No te preocupes —dijo él—. Eso no es bueno para el bebé.

Ella sonrió.

—Gracias, Noah —dijo.

Noah se reunió con Emilio y juntos fueron a buscar al médico para avisarle de que ya podía darle el alta.

Faith en su casa… La idea lo llenaba de esperanza y alegría.

Quizá así pudiera convencerla de que aceptara su propuesta.

El corazón de Noah se aceleró…

Capítulo Diez

–Noah me ha dicho que te quedarás en su casa –Emilio se sentó junto a la cama–. ¿Estás haciendo lo que quieres hacer?

–Sí, abuelo. Noah me dará toda la ayuda que necesito. Incluso puedes quedarte en su casa si quieres.

Emilio asintió con seriedad.

–Me alegra saber que estás bien. Sólo quiero que te cuides y que no te preocupes por los negocios.

–No lo haré –dijo ella, dándole una palmadita en la mano.

–Lo siento, cariño. Odio que tengas que verte así.

–Por lo menos hay algo que puedo hacer. Dicen que el bebé estará bien.

–Y eso es lo más importante. Deberías recordarlo en todo momento.

–Necesito un montón de cosas de casa. Llama a la tía Stephanie y a la tía Sophia para que me traigan todo. Necesito que lo lleven a casa de Noah cuando me mude.

–Claro que sí –dijo Emilio, sonriendo–. Ya conoces a tus tías. Estarán encantadas de ayudarte y además se pondrán muy contentas con la idea de visitar la casa de Noah. No les dije que estabas aquí para que no te agobiaran mucho –la sonrisa de Emilio se desvaneció y entonces la miró con ojos penetrantes.

–¿Qué ocurre, abuelo? Pareces preocupado.

–Cariño, la otra noche estuve pensando en esto. Y

llegados a este punto, necesito tu aprobación. Dadas las circunstancias, me gustaría venderle el negocio a Noah…

—¿Vender? No —Faith trató de incorporarse, pero una punzada de dolor la hizo tumbarse de inmediato.

—Faith, no debería habértelo dicho, pero no me queda más remedio. No quiero preocuparte, cariño. Ya lo sabes. Lo he pensado mucho y te diré por qué.

—Abuelo, no lo hagas —dijo ella, conmocionada y preocupada.

La culpa era de ella y de nadie más. Ella era la causante del repentino cambio de idea de su abuelo.

—Ahora escúchame bien. Si le vendo el negocio a Noah, obtendría unos ingresos importantes con los que podría retirarme. Noah me pagará una suma desorbitada. Ya me ha hecho una oferta. Así tendremos mucho dinero para el niño, lo cual no está nada mal. El negocio va cada vez peor, así que… ¿Por qué esperar a que se ponga peor?

—Abuelo, hasta la noche anterior estabas decidido a no vender. Me dijiste que querías trabajar por lo menos diez años más si la salud te lo permitía. ¿Cómo puedes darle la espalda al trabajo que tanto amas? Noah se ocupará de todos mis gastos y también de los del bebé. No quiero que vendas —dijo Faith. De repente tenía la sensación de que todo se derrumbaba a su alrededor.

—Aún sigo pensando en ello, Faith. Pero la realidad es que me estoy haciendo mayor.

—Es cierto, pero… Cabrera Leathers ha pertenecido a la familia durante muchas generaciones.

—Los cambios son inevitables y tú lo sabes.

—Pero tantos cambios… Creo que te estás precipitando. Tómate unos meses para pensarlo.

–Lo haré, pero al mismo tiempo, quiero que tú también pienses en ello. Creo que es la opción más razonable y, ahora mismo, podríamos conseguir una muy buena oferta de Noah. No quiero esperar a que cambie de idea.

Faith guardó silencio y esperó que su abuelo cambiara de idea con el tiempo.

–Me voy a la oficina. Noah me dio su número de teléfono y vendré a verte esta noche, cuando ya te hayas instalado –Emilio se inclinó y le dio un beso en la frente a su nieta–. Haz lo que tengas que hacer.

–Lo haré. Te lo prometo –respondió ella, preguntándose cómo sería vivir bajo el mismo techo que Noah durante varios meses.

A media tarde Noah lo arregló todo para llevarla a su casa en una ambulancia privada y un rato más tarde Faith se encontró acurrucada en una cómoda habitación del ala este de la mansión.

Después de presentarles a los empleados que la ayudarían durante su recuperación, Noah se quedó a solas con ella.

–Me alegro de que estés aquí –le dijo, sentado al borde de la cama–. Mañana viene la enfermera para ayudarte a levantarte cuando lo necesites.

–Gracias –dijo ella, verdaderamente agradecida.

Él le acarició el cuello suavemente.

–Quiero verte bien y feliz. Piensa lo de casarte conmigo, Faith. Sería bueno que nos casáramos ahora.

–Noah, ni siquiera puedo levantarme de la cama, así que, ¿cómo voy asistir a mi propia boda?

–Puedo casarme contigo aquí mismo y podemos hacer una gran celebración más adelante. Eso no es problema.

Ella lo miró con gesto serio.

–Has sido muy bueno conmigo. Me lo pensaré –dijo y le dio un beso apasionado.

Por primera vez en mucho tiempo sentía ilusión ante la idea de casarse con él. Sin embargo, no se atrevía a esperar nada más.

Su abuelo la llamó para saber si se encontraba a gusto y ella aprovechó la ocasión para insistir en que no vendiera el negocio.

–Faith, piensa en el futuro. Más adelante a lo mejor ya no puedes contar con Noah. Vuestra relación no ha sido precisamente un camino de rosas.

–Pero eso ya forma parte del pasado –dijo Faith, deseando que fuera cierto.

–Yo haré lo que crea mejor –dijo él, sin comprometerse a nada.

Esa noche Noah y ella cenaron en el jardín.

Él mismo se ocupó de colocarla en una cómoda *chaise long* y después le acercó una bandeja con la comida.

–Noah, esto es maravilloso –dijo ella, agradecida de haber dejado el hospital.

–Van a venir a arreglarte el pelo.

Ella sacudió la cabeza.

–Creo que te he complicado la vida y la mía también.

Él la agarró de la mano y le rozó los nudillos con besos sutiles.

–Creo que nos hemos complicado la vida, pero no fuiste tú sola.

Durante las tres semanas siguientes, Faith empezó a sentirse mejor. Sin embargo, sabía muy bien que debía seguir todas las indicaciones del médico.

Un día su abuelo le llevó un ramo de margaritas y rosas y se sentó a charlar un rato con ella.

—Faith, me pregunto si Noah te lo ha dicho. Le pedí que esperara que tuviéramos un trato. Ha comprado nuestro negocio.

—¡Abuelo! —gritó ella, anonadada—. ¡No! Dijiste que te lo pensarías.

Él levantó una mano.

—Lo he pensado muy bien. Y te prometo que he hecho lo que quería hacer. Y no te enfades por esto porque no es bueno para ti. Tengo ganas de retirarme y viajar un poco. Ya es hora de disfrutar de lo que me queda de vida y de tomármelo todo con más calma.

—Eso no es propio de ti. ¿Cómo has podido ocultármelo?

—Es que no quería preocuparte.

—¿Y no crees que así haces que me preocupe más todavía? ¿Noah ha comprado nuestra empresa?

—Sí —repitió Emilio—. Faith, he conseguido un precio muy generoso. Tres millones de dólares. Nuestra empresa es un pequeño negocio de curtido de pieles. Nunca valdría tres millones. He creado un fideicomiso para el bebé. Tú eres dueña de la mitad de la empresa, así que vas tener una buena parte de ese dinero.

—Abuelo, si esto no me hubiera pasado, jamás habrías vendido la empresa —dijo Faith, intentando contener las lágrimas.

—A lo mejor no, pero ha pasado y las cosas cambian. Te lo voy a repetir de nuevo y esta vez escúchame con atención. He hecho exactamente lo que quería hacer.

—Hiciste lo que pensabas que debías hacer.

—Está hecho, así que acéptalo. Deja de darle vueltas a la cabeza y piensa en lo que tenemos ahora. Cariño, la oferta ha sido muy generosa. Nunca habríamos conseguido tanto dinero por el negocio. Noah estaba muy interesado, pero es un precio desorbitado. En el mercado, se habría vendido por medio millón como mucho. Estoy seguro.

–Abuelo, por mucho que me digas no vas a convencerme de que fue una buena idea –dijo Faith, enfadada y frustrada–. ¿Y la familia lo sabe?

–Todo el mundo está encantado, porque a todos les tocará su pequeña parte.

Faith bajó la vista y apretó los puños. Sabía que no estaba haciendo feliz a su abuelo, pero en ese momento no podía sino sentir rabia hacia Noah.

Tenía que salir de su casa e irse bien lejos.

Cuando se quedó a solas, apenas pudo contener las ganas de llorar. Noah se había salido con la suya, y todo era culpa suya.

Agarró el teléfono móvil y llamó a información para conseguir el número de un servicio privado de ambulancias.

Cuando Noah volvió a la oficina después de su largo periodo de ausencia, se encontró con una Holly totalmente cambiada, triste y seria. Y su anillo de compromiso había desaparecido.

–Holly, ¿te encuentras bien?

Ella levantó la cabeza y sus verdes ojos echaron chispas.

–No exactamente. Y tú tampoco pareces encontrarte bien.

–Estoy preocupado por Faith. Ella se echa la culpa

por lo de la venta –le dijo, aunque realmente se lo estuviera diciendo a sí mismo.

–El señor Cabrera ha llamado para hablar del trato.

–Faith piensa que jamás habría vendido de no haber sido por su situación.

–Y probablemente tenga razón. Pero, bueno, por lo menos ya tienes lo que querías… Por lo que a mí respecta, he roto mi compromiso. De hecho, fue él quien lo rompió, y sacó mis cosas del apartamento.

–Maldita sea, Holly. Lo siento mucho –dijo Noah, que le tenía mucho aprecio a su secretaria.

–Bueno, mejor ahora que después de casados –dijo ella, recogiendo unos papeles y abandonando el despacho.

Noah la vio marcharse, con la mirada perdida.

A pesar de haber conseguido lo que tanto le había costado, no se sentía más feliz por ello. Su padre estaba encantado con la adquisición de Cabrera Leathers, pero él no era capaz de sentir nada más allá de una profunda sensación de pérdida.

Faith lo quería fuera de su vida y no había nada en el mundo que lo hiciera más infeliz.

Pero, ¿qué podía hacer?

Noah se metió las manos en los bolsillos y empezó a caminar de un lado a otro.

Tenía que hacer algo para recuperarla. No podía dejarla marchar así como así porque…

La amaba…

Descolgó el teléfono y se dispuso a llamar a Emilio Cabrera.

Capítulo Once

Eran más de las cinco de la tarde, pero Faith seguía acostada en la cama, incapaz de cerrar los ojos. Noah invadía todos sus pensamientos y no podía hacer nada para sacárselo de la cabeza.

De pronto la puerta de la habitación se abrió.

Era él.

–Tienes muy buen aspecto. Me han dicho que te has recuperado muy bien con el reposo absoluto.

Faith asintió con cara de pocos amigos y le dejó entrar en la casa.

Él se quitó la camisa y la corbata y ella no pudo evitar sentir una punzada de nostalgia que le aceleró el corazón. En otro tiempo él había hecho el mismo gesto antes de hacerle el amor.

Se sentó junto a ella, al borde de la cama, y le dio un tímido beso en los labios, tomándola de la mano.

–Noah… –dijo ella, protestando.

Sin soltarle la mano, él le frotó los nudillos con suavidad.

–He hablado con tu abuelo –le dijo. Sus ojos, llenos de deseo, brillaban con luz propia–. Le he hecho otra oferta y ha aceptado.

Faith lo miró con ojos perplejos.

–¿Qué? –preguntó ella, recuperando el aliento–. ¿Qué estáis tramando a mis espaldas? El abuelo no me ha llamado.

–No. Le pedí que esperara un poco, que me dejara hablar contigo antes. Pero te llamará más tarde.

–Lo mismo que la otra vez –dijo ella, frunciendo el ceño–. Lo tramáis todo a mis espaldas y después decidís quién va a hablar conmigo del tema, pero nadie se molesta en preguntarme qué opino al respecto –dijo ella.

Llena de curiosidad, lo miró fijamente, preguntándose qué había hecho esa vez.

–¿Cuál fue tu nueva oferta?

–Le devolveré la empresa si accede a que Brand Enterprises gestione los productos de Cabrera Leathers en exclusiva. Tendrá un contrato con Cabrera Leathers y yo le pagaré tres millones de dólares. Además, cada año obtendrá un treinta por ciento de los beneficios, además del sueldo, y de los beneficios de Brand Enterprises. Si alguna vez se decide a vender la empresa, entonces tendremos el derecho de compra en exclusividad. Y si a nosotros no nos interesa adquirir la empresa, es libre de hacer lo que quiera con ella.

–¡Oh, Noah! –gritó Faith con un nudo en la garganta–. ¡Gracias! Me alegro tanto de que le hayas hecho esa oferta. Es perfecto.

Aquel acto de generosidad compensaba todos los disgustos del pasado. Por fin su abuelo podría seguir haciendo el trabajo que tanto amaba.

–Noah, soy tan feliz –le dijo, mirándolo con alegría–. Esto sí que son buenas noticias.

–Emilio también parece contento –dijo él, apartándole el cabello de la cara–. Eres preciosa, Faith. Te he echado muchísimo de menos.

Ella le apretó las manos con fervor.

–Gracias. Lo has hecho por mí.

–Claro que sí. Creo que es el arreglo perfecto y todo el mundo está encantado –le sujetó el rostro con ambas manos–. Faith, no sabes cuánto te he echado de menos.

–Yo también.

–He hablado con mi padre y le dije que no querías casarte conmigo a causa de esa estúpida recompensa.

–¡Oh, Noah! Entonces sí que te importo de verdad.

–Claro que me importas. Te amo, Faith.

Ella contuvo la respiración. Le puso los brazos alrededor del cuello y tiró hacia sí para besarlo.

–Nunca me lo habías dicho. No tenía ni idea…

–¿Pero no crees que siempre me he comportado como un hombre enamorado?

–A lo mejor, pero me encanta oírte decirlo. Yo te quiero mucho, Noah, pero nunca creí que te oiría decir esas palabras. Soy la mujer más feliz del planeta.

Él se sacó una pequeña cajita de un bolsillo y se lo puso en la mano.

–Para ti. ¿Te casarás conmigo?

–¡Sí! ¡Claro que sí! –dijo, colmándole de besos.

–Mi padre es muy testarudo. Me dijo que quería darme esos siete millones de todos modos, así que lo va a poner en un fideicomiso para nuestro hijo.

–Noah, esto es maravilloso. Ya sabes que a mí no me importa el dinero. Te he echado tanto de menos. Mi vida ha sido un infierno sin ti.

Él volvió a besarla con frenesí, dejándose llevar por el deseo incontrolable que sentía por ella.

–Noah, para… –dijo ella, empujándolo en el pecho con una sonrisa en los labios.

–Vaya, lo siento. No te he hecho daño, ¿verdad?

–No. No te preocupes.

Faith abrió la cajita y entonces se quedó boquiabierta. Un flamante diamante rodeado de zafiros brillaba en su interior.

–Noah, es el anillo más hermoso que he visto en toda mi vida.

Él la tomó de la mano y se lo puso en el dedo anular.

–Te quiero, Faith, y quiero que seas mi esposa.

–Yo también te quiero, Noah. No sabes cuánto –dijo ella, riendo de gozo–. Pero no sé si el médico nos dejará casarnos –añadió, poniéndose seria.

–¿Y por qué no? Podemos casarnos en esta misma habitación en compañía de nuestras familias. Y después de que nazca el bebé, podemos hacer una boda a lo grande o una fiesta por todo lo alto.

–Ya veo que lo tienes todo pensado –dijo Faith, en un tono bromista.

–Tengo que admitir que sí. No iba a aceptar un «no» por respuesta.

–Una boda pequeña estaría bien. ¡Por suerte esta habitación es enorme! De lo contrario no cabrían mis tías y mis primos. Y, tienes razón. Más adelante me gustará celebrar una boda a lo grande. Siempre he soñado con llevar un vestido de novia espectacular.

–Lo que quieras tú está bien para mí –dijo él, sonriéndole.

–Si tenemos un niño sano, entonces mi felicidad será plena… Tenías razón, Noah. Las viejas rencillas no son tan importantes después de todo –añadió, mirando el anillo que llevaba puesto–. Esto es maravilloso. Estoy encantada, Noah. Y no sabes cuánto te quiero –le dijo, estrechándolo entre sus brazos.

Epílogo

Faith apenas se fijó en las largas filas de invitados que atestaban la iglesia. Al final del pasillo la esperaba Noah, y muy cerca de él estaba su tía Sophia, sosteniendo al bebé, que ya tenía cinco meses.

Toda su familia estaba presente y su amiga Millie, acompañada del resto de damas de honor, también la esperaba en el extremo opuesto del altar.

Faith se agarró de su abuelo y lo miró a los ojos.

—¿Listo?

—Me alegro mucho por ti, cariño. Noah es un buen hombre y tenéis una niña preciosa. Te deseo toda la felicidad que yo tuve al lado de tu abuela.

—Faith, es la hora —dijo la organizadora de la boda.

Le lanzó una sonrisa a su abuelo y entonces se volvió hacia Noah, avanzando por el pasillo. Su hija Emily dormía en los brazos de la tía Sophia.

La pequeña tenía el cabello color azabache de su padre y los ojos azules de su madre.

Unos segundos más tarde llegaron junto al altar. Emilio puso la mano de su nieta sobre la de Noah y fue a tomar asiento.

El corazón de Faith latía sin ton ni son.

Después de pronunciar sus votos matrimoniales por segunda vez, Noah volvió a ponerle la sencilla alianza de oro en el dedo anular, detrás del fulgurante diamante que brillaba en su dedo.

La besó con todo el cariño que le profesaba y, por fin, fueron declarados marido y mujer.

Bajo una lluvia de pétalos de rosa, avanzaron juntos por el pasillo y, al llegar al vestíbulo, Noah se volvió hacia ella.

—Estoy impaciente por estar a solas contigo.

Noah no recordaba haber sido tan feliz como en ese momento. Ése era sin duda el mejor día de toda su vida.

Por fin iban a tener la luna de miel de la que no habían podido disfrutar y ambos deseaban marcharse.

Mientras Faith posaba con sus damas de honor, él se hizo a un lado y la observó con ojos llenos de cariño. Se había casado con la mujer más hermosa que jamás había conocido.

El vestido de novia, blanco y sencillo, realzaba sus curvas generosas y su cinturilla de avispa, y el escote en palabra de honor dejaba ver la textura cremosa de su piel de seda.

Noah se sentía bendecido por tener a Faith y a Emily en su vida.

Un rato más tarde partieron rumbo al club de campo donde una vez había ganado aquella afortunada puja durante la subasta benéfica.

—Este día parece interminable —dijo, mientras bailaban.

Por fin la tenía en sus brazos.

—Pero sólo con verte, sé lo que me espera después, y eso es más que suficiente para mí.

Ella se echó a reír.

—Éste es un día que siempre recordaré. Por suerte, Emily está tranquila, como siempre —dijo ella.

–Eso lo ha heredado de ti.

–Desde luego –dijo Faith con entusiasmo.

En ese momento Jeff se acercaba para bailar con la novia.

Noah dejó escapar un gruñido.

–Le decía que aquí viene mi hermano, el pesado, a robarme un baile con mi esposa.

–Qué razón tienes. ¿Puedo? –preguntó Jeff, volviéndose hacia Faith.

–Ni hablar –dijo Noah y Jeff dio media vuelta, riéndose a carcajadas.

Entonces Noah la sujetó por la espalda y le dio un beso apasionado que la hizo inclinarse hacia atrás.

–Noah, soy todo lo feliz que se puede ser. Me has dado la vida casándote conmigo y dándome a Emily. Y no sólo eso. Tampoco sé cómo agradecerte lo bien que te has portado con mi abuelo.

–No tienes que agradecerme nada. Yo soy quien tiene que darte las gracias por toda la felicidad que me has traído. Tú y Emily… Cariño, cuando estemos solos esta noche, ya no te voy a dejar escapar de la cama. Te quiero con todo mi corazón, señora Brand.

–Y yo también te quiero, señor Brand –dijo ella y le dio un beso.

DESEO

SARA ORWIG

NEGOCIOS... Y AMOR

Prólogo

No había caballo que no hubiera podido domar. El estilizado alazán se había resistido; pero ahora, bajo las brillantes luces del corral, Jeff Brand comprobó que el caballo le obedecía a la mínima orden.

En ese momento oyó el ruido del motor de un coche, los vaqueros que trabajaban para él a menudo salían y venían por la noche.

—Creía que eras tú —Jeff tiró de las riendas del caballo hacia un lado al oír aquella voz familiar.

Con mocasines y limpia camisa a cuadros, su hermano Noah tenía aspecto de lo que era: un hombre de ciudad. La lentitud con que saltó la valla subrayó el hecho.

—¿Cómo está papá? —preguntó Jeff conteniendo la respiración.

El segundo infarto de su padre había asustado a toda la familia. No podía imaginar qué otra cosa podía haber llevado a su hermano al rancho a esas horas.

—Papá está bien. No es por eso por lo que he venido aquí a estas horas.

El caballo empezó a moverse y Jeff tiró de las riendas.

—¿Y a qué has venido a estas horas de la noche?

—Tenía miedo de no encontrarte durante el día. Si no recuerdo mal, solías pasar muchas noches cabalgando. Un desperdicio de tus tardes, si me permites decírtelo –dijo Noah sonriéndole.

Jeff se acercó a caballo.

–¿Un caballo nuevo?

–Sí. Sus dos dueños anteriores no lograron domarlo. Creo que va a ser magnífico.

–Puede que tengas razón. Tiene pinta de buen corredor.

–Lo es –Jeff se echó el sombrero Stetson hacia atrás–. Siempre me ha sorprendido el buen ojo que tienes para los caballos y lo poco que te gusta el campo.

–Es fácil de explicar: me gusta ganar en las carreras. Y la única forma de conseguirlo…

–Es conocer a los caballos –concluyó Jeff–. Deja que lo lleve al establo y luego me cuentas lo que sea que te ha traído aquí. Sé que debe de ser importante porque, de lo contrario, no habrías venido en el coche a estas horas de la noche.

–Tienes toda la razón. Preferiría estar en casa con mi mujer y mi hijo a estar aquí contigo y con ese caballo tozudo.

Jeff comenzó a cabalgar hacia la puerta de la valla.

–Acompáñame al establo para hablar.

Dentro de las caballerizas, mientras Jeff le quitaba la montura al caballo, Noah se sentó en unas pacas de paja.

–Creen que papá podrá salir del hospital y volver a casa a principios de la semana que viene, pero el doctor Gracy insiste en que se jubile. Papá no deja de preocuparse por el negocio, ya le conoces.

–Va a ser terrible para él, su vida es su trabajo –Jeff fue a por un cubo de agua para el caballo y volvió al momento–. Papá no tiene otras aficiones, no hay ninguna otra cosa que le interese.

–Es difícil imaginar lo que ha pasado. Knox Brand y Brand Enterprises son sinónimo, y es por eso por lo que estoy aquí. Papá sólo va a quedarse como presidente, pero ahora llevamos la gama de cuero Cabrera y dos empresas más. Necesito ayuda, tu ayuda.

–No, ni hablar –dijo Jeff mirando a su hermano. Al instante, notó su preocupación y el corazón se le encogió.

–Maldita sea, Noah, sabes que no soporto la vida de ejecutivo.

–Sólo por un año. Ayúdame a encontrar a alguien apto para el puesto. No puedo meter a alguien sin experiencia. Tú conoces muy bien el negocio, a pesar de que lo dejaste para dedicarte a esto. Eres miembro de la junta directiva, así que sigues informado. Me conoces y no tendrás problemas en saber lo que quiero y lo que no quiero. Además conoces todos los asuntos financieros y sabes negociar y cerrar tratos.

–No –respondió Jeff, cepillando a su caballo con largos pases.

Aunque le costaba rechazar ayudar a su hermano, trabajar en la oficina principal de la corporación le quitaría la vida.

–Tu principal problema siempre fue papá, pero ahora no estará.

–Noah, eres igual que él.

–No, no lo soy. ¿He intentado alguna vez dirigir tu vida? Serías perfecto para la gama Cabrera. Es sólo por un año, Jeff –cuando quería algo, Noah era igual que su padre–. Le tengo echado el ojo a uno para que ocupe el puesto llegado el momento, pero aún no está preparado.

–Un año es demasiado tiempo –dijo Jeff con paciencia.

–Está bien –dijo Noah, levantándose de la paca de paja hasta acercarse a Jeff–. Haré lo que pueda por acelerar el proceso. Le pediré a mi secretaria que te ayude, ella conoce la empresa tan bien como yo.

–No voy a cambiar de idea –replicó Jeff.

–Te necesito, Jeff. Pídeme lo que quieras a cambio.

Jeff dejó de cepillar al caballo y se volvió para mirar fijamente a su hermano. Había visto a Noah con problemas, pero nunca le había visto así.

Masajeándose la nuca, Jeff trató de pensar en qué podía hacerle el trabajo soportable.

–Está bien, Noah, te diré cuáles son mis condiciones... más un millón por adelantado simplemente por acceder a trabajar en esto, más comisiones si mi departamento aumenta el número de ventas y también por cada adquisición que haga. Ah, y un salario como el tuyo. Quiero trabajar desde aquí parte del tiempo. Y quiero que me ayude tu secretaria.

–No pides mucho, ¿verdad? –le espetó Noah, hablando como lo habría hecho su padre mientras su rostro enrojecía.

Jeff comenzó de nuevo a cepillar al caballo.

–O lo tomas o lo dejas. Eres tú quien ha venido aquí para pedirme ayuda.

–También podría darte la empresa y ya está –se quejó Noah–. Lo que pides es mucho. Ni siquiera sabes lo que yo gano.

–Sé que ganas mucho –Jeff continuó ocupándose del caballo.

Si Noah aceptaba sus condiciones, él podría soportar un año trabajando en la empresa.

–Eres un negociante muy duro, Jeff.

–Por eso quieres que sea tu mano derecha.

–Me molesta que tengas razón, pero la tienes. Sabes lo que quieres y lo consigues. Está bien. Te prestaré a mi secretaria y podrás trabajar desde tu maldito rancho, pero tendrás que hacerlo un día a la semana en la oficina. Lo arreglaremos para que puedas llevar Cabrera y otras gamas desde allí.

–Te sugiero que no menciones los términos del acuerdo a papá. No quiero que le dé otro infarto.

–Eres muy duro. Creía que os llevabais mejor últimamente. En fin, me alegro de poder contar contigo, ahora podré dormir tranquilo. Sigo sin comprender por qué te marchaste, porque tienes buena cabeza para los negocios.

–Prefiero a los caballos –dijo Jeff sonriendo.

Noah sacudió la cabeza.

–De todos modos, no olvides que habrá veces que no puedas trabajar desde aquí, aunque podrás hacerlo la mayor parte del tiempo. En ocasiones tendrás que asistir a videoconferencias.

–No comprendo por qué piensas que soy imprescindible.

Al pensar en lo que había pedido y en lo mucho que iba a incrementar su fortuna, sintió dudas. El temor y la aprensión se enfrentaban al entusiasmo de recibir semejante compensación económica; sobre todo, teniendo en cuenta las rentas del rancho y el dinero que había heredado. Pero tendría que trabajar un año.

–Será mejor que me necesites tanto como dices. Si descubro que no es así, me marcharé de inmediato, Noah.

–Lo comprobarás por ti mismo –dijo Noah–. ¿Podrías empezar el lunes? Sería bueno que la primera semana trabajaras en la oficina. También podrías rellenar y cursar los papeles de tu contrato.

Jeff se preguntó cómo sería el trabajo.

–Trato hecho –dijo Jeff mientras se preguntaba en qué se estaba metiendo y hasta qué punto le cambiaría la vida.

Capítulo Uno

Una hora antes de que la oficina abriera oficialmente, Holly Lombard entró sonriente en la oficina de Noah Brand. Le había pedido que fuera a verle e iba con un montón de papeles ya que suponía que iba a hacerle preguntas respecto a la nueva gama que estaban introduciendo. La espesa alfombra oriental absorbió el ruido de sus pasos.

–Buenos días, Holly –le dijo Noah sentado detrás de su escritorio–. Por favor, siéntate. Quiero hablar contigo antes de que lleguen los demás.

–Felicidades –dijo ella tomando asiento en una silla del mejor cuero de Brand Enterprises–. He leído el mensaje electrónico que me has enviado y en el que decías que querías verme.

–Gracias. Jeff empieza hoy –dijo Noah mirándola desde el otro lado del escritorio de caoba–, por eso quería hablar contigo. Tengo que hacerte una propuesta.

Sorprendida, Holly dejó los papeles en una mesa auxiliar que tenía al lado y esperó.

–Le he hecho una oferta a Jeff y la ha aceptado, pero es preciso que tú cambies de trabajo.

Holly sintió cierta preocupación, pero la rechazó inmediatamente.

–Me ha tomado por sorpresa –dijo ella.

–Lo sé, pero me ha costado mucho convencer a Jeff. Mi hermano es excelente, Holly.

Holly se reservó su opinión. Por lo que Noah le había comentado a lo largo de los años, sabía que él tenía un hermano gemelo que había dejado la empresa hacía mucho para hacerse ranchero en el oeste de Texas. No imaginaba cómo el hermano de Noah iba a poder arreglárselas con el negocio.

–Quiero que trabajes con Jeff; a cambio, te ascenderé. De ser mi secretaria personal pasarás a ser directora ejecutiva de marketing de la zona oeste y te subiré el sueldo en un veinte por ciento. Es un gran aliciente, Holly. Y eres joven.

–¿Tengo alternativa? –preguntó ella, disgustada por la idea de trabajar con Jeff Brand.

–Por supuesto. No voy a despedirte si no aceptas. Será sólo por un año. Se te subirá el salario, se te ascenderá y se te dará más responsabilidad. Es un buen paso adelante en tu carrera profesional.

–¿Pero trabajaré con tu hermano en vez de contigo? –repitió ella, pensando que sería el fin de su carrera. Iba a dejar de trabajar para el director de las empresas y a hacerlo para un vaquero.

–Eso es. Y le he dicho que podrá trabajar desde el rancho a excepción de un día a la semana, que vendrá aquí.

–¡Oh, no! –gritó ella poniéndose en pie–. No voy a vivir en un rancho en el fin del mundo con alguien que no tiene casi ninguna experiencia en los negocios. Lo siento, pero no voy a hacerlo. Lo siento, pero la propuesta es absurda, acabaría con mi carrera profesional.

Dolida y furiosa con Noah por haberle hecho semejante petición, añadió:

–¿Quieres que empiece a buscarme otro trabajo?

–Cálmate y siéntate, por favor. Puede que Jeff esté algo oxidado y necesite que le pongan al día, pero te sorprenderá, ya lo verás. Se te dará un coche de la empresa y todos los gastos pagados. Escucha, quiero a Jeff aquí y tú eres la persona perfecta para trabajar con él. Será como que le ayude yo, cosa que no puedo hacer por lo de mi padre.

Noah se frotó la nuca y Holly sabía que estaba pensando en algún incentivo importante. Era una forma terrible de agradecerle su esfuerzo y su trabajo por la empresa.

–Se mire como se mire esto es un paso atrás. Me pones al lado de un vaquero sin experiencia. Además, odio los caballos, el campo y todo eso.

Noah le lanzó una punzante mirada y ella se preguntó si no se había excedido, pero ya no le importaba.

–Espera un momento, Holly.

Noah se puso a hacer unas anotaciones en un papel mientras ella permanecía allí sentada conteniendo las ganas de gritarle. Aquello era una injusticia y un desperdicio de su talento. Le habría gustado que Knox Brand estuviera allí, al mando de la empresa.

Noah se levantó y rodeó el escritorio.

–Éste es el trato: además del aumento de salario y el ascenso, te pagaré una bonificación al empezar y otra bonificación cuando acabes, ciento veinticinco mil dólares al empezar y la misma cantidad al acabar.

Holly volvió la cabeza hacia la ventana, consciente de que la oferta era demasiado lucrativa para rechazarla. Su mente conjuró imágenes de cactus, polvo y sequedad, todo ello parte de la zona oeste de Texas.

–No pareces impresionada con mi oferta, Holly

–comentó Noah irónicamente–. Está bien, doscientos cincuenta mil dólares al empezar y lo mismo cuando termines.

Atónita, Holly se lo quedó mirando.

–Eso es medio millón de dólares en bonificaciones por hacer lo que me pides. Debes de estar desesperado por que haga esto.

–Sí, lo estoy. Ya te lo he dicho, mi hermano es un gran negociante y un mago de las finanzas, no logró toda su fortuna con la ganadería. Sé que puedo contar con él y se le conoce bien. Vosotros dos formaríais un equipo extraordinario y yo no tendría que preocuparme por nada de lo que vosotros os encargarais.

–Me halagas –comentó ella burlonamente–. Por ese dinero y el ascenso, soy capaz de aguantar bastante, Noah; trabajaría hasta con un gorila en el zoo.

Holly sonrió.

–¿Aceptas entonces? Normalmente, las mujeres se llevan bien con Jeff, pero sé que la situación en este caso es diferente –Noah le sonrió–. Ya verás, no te pesará.

–Creo que no dejará de pesarme, pero pensaré en lo que voy a ganar. Y sólo un año.

–Ya he pensado en quién va a reemplazar a Jeff, por lo que puede que no llegue al año, aunque casi. Recibirás tu primer pago y asumirás tu nuevo puesto de trabajo hoy. Quiero que empieces ya. Jeff también vendrá hoy. Tómate esta semana para acabar con lo que estés haciendo, si puedes. Tomaré a alguien para que ocupe el puesto de secretaria mía. Agradeceré tus sugerencias. Ya le he dicho a Jeff que se encargue de la gama Cabrera.

Holly pensó en la gama más importante de botas y sillas de montar que iban a introducir en el mercado.

–Por esa gama han luchado tres generaciones de la familia Brand y ahora tú la vas a dejar en manos de tu hermano, un hombre sin experiencia –declaró ella, pensando que Noah había perdido la razón.

–Deja de mirarme como si tuviera dos cabezas –dijo Noah, recordándole una vez más su sagacidad.

–Muy bien, de acuerdo –respondió ella ruborizándose–. ¿A qué hora va a venir tu hermano?

–Supongo que pronto. Los de recepción le enviarán aquí arriba directamente. Holly, gracias por aceptar la oferta. Confía en Jeff, no te arrepentirás.

–Lo intentaré –dijo ella secamente, consciente de que iba a tener que pensar a diario en las compensaciones económicas–. He traído unos papeles para revisar contigo, pero lo haremos más tarde. Ahora me da vueltas la cabeza, mi vida entera ha cambiado.

–Bien, luego lo haremos –dijo Noah.

Agarrando los papeles, Holly salió a toda prisa de la oficina y se refugió en su escritorio. Se aferró a la idea del dinero que iba a recibir y al ascenso.

También recordó la foto que había visto de Noah con su hermano, de traviesa sonrisa y, en la foto, más alto que Noah.

Cuando Jeff entró en las oficinas principales de Brand Enterprises se estremeció. Recordó lo atrapado que se había sentido cuando trabajaba allí a los veintitantos años. Su padre había sido una presencia autoritaria y continua que trataba de controlar hasta la más mínima decisión.

Las botas de Jeff repicaron en el pulido suelo de mármol de la entrada del edificio. Se detuvo delante de un guarda de seguridad para decirle su nombre. Le dieron una tarjeta de identidad para llevarla puesta y le hicieron entrar en un pequeño despacho. Pensó en el pago que iban a ingresarle en su cuenta bancaria ese día y se animó ligeramente. Un año y luego volvería a hacer lo que quisiera. Pensó en los caballos que iba a poder criar.

El vestíbulo era elegante y caro: cristal, mármol, cuero y plantas. Un atrio permitía que la luz inundara un espacio diseñado para impresionar a quien entrara: empleados, competidores y clientes. Su padre y su abuelo habían contratado a los diseñadores; antes de su abuelo, las oficinas de Brand Enterprises habían sido sencillas. Tomó el ascensor hasta el último piso para reunirse con su hermano.

Después de recorrer un pasillo y dar la vuelta a un recodo, una mujer que iba en dirección opuesta se chocó con él y se le cayeron los papeles que llevaba en la mano. Él la sujetó para que no cayera también.

–Perdone –se disculpó Jeff.

–Lo siento –dijo ella–. Iba distraída, debería…

Unos ojos verdes se clavaron en él haciéndole contener la respiración. El perfume de la mujer era tan excitante como ella. Llevaba el cabello castaño recogido en una coleta. El traje azul marino y la camisa de seda le sentaban a la perfección.

Sumergido en las profundidades de esos ojos grandes, Jeff se dio cuenta de que se la estaba mirando fijamente y se preguntó también cuánto tiempo más le miraría ella con tal intensidad. Como si acabara de darse cuenta de lo que estaba haciendo, la mujer parpadeó. Su piel era perfecta y tenía nariz recta y labios llenos encarnados, labios para besar. Su rostro era hermoso. Ella volvió a parpadear como si acabara de salir de un trance y se fijó en su sombrero, adoptando una expresión de censura. Bajó la mirada y la clavó en las botas de piel de cocodrilo que acompañaban al traje negro. Detectó el desagrado de ella y se preguntó quién sería.

La mujer se agachó para recoger los papeles y él la imitó.

—Yo los recogeré —dijo Jeff agarrando los papeles para dárselos después.

—Usted es Jeff Brand, ¿no? —dijo ella como si acabara de ver una serpiente a sus pies.

—Sí, lo soy —respondió él, sorprendido por la reacción de ella—. Lo siento, pero no creo haber tenido el placer de… no la habría olvidado.

Jeff le ofreció la mano y ella sacudió los papeles, indicando con el gesto que no podía estrechar la mano que él le ofrecía, cosa que no era verdad.

—Yo soy Holly Lombard —dijo ella con sequedad.

Jeff supuso que su frialdad se debía a la desgana con que había aceptado su nuevo puesto de trabajo.

—Supongo que Noah te ha hablado de mí. Me alegro de conocerte, Holly —Jeff bajó la mano sin dejar de observarla mientras se preguntaba si ella había rechazado trabajar con él.

De lo que estaba seguro era de ser la causa de la gélida animosidad de ella.

—Nos veremos luego —y tras esas palabras se alejó.

Sacudiendo la cabeza, Jeff reanudó su camino.

En el despacho de su hermano, miró a su alrededor, fijándose en el escritorio de madera de cerezo tallada, la madera oscura que cubría las paredes y los elegantes óleos colgando de las paredes.

—Creo que has superado a papá en lo que a lujo en el despacho se refiere. Esto debería intimidar a los contrincantes; es decir, a los que logren llegar hasta aquí.

Noah se echó a reír.

—Es cómodo. Puedes tener uno igual aquí si quieres. Tenía miedo de que te echaras atrás y no aparecieses.

—Me conoces muy bien. No dejo de pensar en el dinero que va a entrar en mi cuenta bancaria hoy.

—Ya te lo he enviado. Está hecho.

—Gracias. Por cierto, acabo de tropezarme con Holly Lombard. Si las miradas matasen, estaría fulminado.

—¿Holly? —Noah pareció sorprendido momentáneamente; por fin, una sonrisa se dibujó en su rostro—. No cree que estés capacitado para el trabajo, pero pronto le darás toda la confianza que necesita. Piensa que no tienes la experiencia suficiente.

—Puede que sea más lista que tú. Estoy algo oxidado.

—No lo creo —respondió Noah burlonamente mientras agarraba unas carpetas y se las daba—. Quiero que veas esto, son los últimos informes sobre la empresa. Sé que los recibes por correo, pero estoy casi seguro de que nunca los lees.

—He leído algunos —dijo Jeff.

—Respecto a Holly, es mejor que sepas que está enfadada con los hombres en general porque su novio la dejó plantada y rompió el compromiso matrimonial. El trabajo es su vida y no le hace gracia tener que estar en tu casa trabajando. Así que tu famoso encanto no va a funcionar con ella.

—No es que cuestione tu capacidad de juicio, pero puede que no sea la persona adecuada para trabajar conmigo. ¿Se va a mostrar poco cooperativa?

—¿Holly? Es demasiado profesional para eso. Con

el trabajo siempre da todo lo que puede. Ya lo verás. Sólo quería explicarte por qué está algo disgustada.

Noah habló por el interfono y al cabo de unos minutos se oyeron unos golpes en la puerta.

–Entra, Holly. Creo que ya conoces a mi hermano, Jeff Brand. Jeff, aquí está tu nueva secretaria.

A Jeff se le aceleró el pulso mientras miraba a la castaña belleza con la que se había chocado hacía un rato. Se acercó a ella y volvió a ofrecerle la mano, seguro de que en presencia de Noah se vería obligada a estrechársela.

Y ella así lo hizo, aunque con mirada gélida. Sin embargo, en el momento en que entraron en contacto físico, él sintió un cosquilleo. Mientras clavaba los ojos en los verdes de ella, vio un brillo de sorpresa y se dio cuenta de que ella también había sentido las chispas. La vio respirar profundamente antes de retirar la mano, pero había química entre ambos y esa mujer era tan consciente de ello como él.

En ese momento, su nuevo trabajo pasó de ser aburrido a peligroso. No quería sentir atracción por alguien de la ciudad a quien no le gustaba el campo.

–Espero que podamos trabajar juntos –dijo Jeff con sinceridad.

Ella le dedicó una fría sonrisa.

–He oído hablar muy bien de ti.

–Espero no defraudarte –dijo Jeff, preguntándose qué habría hecho Noah para hacerla acceder a trabajar con él.

–Hoy por la mañana voy a llevar a Jeff al departamento de recursos humanos para que haga el papeleo, pero me he dejado la tarde libre a partir de las tres. ¿Podrías hacer tú lo mismo, Holly?

–Por supuesto.

–Reúnete con nosotros entonces, me gustaría hablar de lo que quiero que Jeff se encargue y empezar cuanto antes. Le he pedido que trabaje aquí esta semana con el fin de que se informe sobre el personal, los departamentos y las secciones. Tú irás a su rancho el próximo martes.

Jeff notó el rubor de las mejillas de Holly, debía considerar la situación como un infierno. Volvió a preguntarse si cooperaría con él, aunque suponía que sí; de lo contrario, Noah no la había colocado en esa posición.

Al cabo de unos minutos ella se marchó y él ofreció a su hermano Noah una ladeada sonrisa.

–¿Estás seguro de que va a trabajar conmigo en mi casa?

Noah sonrió.

–Holly es lista y la voy a pagar muy bien por esto. Va a ser fantástico, Jeff. Gracias.

–No olvides lo que acabas de decir cuando estemos en desacuerdo por algo.

Noah se echó a reír.

–Sé que va a ocurrir, pero también sé que siempre llegaremos a una solución.

Capítulo Dos

El martes por la mañana, el día del temido trasla-
do, aún era de noche cuando Holly salió de su casa.
Después de abandonar su hogar en el norte de Dallas
y atravesar Fort Worth, se dio cuenta de que había
mirado el reloj quince veces durante los últimos quince minutos.

Fue un largo y aburrido trayecto sin incidentes
que la alejó de las luces de la ciudad y la civilización.

La semana anterior Jeff Brand no le había inspi-
rado confianza. Se había mostrado receptivo y había
cooperado, pero no había participado mucho en las
conversaciones que habían mantenido él, Noah y ella;
en realidad, la mayor parte del tiempo había parecido estar soñando despierto. Era evidente que ese ranchero no tenía ambiciones; de lo contrario, no habría dejado la empresa.

Holly apretó los dientes e imaginó una casa alargada con pollos correteando alrededor y una valla metá-
lica rodeándola para evitar que se acercaran las vacas.
Y a pesar del calor dentro del coche, se estremeció.

—Noah, te odio por lo que me has hecho —se dijo
a sí misma en voz alta.

Conduciría cuatro horas al día de lunes a viernes
de Dallas al rancho, y a la inversa, por un paisaje lleno de cactus y vallas de hilo metálico.

Cuando por fin cruzó dos altos postes de piedra, la luz del sol ascendía por el llano horizonte. Unas grandes puertas de hierro se abrieron al utilizar el control remoto que Jeff le había dado.

Recorrió un largo sendero hasta llegar a otra valla con más puertas de hierro y con sorpresa vio el cambio de paisaje: aspersores de agua regaban zonas de césped, había estanques y fuentes plateadas, y abundaban los robles. El rocío en las hojas y en la hierba reflejaba la luz. No tardó mucho en llegar al rancho propiamente dicho, y se dio cuenta de que había subestimado a Jeff Brand. Había suficientes edificaciones para formar un pequeño pueblo. La casa del rancho era una mansión de dos plantas que igualaba en lujo a la palaciega de Noah Brand.

La luz del sol bañaba los tejados y confería un tono rosado a las innumerables flores de los jardines que rodeaban las edificaciones. Se sacó un trozo de papel con direcciones, las siguió y detuvo el coche delante de lo que parecía una casa de rancho de madera y piedra alargada. Tras agarrar el bolso, la cartera y el ordenador portátil, se bajó del coche.

Su sorpresa aumentó mientras cruzaba un ancho porche acristalado con aire acondicionado que recorría el perímetro de la edificación. La puerta se abrió antes de darle tiempo a llamar al timbre y el pulso se le aceleró al encontrarse con esos ojos grises y esa sonrisa que hacía que le hacían temblar las piernas. El cuerpo le tembló y al instante, igual que le había ocurrido durante su último encuentro, se olvidó de su animadversión hacia él. Sentía la atracción por ese hombre hasta en los dedos de los pies.

—Buenos días —dijo Jeff Brand con una sonrisa. Su

camisa estilo vaquero, los vaqueros y las botas le recordaron una vez más por qué no le gustaba su nuevo trabajo–. Vaya, estás tan guapa como una mañana soleada. Vas a conseguir que este trabajo me resulte soportable.

–Gracias –respondió ella aún mirándole fijamente a los ojos, incapaz de romper el hechizo que la mantenía inmóvil.

La sonrisa de Jeff se agrandó.

–¿Qué tal el viaje?

–Tranquilo, sin incidentes y nada de tráfico –respondió Holly, sorprendida por la amabilidad con que había pronunciado esas palabras.

–Entra. ¿Quieres un café antes de que empecemos?

Jeff se echó a un lado para cederle el paso y cuando ella apartó la mirada se rompió el hechizo. La vergüenza la hizo enrojecer. Se había comportado como una adolescente al mirarla un chico por primera vez. ¿Dónde tenía la cabeza? ¿Y por qué le había dicho a Jeff que el viaje había sido tranquilo? Había sido horrible: demasiado largo, demasiado aburrido y solitario.

Se adentró en el vestíbulo preguntándose a qué clase de hechizo se había visto sometida.

–Ya veo que has traído la oficina contigo –dijo Jeff mirando la cartera y el ordenador portátil.

–Son unas cosas que pensé que deberíamos revisar.

–Primero vamos a tomar un café y a hablar de lo que vamos a hacer hoy. Si quieres comer algo también…

Holly decidió establecer las reglas de la relación desde el principio.

–Jeff, creo que deberíamos tratar el trabajo como

si estuviéramos en la oficina. De esa forma seremos más eficientes.

Jeff le sonrió y los ojos, llenos de humor, le brillaron, lo que la irritó aún más.

–Como quieras, Holly. A propósito, ¿cómo es que te pusieron ese nombre? Ya no es frecuente.

–Mi cumpleaños es en diciembre y mi madre se ilusionó demasiado con eso de que iba a tener una niña en Navidades –contestó ella, e intentó volver a adoptar una actitud seria y profesional–. Necesitaré algo de tiempo hoy por la mañana para instalarme.

–No te preocupes por eso, llamaré a alguien para que se encargue de traer tus cosas.

–Supongo que será lo más rápido –dijo ella–. ¿Dónde está mi despacho?

–Al lado del mío. Puedes decorarlo a tu gusto. Noah se ha encargado del transporte de algunos de tus muebles con el fin de que tengas lo básico aquí.

–No necesito nada especial. Aquí no van a venir a vernos los clientes.

Sonriendo traviesamente, Jeff la miró.

–Todo esto te ha hecho tan poca gracia como a mí, ¿verdad? Mi hermano es un experto presionando, igual que nuestro padre.

–Supongo que a mí me ha hecho mucha menos gracia que a ti –respondió ella secamente.

¿Cómo podía bromear? Ella no le veía la gracia a la situación. Y le molestaba aún más encontrar a Jeff Brand tan atractivo.

–Ya veo que estás listo para trabajar en el rancho –comentó Holly mirando el atuendo de Jeff.

–Aquí no es necesario vestir formalmente. Es más, tú también puedes vestirte como quieras. Estaremos solos, además de las dos secretarias que van a venir mañana. Dejemos las formalidades para otras ocasiones.

–Me siento más profesional cuando llevo ropa apropiada para el trabajo –dijo ella con su voz más fría, sin comprender por qué estaban hablando de la ropa.

–No seas demasiado dura con las secretarias si deciden vestirse de forma informal.

–Por mí pueden ir vestidas con sacos de patatas si trabajan bien.

–Me alegra oírte decir eso. Éste es mi despacho –dijo Jeff indicando una puerta abierta.

Al dirigir la mirada al interior de la estancia, vio una habitación amplia con puertas de cristal correderas que daban a un patio; en ella había plantas, elegante mobiliario y tejidos coloridos. El lugar parecía salido de las páginas de una revista de decoración.

–No vives mal en este rancho, ¿verdad? –dijo ella acercándose al despacho que Jeff le había asignado.

Su despacho era una habitación soleada con un escritorio grande, procedente de las oficinas de la empresa; le habían llevado los archivadores de madera de cerezo y una mesa de conferencias. También tenía un cuarto de baño privado.

–No me va a faltar espacio –declaró Holly–. Bueno, voy a empezar.

–Como quieras.

Ese hombre representaba todo lo que no le gustaba. Era lo contrario a ella. Le vio salir de la estancia mientras oía los tacones de las botas repiqueteando en la tarima del suelo. ¿Cómo iba a sobrevivir así un año entero?

Trabajó a destajo todo el día. Al colgar el teléfono

tras una llamada y levantar la cabeza, vio a Jeff apoyado en el marco de la puerta.

–Puedes quedarte a cenar si quieres. Yo voy a cenar en la casa; pero si tú lo prefieres, podría traerte la cena al despacho.

–No, gracias. Voy a volver a mi casa y es un largo trayecto –respondió ella mirándose el reloj–. Dios mío, no me había dado cuenta de que era tan tarde.

Eran las siete y media, se había quedado más de la cuenta.

–Estoy acostumbrada a trabajar hasta las siete de la tarde en Dallas –explicó Holly–. Aquí no puedo hacer eso y volver a casa en coche.

–No, no puedes. Podrías quedarte en el rancho durante los días laborales y volver los fines de semana, tengo espacio de sobra. Ni siquiera tendríamos que vernos. Te ahorraría el viaje, tiempo, gastos de gasolina y el desgaste del coche.

–Gracias, pero prefiero ir a Dallas –respondió ella.

–Como quieras –dijo Jeff–. Mañana llegarán las secretarias, me han dicho que se van a instalar en el pueblo. Ésa sería otra opción para ti. A ellas no les he invitado a quedarse en mi casa.

Holly sabía por qué, ya que las había visto hablando con Jeff en la oficina de Dallas y las dos habían coqueteado con él. Debía reconocer que Jeff, aunque había sido educado, no se había dado por enterado. Quizá la forma fría como ella se había comportado con él era lo que le había hecho sentirse lo suficientemente seguro para invitarla a quedarse en su casa.

***

Cuando llegó a su casa aquella noche, canceló la cita para cenar que tenía con su vecina, Alexa Gray, porque estaba demasiado cansada. Cenó, planificó el trabajo del día siguiente, trabajó una hora más, contestó a unos mensajes electrónicos, se fue a la cama y soñó con un alto y esbelto ranchero.

Las dos secretarias se trasladaron a un pueblo cerca del rancho y ella les envidió el trayecto de cuarenta y cinco minutos al trabajo; sin embargo, ella no soportaba la idea de vivir en un lugar con sólo unas cuantas casas, una oficina de correos, una tienda que tenía un poco de todo y una gasolinera. Y únicamente dos árboles en aquel paraje desolado.

Durante la semana intentó mantener con Jeff la misma relación fría y profesional que en Dallas, pero pronto se dio cuenta de que era la única de los cuatro que hacía eso. La personalidad relajada y natural de Jeff era contagiosa.

A Jeff no parecía importarle la altanería de ella. Todas las mañanas le ofrecía desayuno y ella lo rechazaba, a pesar de los olores que salían de la cocina y que no dejaban de tentarla. Sabía que las dos secretarias desayunaban cuando llegaban, pero Jeff se iba a su despacho y las dejaba solas desayunando.

Hubo momentos de una intensa tensión entre ambos: si se acercaban demasiado el uno al otro, si se rozaban las manos al ir a por un papel… Todo tipo de contacto físico por mínimo que fuera les afectaba; a él también, lo había visto en sus ojos.

El jueves por la tarde de su segunda semana en el rancho trabajó con Jeff escribiendo cartas a clientes hasta tarde. Por fin, Jeff se recostó en el respaldo de su asiento y la miró.

–Vamos a dejarlo ya. ¿Por qué no dejas que te invite a cenar y te quedas en mi casa? Hay un establecimiento que dan unas costillas maravillosas… y no tendrás que conducir. Las mejores costillas al oeste de Fort Worth. Además, parece ser que va a llover en Dallas.

Cada día le costaba más el maldito trayecto y Jeff se había mostrado muy profesional toda la semana, a excepción de alguna mirada de vez en cuando. Se debatió entre no tener que hacer el viaje y aceptar la invitación o rechazarla y no tener nada que ver con él socialmente.

–Si te va a costar tanto tiempo decidirte, será mejor que te quedes –dijo él con una sonrisa ladeada y una mirada que la hizo olvidar el trabajo y el viaje de vuelta a su casa.

–Trato hecho, pero no prometo ser buena compañía.

–No es necesario que lo seas –Jeff le dedicó una cálida sonrisa–. Vamos a la casa para que te arregles antes de cenar. Las secretarias se han marchado hace un par de horas, así que voy a cerrar aquí.

–¿Por qué te molestas en cerrar con cerrojo la oficina? Todos aquí son empleados tuyos y tienes vallas, perros y empleados por todas partes.

Jeff se encogió de hombros.

–Un obstáculo más por si alguien decide entrar. Es más seguro.

–Sí, cierto. Es sólo que, viniendo de ti, me sorprende tanta precaución.

Jeff sonrió traviesamente.

–No quiero ni pensar en la opinión que tienes de

mí –dijo él, y las mejillas de ella enrojecieron–. Vamos apaga el ordenador y esas cosas y reúnete conmigo en la puerta principal.

Y tras esas palabras Jeff se marchó.

Holly apagó el ordenador y corrió hacia la puerta, donde encontró a Jeff esperándola, observándola avanzar hacia él. El estómago le hormigueó bajo esa mirada, haciéndola desear haberse ido a su casa.

Tras conectar la alarma, Jeff cerró la puerta.

–¿Quieres ir andando? No está lejos y hace calor. Puedes dejar el coche aquí si prefieres ir caminando, no le pasará nada.

–Muy bien. Llevo todo el día sentada. Y tú también, claro.

–Vaya, por fin estamos de acuerdo en algo –bromeó él, y Holly sonrió.

–Es muy agradable andar un poco y hace una tarde preciosa –dijo ella.

Al tomar un camino de tierra serpenteante, una serpiente lo cruzó ocultándose en la zona de césped. Horrorizada, ella se agarró al brazo de Jeff.

–¡Jeff!

–Ya se ha ido. Además, no estoy armado, no podría matarla. Es una serpiente cascabel, tenemos muchas. Pero no te preocupes, nunca se acercan.

En su opinión, ese miserable lugar no era apto para la vida humana.

–¿Por qué te gusta estar aquí? –le preguntó ella, y Jeff sonrió.

–Me encanta el silencio, los espacios abiertos, la gente amistosa, la vida de ranchero. Me gustan los caballos y cabalgar. A propósito, ¿sabes montar a caballo?

–No –respondió ella rápidamente–. Me caí de un

caballo cuando tenía nueve años y no he vuelto a montar desde entonces.

A pesar de ir a buen paso, el camino a la mansión de Jeff era largo y no pudo evitar buscar constantemente con los ojos señales de más serpientes.

—La semana que viene tráete un traje de baño para dejar aquí; si te quedas alguna noche, podríamos bañarnos en la piscina antes de cenar. Los baños son muy relajantes.

Holly no podía imaginar meterse en una piscina con él y mucho menos en una piscina con serpientes merodeando por los alrededores.

—Sí, bien —respondió ella, segura de que jamás haría semejante cosa.

Cuando cruzó el amplio patio delante de la casa principal, se dio cuenta de que ésta era aún más grande de lo que le había parecido en la distancia, desde la oficina.

—Esta casa es enorme —dijo ella mientras Jeff sostenía la puerta para dejarla pasar. Después, él entró y apagó el sistema de alarma.

Al cruzar el amplio vestíbulo pasó por una amplia cocina con un comedor adyacente y una mesa de madera de cerezo a la que podían sentarse fácilmente dieciséis personas.

—¿No te sientes un poco solo en una casa tan grande?

Jeff sacudió la cabeza.

—No. Hasta empezar este trabajo, mucha gente venía a quedarse en mi casa. Durante la época de caza, los amigos vienen constantemente. Ahora mismo estoy yo solo. La mayor parte del tiempo no utilizo toda la casa; nadie podría hacerlo, pero estoy acostumbrado. Mis empleados se ocupan del mantenimiento. Conocerás a algunos de ellos mañana por la mañana; por ejemplo, a Marc LeBeouf, mi cocinero.

Jeff la condujo por un pasillo con puertas abiertas.

–Mi habitación está al final del pasillo –dijo él. Antes de llegar a dicha habitación, Jeff señaló una, dos puertas antes–. ¿Te parece bien ésta?

Jeff se adentró en el dormitorio y ella le siguió. Era una estancia elegante con cuarto de baño y cuarto de estar adyacente.

–Preciosa, encantadora –respondió ella, y Jeff sonrió.

–¿Creías que vivía en una cabaña hecha con troncos de árbol? –pero no esperó a obtener respuesta–. Vendré a recogerte a tu habitación dentro de veinte minutos. ¿Necesitas algo?

–No. Estaré lista.

Holly cerró la puerta y se dirigió al espacioso cuarto de baño. Se fijó en la bañera hundida, en las plantas, en un mural y en el espejo que ocupaba toda una pared. Todas las habitaciones que había visto eran lujosas y bien diseñadas. La personalidad de Jeff Brand tenía muchas facetas y todas ellas sorprendentes.

Holly sacó su peine y se soltó el cabello; lo peinó con intención de dejárselo suelto, pero cambió de idea. Seguía queriendo mostrarse reservada con él porque la química entre ambos era volátil. Se recogió el cabello en una coleta, permitiéndose dejar sueltas unas hebras alrededor del rostro.

Alisándose los pantalones azul marino y la blusa de seda haciendo juego, se preguntó adónde irían y si ella sería la única que no llevaba vaqueros. Le daba igual, sólo quería que acabara la tarde y poder retirarse.

Cuando salió del dormitorio Jeff la estaba esperando en el pasillo tal y como había dicho. El pulso se le aceleró al verle con una camisa blanca limpia metida dentro de unos ajustados pantalones vaqueros que se ceñían a la estrecha cintura de él.

Llevaba un sombrero de ala ancha echado hacia atrás. Era un hombre sumamente viril y atractivo; y, sin embargo, representaba todo lo que ella detestaba. De nuevo se preguntó por qué no había rechazado la invitación y había vuelto a Dallas.

–Piensa en las costillas –dijo él con divertimento–. Tienes cara de ir al patíbulo.

–Lo siento, ha sido un día de mucho trabajo.

–Eso es verdad. Vamos a ver si logramos hacerte sonreír.

–Sentarme, relajarme y una buena cena serán suficientes.

–Estupendo.

Les llevó media hora llegar a una edificación de troncos de árbol con un tejado rojo. Dentro había unos músicos tocando y parejas ocupando una pista de baile. Mientras Jeff la conducía a una mesa, la gente constantemente le detuvo para saludarle. En la apartada mesa, Jeff se sentó frente a ella y, en cuestión de segundos, una camarera que le conocía dio una carta a cada uno.

Pidieron costillas y, tan pronto como se quedaron solos, Jeff se levantó y fue a tomarle la mano.

–Vamos a bailar.

–No se me da bien –dijo ella levantándose–. Si se me da muy mal, me sentaré y podrás bailar con alguna de esas mujeres que te han parado para saludarte.

–No se te dará mal, ya lo verás –dijo Jeff.

En unos minutos Holly se encontró divirtiéndose. Era un alivio hacer algo físico después de una agotadora semana sentada al escritorio o al volante del coche.

–Las costillas deben de estar enfriándose –dijo Jeff entre una canción y otra–. ¿Quieres comer?

–Sí, claro. El baile ha estado muy bien, ha servido para interrumpir la rutina de la semana.

Justo antes de que ella se sentara a la mesa, Jeff le agarró el brazo y la hizo volverse de cara a él.

–Podríamos mejorar la velada –dijo él, y ella le miró con curiosidad.

El pulso se le aceleró aún más cuando Jeff le colocó una mano en la cabeza y le abrió el pasador que le recogía el pelo, dejándolo caer sobre sus hombros.

–¡Jeff! –exclamó Holly enfadada y demasiado consciente de la proximidad de ese hombre.

–Así está mucho mejor. Bueno, vamos a cenar –Jeff se quitó el sombrero y, con el pasador dentro, lo dejó en el asiento.

Holly sacudió la cabeza. No le gustó que Jeff se hubiera hecho con el control de la situación, no quería llevar el pelo suelto delante de él. El pelo suelto añadía informalidad a su relación, y ya era suficiente con cenar y bailar con él.

Tratando de mantener las distancias, Holly comió en silencio. La carne era tierna y jugosa, muy buena, tal y como Jeff le había prometido. Y así se lo dijo.

–Soy un experto en costillas –contestó Jeff.

–Lo tendré en cuenta. Buen bailarín y experto en costillas.

–Vaya, gracias. Me alegro de contar con tu aprobación en algo.

–Cuentas con mi aprobación –dijo ella algo avergonzada.

Jeff le lanzó una mirada llena de duda.

–No te creo.

–No estamos en la oficina, esto es diferente. Yo tengo mis propias ideas sobre el trabajo, así que… ¿No crees que tu trabajo sería más efectivo si lo hicieras en las oficinas centrales?

–No lo sé –respondió Jeff tras meditar unos momentos–. Puede que sí y puede que no, pero no soporto el mundo de los negocios. Si Noah necesita mi ayuda, estoy dispuesto a dársela, pero a mi manera.

Holly estaba en completo desacuerdo con eso. Conseguirían muchas más cosas trabajando en Dallas. A ella le encantaba el bullicio de la empresa y la ciudad.

Guardaron silencio un rato y entonces Jeff le preguntó sobre su familia.

–Mi padre es banquero en Houston y mi madre es dermatóloga. Tengo dos hermanos: Chuck, abogado en Washington; Pierce, médico en Nueva York.

–Una familia impresionante. Por eso te importa tanto tu carrera profesional, ¿verdad?

Holly se encogió de hombros.

–Supongo que sí. Siempre se esperó de nosotros que estudiáramos y tuviéramos éxito en nuestras profesiones. Tu familia no es muy diferente a la mía, mira a tu padre y a tu hermano, y a ti mismo. Tú también tienes éxito en lo que haces.

–Tienes razón. Supongo que tú y yo nos parecemos en cierto modo.

–Quizás en nuestra dedicación –dijo ella con desdén, pensando que no se parecía en nada a Jeff Brand.

–¿Tus hermanos están casados?

–Sí, los dos están casados pero no tienen hijos –Holly bebió un sorbo de agua–. La cena estaba deliciosa.

–Un lugar en el que nos llevamos bien es la pista de baile. ¿Quieres bailar otra vez o prefieres quedarte sentada?

–Bailar. Ya te he dicho que me apetece moverme un poco –contestó ella, pensando que aquel tipo de baile de dos pasos era sencillo.

Hasta el momento no había habido variación, nada de baile lento y romántico, así que se sintió cómoda volviendo a la pista.

Desde la ruptura con su novio no había vuelto a salir con ningún hombre y se alegraba de que Jeff no le hubiera hecho preguntas respecto a su vida amorosa. No quería hablar de cosas tan íntimas; especialmente con él, debido a que era consciente de su mutua atracción. Físicamente, Jeff Brand era un hombre encantador, sensual y atractivo.

El problema era el resto.

Dejó de pensar y disfrutó el baile, sin importarle lo que él podía estar pensando.

Por fin, ella tiró de la mano de Jeff.

–Bueno, creo que ya está bien. Me gustaría volver al rancho.

Realizaron el trayecto al rancho en silencio. Después de apagar el sistema de alarma de la casa, Jeff se volvió hacia ella.

–¿Te apetece una copa? ¿Té, café, leche, vino…?

–Gracias, pero voy a retirarme. Como no tengo que viajar mañana, me levantaré temprano y empezaré a trabajar enseguida.

Jeff se metió la mano en el bolsillo y le ofreció el pasador de pelo.

–Toma, aunque me gusta tu pelo cómo lo llevas ahora, suelto.

Jeff dio un paso hacia delante y ella agarró el pasador.

–Gracias.

Al levantar la mirada, vio que el deseo había ensombrecido los ojos grises de Jeff.

–Jeff… –pronunció su nombre casi sin respiración y se quedó muy quieta. El corazón le latía con fuerza y temió tener fiebre. Clavó los ojos en la boca de él y luego en sus ojos. Le resultaba imposible respirar.

–¿Por qué no? –susurró Jeff e inclinándose hacia ella le cubrió la boca con la suya.

El corazón le golpeó las costillas. Un intenso calor la invadió. Se encendió su deseo y el beso ardió cuando Jeff, pegándose a ella, le rodeó la cintura con un brazo. La besó con más firmeza, introduciendo la lengua en su boca.

Holly dejó de besarle y él se apartó ligeramente.

–Jeff, no deberíamos –protestó Holly débilmente sin poder evitar mirarle la boca y desear sus besos.

–Sí deberíamos –murmuró Jeff volviendo a estrecharla contra sí para besarla.

Fue un beso apasionado, urgente y exigente. Sin poder contenerse, le rodeó el cuello con los brazos. Estaba reaccionando sin pensar. Estaba recibiendo lo que quería, le estaba dando lo que él exigía. No hubo contención ni vacilación.

Holly le besó con una pasión que la consumió. Jeff profundizó el beso, una unión que cambiaría su relación a partir de ese momento.

Por fin, después de lo que pareció una eternidad, Holly se dio cuenta de que se estaba entregando por completo en ese beso. Tomando y dándolo todo. Y la razón la hizo volver a la realidad, haciéndola separarse de él y dar unos pasos atrás.

Jeff jadeaba, igual que ella, y parecía atónito. Ella se sintió atrapada en algo que no había esperado que ocurriera jamás.

–No –susurró ella–. Esto no va a ir más allá. Nunca más.

Holly se dio media vuelta, subió las escaleras a toda prisa y se refugió en el dormitorio que él le había ofrecido. Cerró la puerta y se tocó la boca debatiéndose entre la furia y el horror.

No quería besos, aún estaba intentando superar el dolor de la ruptura con su novio. No quería lazos emocionales con ningún hombre y mucho menos con Jeff. No debía haberle besado ni cenado con él ni haber bailado. ¿Cómo podía haber caído en semejante trampa?

Al día siguiente volvería a Dallas después de la jornada laboral. Podría conseguir otro trabajo…

Entró en el cuarto de baño y se metió en la ducha con intención de que el agua se llevara los recuerdos de aquella tarde. Recuerdos que ya la atormentaban.

¿Cómo iba a poder olvidar esos besos? ¿Por qué le habían resultado tan espectaculares?

Dejó que el agua le resbalara por el cuerpo. Le deseaba físicamente, eso era lo que la enfurecía. Le había gustado besarle demasiado.

Lanzó un gruñido y apretó los puños. Volvería a Dallas y el lunes por la mañana presentaría su dimisión y le diría a Noah que le devolvería el dinero.

Después de que su novio la dejara y la echara de la casa que compartían, no quería tener una relación. No iba a trabajar con Jeff Brand y Noah tendría que aceptarlo.

Capítulo Tres

Jeff fue a la cocina a por un vaso de leche. Pensó en Holly y en el beso que le había hecho arder de pasión. La frialdad de ella era sólo una máscara.

La deseaba, pero el deseo era un arma de doble filo. La deseaba y al mismo tiempo no quería desearla. Era la última mujer en el mundo con quien quería tener una relación. Y sabía que a ella le pasaba lo mismo. Desde el primer día Holly le había dejado muy claro que no era la clase de hombre que le gustaba. ¿Cómo había sido el novio de ella?

La había besado impulsivamente y no debería haberlo hecho, no había favorecido a ninguno de los dos y sospechaba que, de ahora en adelante, Holly se mostraría más fría que nunca. No volvería a invitarla a cenar ni a bailar.

El enfado de ella había sido casi tangible, aunque él no comprendía por qué un inofensivo beso podía haberla irritado tanto…

Pero el beso no había sido inofensivo y estaba seguro de que iba a tener problemas para dormirse esa noche. Físicamente, quería más; lógicamente, sabía que debía mantener las distancias con ella y no volver a dejarse llevar por los impulsos.

—Maldita sea —murmuró mientras se bebía la leche.

Jeff apagó las luces, salió de la casa, entró en la cabaña donde estaban los vestuarios, se puso el bañador rápidamente, se tiró a la piscina e hizo unos cuantos largos para refrescarse.

Por fin fue a su dormitorio y se acostó.

Casi había amanecido cuando se durmió, acosado por sueños eróticos con Holly.

Cuando entró en la cocina al día siguiente, viernes, el cocinero le dijo que Holly aún no había ido a desayunar.

Eran las ocho y media cuando Holly se presentó en la oficina y no le ofreció disculpas por llegar tarde. A parte de eso, se mostró absolutamente profesional y a él le pareció bien, no quería una aventura amorosa con una chica de ciudad.

Holly se mostró fríamente cortés durante todo el día. A las cinco de la tarde se despidió. Desde la ventana, él la vio alejarse en el coche y volvió a arrepentirse de haberla besado.

—¿Qué demonios pasó con vosotros dos la semana pasada? —le preguntó Noah el lunes por la mañana nada más verle.

—No te exaltes. Salimos a cenar, eso es todo.

.—Holly estaba dispuesta a presentar su dimisión. Pero no he conseguido sacarle nada.

—¿No ha dimitido?

—No. La he convencido de que se quede —respondió Noah con el ceño fruncido.

—No pasó nada. Pero sabes, desde el principio, que a ella no le gusta ni el rancho, ni yo ni viajar desde aquí al rancho y viceversa.

Noah se lo quedó mirando, él le aguantó la mirada. Por fin, Noah sacudió la cabeza y agarró una carpeta.

–Puede que sea lo de viajar y no estar aquí, en la oficina. Quizá se sienta marginada.

–Puede ser –dijo Jeff–. Por cierto, papá me ha llamado para invitarme a cenar esta noche, cosa que me ha extrañado mucho. A lo mejor quiere hacer las paces. ¿Os ha invitado a ti y a tu familia también?

–No, sólo a ti –dijo Noah agarrando unos papeles y señalándole una mesa–. Vamos ahí, quiero que veas esto.

Noah se quitó la chaqueta del traje gris y la colgó en el respaldo de una silla. Jeff se había quitado la chaqueta nada más llegar a la oficina y deseó poder quitarse la corbata.

–¿Qué tal vas con la gama Cabrera? –preguntó Noah–. ¿Te gusta nuestra campaña publicitaria de lanzamiento de las botas al mercado?

–Sí. Y las secretarias ya han hecho una cita para que Holly y yo vayamos a almorzar con Emilio Cabrera.

–Buena idea, parece que a Cabrera le gusta Holly. Y ahora, pasando a las tiendas Markley, la cadena que te he dado para que la lleves tú…

Continuaron hablando y Jeff se olvidó de Holly. La vio poco aquel día. En una ocasión, al salir de su despacho, la vio en el pasillo hablando con alguien. Holly llevaba un traje de chaqueta verde bastante convencional.

Se preguntó qué pasaría durante aquella semana. Si el beso casi la había hecho dejar el trabajo, significaba que le había afectado. La idea le pareció interesante.

A las ocho de la noche Jeff estaba sentado en el estudio de su padre. La cena había sido relativamente agradable, pero sospechaba que se le venía encima algo que no iba a gustarle.

Knox, de pie, jugueteaba con una pipa en la mano sin encender. Había dejado de fumar y le estaba costando un gran esfuerzo.

–Jeff, te voy a hacer la misma oferta que te hice en el pasado. Quiero ver a mis dos hijos casados, así que el regalo de un millón de dólares si te casas sigue en pie. Tienes que seguir casado durante un año por lo menos, aunque espero que el matrimonio dure más.

Jeff apretó la mandíbula y respiró profundamente con el fin de no perder la paciencia. De no ser porque acababan de operar a su padre del corazón, se levantaría y se marcharía de allí.

–Lo tendré en cuenta, papá. Sin embargo, en estos momentos no existe ninguna candidata.

–Puede ser –dijo Knox con energía–. Sabía que no te mostrarías entusiasmado, por eso he añadido un incentivo que sé que te interesará.

Jeff sabía que aquello no iba a gustarle.

–Si te casas en los próximos seis meses, además del dinero te daré el rancho de la familia. A Noah le compensaré con dinero o un mayor número de acciones de la empresa, a él no le interesa el rancho en absoluto.

Perplejo, Jeff se quedó mirando a su padre. El rancho de la familia.

–¿Y si no me caso en los próximos seis meses? –preguntó Jeff dándose cuenta de que su padre estaba dispuesto a salirse con la suya.

–Le venderé el rancho a Paul Watterman, que lo quiere y pagará un buen precio por el rancho. Ni a tu madre ni a Noah les interesa.

–¡Maldita sea, papá! –exclamó Jeff apretando los puños–. Ese rancho lleva generaciones en nuestra familia, ¿por qué venderlo?

–No me gustan los chantajes, pero quiero que sientes la cabeza. Ya te he explicado mis motivos.

–Lo pensaré –dijo Jeff, consciente de que tenía que marcharse antes de decir algo de lo que pudiera arrepentirse, y se puso en pie–. Será mejor que me vaya, el camino a mi rancho es largo. Te agradezco la cena y consideraré tu oferta. Cuídate.

–Yo también he disfrutado la cena, Jeff. Ahora que vienes a la ciudad con frecuencia, espero que nos veamos más. La próxima vez que nos reunamos será también con tu madre. Le ha disgustado mucho no poder estar aquí esta noche, pero había quedado con sus amigas desde hacía meses para ir a Houston de compras.

–La próxima vez os invitaré a ti y a mamá a cenar fuera.

Jeff salió de la casa y se subió al coche apresuradamente, su padre aún estaba débil para acompañarle a la puerta. El rancho de la familia era el cebo que le había puesto su padre, consciente de que él lo quería.

Durante el trayecto a su casa, no dejó de pensar en la oferta de su padre. Se sintió tentado de agarrar a la primera mujer con la que se divirtiera, proponerle el matrimonio temporalmente y quedarse con el rancho.

Había llegado a su propiedad cuando sonó su teléfono móvil. Era su tío.

–Jeff, ¿estás en casa? –dijo Shelby.

–Casi.

–¿Qué tal la semana?

–Soportable –respondió Jeff–. Voy los lunes a la oficina, el resto de la semana trabajo desde el rancho.

–Me parece una locura que hayas aceptado el trabajo.

–Espero soportarlo un año –dijo Jeff en tono ligero, relajándose porque se llevaba bien con su tío.

–Sé lo que Knox te ha ofrecido esta noche. Me lo había dicho, supongo que para enfadarme. Mi hermano siempre ha sido un manipulador. Te he llamado porque quería saber si estás pensando en ceder a lo que él quiere.

–No. Por mucho que quiera el rancho, me pasa lo que a mi padre, no he cambiado. No voy a permitir que dirija mi vida.

Shelby lanzó una carcajada.

–Me alegra oírtelo decir. Jeff, tú puedes comprarte un rancho más grande que el de la familia, así que olvídalo y no pienses más en ello. No me sorprende que a mi hermano le haya dado un infarto, siempre tratando de controlar su vida, la de Noah y la tuya. Y ahora, además, va a tener al hijo de Noah también para controlarle.

–Tienes razón –dijo Jeff. Su padre y su tío se habían pasado la vida discutiendo–. Por suerte, Noah y yo nos llevamos mejor que tú y papá.

–Me alegro. Mi autoritario hermano siempre se sale con la suya.

–Lo sé.

–No dejes que te controle. Trabaja un mes, tóma-

41

te una semana de vacaciones y ven a verme a Monte Carlo. Saldremos todas las noches y te relajarás.

–Gracias, tío Shel –Jeff sonrió–. Tendré en cuenta tu invitación. Entretanto, si vienes a Texas, podríamos vernos alguno de los días que voy a Dallas.

–Bien. Bueno, te voy a dejar, ya hablaremos puesto que tengo que ir pronto a Dallas. Hasta entonces, no pierdas la calma y sé más listo que tu hermano.

Jeff se echó a reír.

–Gracias por llamarme.

Tras cortar la comunicación, Jeff sintió una proximidad y un cariño hacia su tío que jamás había sentido respecto a su padre. Aunque sabía que en parte se debía a la personalidad de Shelby, también era consciente de que tenía algo que ver con la fricción entre su tío y su padre. Además, Shelby siempre se había puesto de su lado, mientras que Knox siempre apoyaba a Noah. Y pensó en lo mucho que se había apoyado en su tío de pequeño.

Tan pronto como salió del coche delante de su casa, Jeff corrió hacia los establos, donde guardaba alguna ropa vieja. Se cambió rápidamente, encendió las luces del corral más cercano, sacó a uno de los caballos más salvajes que tenía y en cuestión de minutos, encima del caballo, se olvidó de la empresa y de la oferta de su padre.

Una semana más tarde, un domingo de julio por la noche, Holly cenó con su vecina. Alta, delgada y de rizos castaños, Alexa era una agente inmobiliaria de éxito. Holly se entendía muy bien con ella porque las dos centraban sus vidas en el trabajo. Mientras cenaban en el tranquilo restaurante, escuchó a Alexa hablar de su empresa.

Sonriendo a su amiga, Holly bebió un sorbo de té verde.

–Estás ascendiendo en tu carrera profesional y, sin embargo, yo me siento como si me estuviera hundiendo.

–No digas tonterías. Sigue haciendo lo que haces y piensa en la recompensa del trato que has hecho con tu jefe –respondió Alexa.

Holly se miró el reloj.

–Será mejor que me retire ya, mañana tengo que hacer ese maldito trayecto otra vez.

–Si tan terrible es, por qué no pasas la semana en el rancho, como ya te he sugerido que hicieras. Tú misma me has contado que es una casa enorme, así que ni siquiera es necesario que le veas.

Holly agarró el bolso y pensó en la noche del último jueves.

–No sé, no sé. Desde luego, tendría sus ventajas. Lo haría si él se fuera de la casa.

Las dos sonrieron y dejaron de hablar de ello durante el trayecto a sus casas.

Cada vez le costaba más viajar al rancho a diario; sin embargo, vivir en la casa de Jeff le resultaba igualmente indeseable. Y el silencio en aquel lugar la hacía sentirse como si fueran las dos únicas personas en la tierra.

Ya en su casa, salió al patio sólo para escuchar los ruidos de la ciudad: en la distancia, el rumor del tráfico, un perro, ruidos a los que estaba acostumbrada.

No comprendía por qué a Jeff le gustaba tanto ese sitio. Pero… era a él a quien no comprendía.

***

El martes por la mañana Holly volvió a pensar en la conversación con Alexa. A pesar de que el tiempo era bueno y los días eran largos, seguía conduciendo en la oscuridad una larga distancia.

Al cruzar las puertas del cercado, oyó un ruido y, en cuestión de segundos, se dio cuenta de que se había pinchado una rueda del coche. Le dieron ganas de gritar, pero mantuvo la calma y llamó a Jeff para decirle que llegaría tarde al despacho. Él le contestó que iría enseguida a por ella.

Holly salió del coche preguntándose cuántas serpientes estarían escondidas en la hierba. Respiró profundamente y, con la linterna en la mano, iluminó el suelo a su alrededor rezando por no ver nada.

El viento era un suave susurro y el horizonte se veía ligeramente grisáceo hacia el este. Pronto aparecería el sol. Alzó la vista al cielo y vio lo que le parecieron millones de estrellas. Jamás había visto un firmamento así.

Segura de poder oír criaturas pequeñas y salvajes en la hierba, abrió apresuradamente el maletero del coche y sacó las herramientas para cambiar la rueda.

Al poco tiempo oyó el motor de un coche y a continuación vio los faros.

Jeff aparcó y salió de su camioneta negra dejando los faros encendidos. Llevaba pantalones vaqueros, camiseta de manga corta y botas… y el pulso de ella se aceleró instantáneamente al verle.

Holly no comprendía por qué reaccionaba así en presencia de él.

–Vaya, has empezado ha cambiar la rueda. No era necesario que lo hicieras –comentó Jeff.

–No he conseguido aflojar los tornillos.

–¿Has cambiado la rueda de un coche alguna vez? –le preguntó Jeff, comprobando la posición del gato.

–Sí, mis hermanos me enseñaron. No comprendo cómo se me ha pinchado la rueda, tanto el coche como los neumáticos son nuevos.

–Puede que el neumático no estuviera bien desde el principio. Vamos, hazte a un lado para que cambie la rueda.

Unas ondas negras de cabello le caían por la frente y, de nuevo, se preguntó por qué reaccionaba de esa manera con él teniendo en cuenta que no le ocurría lo mismo con su hermano. Eran idénticos, aunque ella no tenía dificultad para distinguirles. Además, había notado que Jeff tenía una pequeña cicatriz en la mandíbula.

Jeff sacó la rueda y se volvió para mirarla.

–¿No quieres?

–¿Que si no quiero qué?

–Trasladarte a mi casa. Hazlo esta semana y, si no te gusta, no pasa nada.

–¿Crees que no nos molestaríamos?

–No. Prueba.

–Supongo que valdría la pena probar.

–Bien. Bueno, la rueda ya está.

–Gracias.

–De nada. Me alegro de que te haya pasado aquí, en el rancho, en vez de en la autopista.

Jeff se puso en pie y se limpió las manos con un trapo, pero estaba cerca de ella y se la quedó mirando. De nuevo esa corriente eléctrica. Cautiva de esos ojos, volvió a recordar el beso.

Con gran esfuerzo, se dio media vuelta para meterse en el coche, casi sin respiración y enfadada.

–Te veré en la oficina.

Holly se alegró de tener mucho trabajo aquel día y de que no fuera necesario tratar con Jeff lo que estaba haciendo. Se vieron poco.

Alexa llegó a su casa aquella noche al mismo tiempo que Holly.

–Iba a llamarte esta noche –dijo Holly–. Voy a quedarme en el rancho el resto de la semana. Si me encuentro a gusto, de ahora en adelante pasaré allí los días laborables.

–¡Estupendo! Será mucho más fácil para ti.

–Bueno, ya veremos. El ranchero ha dicho que no nos molestaremos.

–Si es un rancho tan palaciego como has dicho, no creo que sea un problema –dijo Alexa.

–Noah también ha insistido en que me quede allí. Si Jeff fuera Noah, no me lo pensaría dos veces.

–De todos modos, trabajas allí. Yo echaré un ojo a tu casa. ¿Quieres que te riegue las plantas?

–No, gracias. Sólo pasaré allí cinco días a la semana.

–Es verdad –Alexa se pasó los dedos por sus castaños rizos.

–Bueno, hasta el fin de semana entonces –dijo Holly.

Ya en su casa hizo el equipaje y después pasó otra inquieta noche soñando con Jeff Brand.

***

El miércoles apenas vio a Jeff en la oficina, lo que le permitió concentrarse mejor en el trabajo hasta que oyó unos golpes en la puerta y, al levantar la cabeza, le vio.

—Por hoy ya he acabado el trabajo. Las secretarias se han ido hace dos horas.

—Dios mío, ¿qué hora es? —Holly miró el reloj y se sorprendió al ver que eran las siete y veinte—. Voy a tener que ir en coche hasta tu casa porque he traído algunas cosas. Si quieres, te puedo llevar.

—Bien. Acaba y vámonos ya.

En el momento en que salió de la oficina una ráfaga de calor la golpeó. A pesar de estar bajo la sombra de un árbol, el interior del coche parecía arder. Mientras ponía en marcha el motor y encendía el aire acondicionado Jeff se metió en el coche y retiró las carpetas del asiento para acomodarse.

—¿Llevas trabajo a casa? —preguntó él.

—Un poco —admitió Holly, consciente de que Jeff probablemente no lo hacía.

—Tú y Noah sois iguales: trabajo, trabajo y más trabajo. ¿Has traído traje de baño?

—No, se me ha olvidado —respondió ella.

—En ese caso, me daré un baño más tarde; pero cena conmigo. Prepararé un par de filetes a la plancha en un santiamén.

—No es necesario que…

—Ya lo sé —le interrumpió él—, pero los dos tenemos que comer.

—Está bien —contestó Holly, hambrienta al oír mencionar los filetes.

Jeff le subió la bolsa al piso superior.

–¿Prefieres ocupar la habitación del otro día u otra en el ala opuesta? Aunque te quedes en la habitación de la otra noche ni tú me vas a molestar a mí ni yo a ti.

–Bien.

Jeff dejó sus cosas en el mismo dormitorio que había ocupado.

–Baja cuando quieras. Voy a preparar algo de beber, ¿qué te apetece?

–Un té con hielo. Bajaré dentro de un cuarto de hora.

–No hay prisa –respondió Jeff y se marchó, pero su presencia había quedado en la habitación.

Holly volvió a preguntarse si no habría cometido un gran error al decidir quedarse allí.

Con los mismos pantalones y la misma blusa que había llevado en la oficina, Holly se reunió con él en el patio. Jeff, de espaldas a ella, se había puesto una camisa de punto y unos pantalones. El humo que salía de la barbacoa en la que estaban haciéndose los filetes olía deliciosamente bien.

Se oía el rumor de las fuentes en los estanques y maceteros con exóticas flores añadían festividad al ambiente. Era un lugar perfecto para relajarse; sin embargo, tenía los nervios a flor de piel debido a la presencia de él.

Jeff se volvió y la miró de arriba abajo. Una hermosa envoltura que cubría hielo puro. No, no era así, se contradijo a sí mismo. Había fuego bajo ese hielo. Qué desperdicio.

Jeff agarró un vaso color ámbar y se lo dio.

–Tu té, Holly.

De nuevo se volvió para ocuparse de los filetes y pensó en la oferta de su padre. Giró la cabeza una vez más para mirarla y se dio cuenta de que Holly podía ser el medio que le llevara tanto a vengarse de su padre como a conseguir el rancho de la familia. Un matrimonio de conveniencia con Holly.

Rechazó la idea inmediatamente; en esos momentos a Holly no le gustaban los hombres, no mantenía ninguna relación. Le dio la vuelta a los filetes y continuó argumentando consigo mismo. La mala opinión que Holly tenía de los hombres podía favorecerle, ella no querría un matrimonio duradero. Pero un matrimonio de conveniencia sería un negocio con contrato y no implicaría tener relaciones. Podía casarse con Holly, conseguir el rancho y luego divorciarse. ¿Podría convencerla?

Tras meditarlo un poco más, le pareció perfectamente factible y se acercó a ella.

—¿Te gusta esto?

—Es precioso. Es como un oasis en el desierto.

Se miraron y se sostuvieron la mirada. Una suave brisa revolvió unas hebras del cabello de ella y Jeff se sintió casi seguro de que podrían acordar un matrimonio de conveniencia.

Jeff clavó los ojos en los labios de ella y Holly respiró profundamente. Quería volver a besarla y, en ese momento, estaba claro que ella también lo deseaba.

—Jeff… —susurró Holly dando un paso atrás.

Jeff le puso la mano en la nuca.

—Sssss, Holly. Es sólo un beso…

Jeff se inclinó hacia delante y la besó. Holly tenía unos labios suaves, cálidos y lascivos; cerró los ojos y le puso una mano en los hombros.

Jeff deslizó la lengua en la boca de ella y Holly le devolvió la caricia. Mientras se besaban, él le quitó el vaso de té y lo dejó en la mesa, que estaba al lado.

La envolvió con sus brazos, estrechándola contra sí, su pasión encendida al sentir las suaves curvas de ella. Sí, bajo el hielo había fuego. Holly era una amante apasionada, pero también era una mujer que no se implicaría emocionalmente en un matrimonio. Para lo que él quería, era la mujer perfecta.

Capítulo Cuatro

El beso de Jeff erradicó las diferencias entre ambos y dejó la tentación a su paso. Sus opiniones sobre el rancho y trabajar en una oficina perdida dejaron de importar. Compartían una tórrida e intensa atracción que no tenía nada que ver con el resto de sus vidas. Sin embargo, ella sabía que no podía ser y débilmente luchó por conservar la razón. Ese camino les llevaría al desastre.

Por fin, Holly le detuvo y él la soltó. Como le había ocurrido anteriormente, se sintió mareada. El deseo era patente en los grises ojos de Jeff y ella quería volver a sus brazos.

–Jeff, es justo esto lo que me preocupaba. No quiero una aventura amorosa.

–Por supuesto –contestó él sonriendo antes de respirar profundamente y darse la vuelta.

«Muy elocuente», pensó Holly al verle volver a los filetes. Había cortado el contacto físico, pero no podía detener el intenso deseo que Jeff había despertado en ella. Se alejó tratando de calmarse y de recuperar la compostura.

Durante la cena y el resto de la velada, Jeff se mostró encantador, pero sin coquetear ni intentar tocarla. El tiempo pasó volando. Por fin, cuando se miró el reloj, vio que era la una de la madrugada.

–Nunca me quedo levantada hasta tan tarde los días de diario –dijo ella.

–Sobrevivirás. Y mañana empezaremos el trabajo más tarde.

–No, sigamos con nuestro horario. Bueno, voy a acostarme ya. Gracias por la cena y por la charla, lo he pasado muy bien, pero no es necesario que cocines para mí todas las noches.

–La mayor parte del tiempo Marc está aquí y él prepara la cena, yo no tengo que hacer nada.

Jeff había hecho lo que le había pedido y no había vuelto a insinuársele ni a besarla; pero ella no podía dejar de pensar en el beso mientras se retiraba a su habitación.

Jeff mostró el mismo comportamiento durante el resto de la semana y la semana siguiente: amistoso, educado y profesional. Lo que no disminuyó la atracción que sentía por él, sino todo lo contrario.

El jueves por la tarde temprano estaba agotada, tenía calor a pesar del aire acondicionado y decidió dejar de trabajar. Se asomó a la oficina de Jeff y vio que estaba hablando por teléfono y escribiendo simultáneamente.

Se retiró sigilosamente. Las secretarias se habían marchado hacía media hora aproximadamente.

Mientras iba a la casa en coche, se le ocurrió darse un baño en la piscina. Jeff aún estaba trabajando, por lo que ella podría nadar un rato sola y hacer ejercicio.

Estrenó traje de baño, azul y de algodón. Por encima se echó una prenda azul más larga de lo corriente.

Contenta de tener la piscina para ella sola, dejó sus cosas encima de una silla y se tiró al agua.

Después de unos cuantos largos se detuvo a descansar en el extremo que cubría.

–Te has escapado sin avisarme –dijo Jeff.

Holly se volvió y le vio aproximándose a la piscina. Al instante sintió un hormigueo en el estómago.

–Estabas trabajando y hablando por teléfono, no quería molestarte. Como hacía tanto calor, me apeteció bañarme un rato en la piscina.

–Buena idea –respondió Jeff antes de tirarse al agua y hacer un largo.

Con sorpresa, Holly notó que mientras nadaban Jeff mantuvo las distancias con ella. A pesar de tratarla de forma impersonal últimamente, era más consciente que nunca de esos anchos hombros, del musculoso pecho con su mata de vello negro y de su musculoso cuerpo.

–Bueno, voy a salir. Tú quédate todo el tiempo que quieras.

–También voy a salir –dijo ella–. El baño me ha refrescado mucho.

Por inocua que fuera la conversación, Holly no podía evitar ser sumamente consciente de que sus cuerpos estaban casi desnudos.

Cuando salió de la piscina, tenía el rostro enrojecido. Inmediatamente, se puso la prenda azul y se dirigió apresuradamente a su habitación para darse una ducha y vestirse, ya que habían quedado en salir fuera a cenar.

Se había comprado unos vaqueros para la ocasión y se los puso, una camisa sencilla y blanca de algodón completó el atuendo. Una concesión con el fin de no desentonar en el sitio donde iban a ir; sin embargo, botas camperas... nunca.

Con aspecto de perfecto ranchero, vaqueros, camisa estilo tejano y botas, Jeff estaba listo. El pulso se le aceleró nada más verle.

Durante el resto de la tarde Jeff se mostró animado como de costumbre, y ella empezó a preguntarse a qué se debía el cambio. Quizá hubiera tomado en serio sus palabras, aunque seguía habiendo esa expresión en su mirada... Sí, su mirada no había cambiado, continuaba siendo tan ardorosa y sensual como siempre.

Durante toda la velada, al igual que la primera vez que habían salido juntos, hubo mujeres que se acercaron para saludarle y que coquetearon con él. No había esperado que Jeff pasara tanto tiempo con ella, dado que lo único que les unía era el trabajo y estaba claro que había montones de mujeres deseosas de ser objeto de sus atenciones.

Cuando la música cambió y sonaron los acordes de un vals, Jeff la rodeó con los brazos, bailó con ella siguiendo el ritmo de la música, y le habló del rancho y de un rodeo que iba a tener lugar próximamente. Era un excelente bailarín, cosa que no le sorprendía.

El vals llegó a su fin y los músicos empezaron a tocar una canción rápida. Entonces, le miró fijamente.

–Jeff, mañana hay que trabajar. Debería marcharme.

–De acuerdo.

Jeff charló durante el trayecto de vuelta al rancho y, cuando salieron del coche, le rodeó los hombros con los brazos; sin embargo, la conversación siguió siendo cortés e impersonal.

–Vamos a tomar una copa, tengo que decirte algo. Pero no te preocupes, no va a llevar mucho tiempo.

Sintiendo curiosidad, Holly asintió mientras se preguntaba si Jeff no querría decirle que se fuera de su casa o si no se trataría de que quería hacer cambios respecto al trabajo.

—¿Quieres verme montar? —le preguntó él.

—Me parece que no, aunque te agradezco la invitación. Me resulta demasiado primitivo verte en un caballo dando corcovos, lo encontraría aterrador.

—Me alegra que te preocupes por mí. Pero no sería en un caballo. Me he apuntado para la prueba de monta de toros.

Perpleja, Holly frunció el ceño.

—No le servirás de mucho a Noah si acabas en un hospital con los huesos rotos —dijo ella sin pensar.

Jamás le habría dicho una cosa así a Noah. Pero no le importaba mostrar su enfado delante de Jeff, a pesar de saber que era poco profesional por su parte y que se estaba pasando de la raya.

Jeff se echó a reír.

—Ah, ya veo que lo que te preocupa no es mi bienestar, sólo que podría causarle problemas a Noah. Pero no tengo intención de acabar en el hospital. Me he apuntado porque espero ganar un buen premio. Dime, ¿querrás ir a verme o no?

Holly tembló.

—Gracias, pero no.

Se sentaron en el patio, las luces exteriores se reflejaban en el agua y la hacían brillar.

—Tengo que hablar contigo de un asunto —dijo Jeff arrimando la silla a ella—. No sé si Noah te ha contado que nuestro padre siempre se ha entrometido en nuestras vidas.

—No, no lo ha hecho —Holly pensó que Noah era

demasiado profesional para hablar de semejantes cosas con ella–. Vuestro padre parece haber ejercido bastante influencia… al menos, en la vida de Noah.

–Así es. Ha influenciado a Noah mucho más que a mí. Ése es uno de los motivos por los que me gusta el rancho, mi padre se olvida de mí estando aquí. Sin embargo, nunca deja de intentar controlar todo lo que le rodea. Mi padre me ha hecho una proposición. ¿Sabías que el año pasado nos ofreció, tanto a Noah como a mí, un millón de dólares si nos casábamos durante el año?

Perpleja, se lo quedó mirando.

–No. Creo que Noah está enamorado…

–Noah está enamorado y no se casó por el dinero –respondió Jeff rápidamente–. Noah se enamoró perdidamente de Faith.

–No me cabe duda de ello, es evidente.

–Bueno, el año pasó, yo no me casé y a mi padre le tiene muy preocupado. Me ha hecho otra proposición: si me caso este año, me dará el rancho de la familia. Pasaría a ser de mi propiedad en el momento en que tuviera lugar la boda. Compensará a Noah con dinero.

–¿Quieres el rancho de la familia? –Holly se preguntó por qué le estaba contando aquello ya que no era asunto suyo. Sabía que Jeff lo decía por algo.

–Sí –admitió Jeff–. Quiero ese rancho, pero para conseguirlo tengo que casarme y el matrimonio tiene que durar al menos un año. Mi padre no ha mencionado hijos. Eso es todo.

Holly le miró y, de repente, se dio cuenta de lo que estaba pensando.

–¡No! –exclamó ella.

Jeff le puso la mano en la nuca, distrayéndola.

—Cásate conmigo, Holly. Será sólo por un año.

Holly abrió la boca para protestar, pero él la silenció sellándole los labios con un dedo.

—Escúchame. Lo he pensado mucho y voy a ofrecerte a cambio…

Holly, sacudiendo la cabeza, le interrumpió:

—¡No! Ni hablar. Es ridículo. No quiero que me digas nada, no voy a casarme contigo y no voy a vivir en esta pradera llena de serpientes y vacas. No, nunca. Nada de lo que puedas decir me haría cambiar de idea.

—Es posible —dijo él con calma mientras le acariciaba la nuca—, pero podrías oír mi proposición. Te estoy pidiendo que seas mi esposa durante un año, no toda la vida. Te ofrezco un millón de dólares y ayudarte a montar tu propia empresa cuando tú quieras. Eres inteligente, ambiciosa y perfectamente capaz de tener tu propia empresa. ¿Por qué no ser independiente? Sé que no te importa trabajar.

Holly, perpleja, se lo quedó mirando. Un millón de dólares y su propio negocio a cambio de estar casada con Jeff durante un año. Tenía el «no» en la punta de la lengua, pero no logró pronunciar la palabra. Tenía que pensar en esa proposición. Como Jeff acababa de decir, un año no era toda una vida. De todos modos, iba a tener que trabajar para él durante un año y a estar en el rancho. Un millón de dólares además de la fantástica cantidad de dinero que Noah le había ofrecido más su propio negocio.

Matrimonio sin amor. ¿Podría soportarlo? La idea de tener relaciones sexuales con él le aceleró los latidos del corazón.

–Piénsalo. Sé que ha sido una sorpresa para ti. Yo, por supuesto, no tengo problemas.

–Estás dispuesto a casarte consciente de que el matrimonio sería falso y sólo temporal.

–Sí, y tú también. Los dos tenemos mucho que ganar. Y, por suerte, no hay ningún hombre en tu vida en estos momentos.

–No. Y no lo habrá por el momento, al margen de lo que decidamos.

Casi mareada, Holly le miró fijamente.

Cuando Jeff le puso la mano en la barbilla y clavó los ojos en su boca, ella tembló. Entreabrió los labios inclinándose hacia él, expectante. El corazón le latió con fuerza cuando la lengua de Jeff le penetró la boca al tiempo que se la sentaba encima. El beso la hizo olvidar sus reparos en lo que a él se refería.

Le rodeó la nuca con los brazos y enterró los dedos en los espesos y cortos cabellos de Jeff mientras le besaba con ardor. Jeff la hacía derretirse con sus besos, la excitaba como nunca nadie la había excitado. Gimió suavemente.

Jeff le acarició la garganta y luego bajó la mano para acariciarle el pecho. Por encima de la ropa, sintió las ardientes manos de él, enardeciendo su deseo.

Después de desabrocharle los botones superiores de la camisa, deslizó la mano por debajo y le acarició el vello del pecho.

Jeff le había desabrochado la blusa y el sujetador, y el pulgar de la mano estaba describiendo círculos en uno de sus senos. Las sensaciones la desbordaban, pero se dio cuenta de que estaban yendo más rápido de lo que era prudente.

Con un esfuerzo, Holly incorporó el cuerpo. Jeff

tenía el cabello revuelto y los labios enrojecidos por los besos, y sus ojos estaban llenos de deseo. Él, bajando la mirada, la clavó en las manos que le cubrían los pechos. Las caricias la hicieron jadear.

–Tenemos que parar ahora mismo –susurró Holly, hablando casi para sí misma.

Por fin, se puso en pie y se arregló la ropa. Anhelaba volver a los brazos de Jeff, pero sabía que se arrepentiría de ello más tarde si lo hacía.

Al volver a ocupar su silla, vio que Jeff la estaba mirando fijamente y se preguntó qué estaría pensando.

–El matrimonio debería funcionar –dijo Jeff–. Podrías tener relaciones sexuales satisfactorias. Ninguno de los dos sufriría cuando rompiéramos.

–Pero yo tendría que vivir aquí, en el rancho, durante un año –dijo ella como si se tratara de una calamidad.

Jeff sonrió traviesamente y se inclinó hacia delante para tocarle la barbilla.

–Lo soportarías. No es mucho a cambio de un millón y tu propio negocio, y mi casa es bastante cómoda. Además, tal y como están las cosas, pasas aquí cinco días a la semana.

–Lo siento, Jeff, pero tengo mi casa y a mis amigos en la ciudad. Tengo que pensarlo bien. Hay otros problemas como, por ejemplo, la posibilidad de que me quede embarazada.

–Sabes tan bien como yo que hay formas de evitarlo. Tendremos cuidado.

–Tengo que pensarlo.

–Bien, piénsalo. Pero no olvides que somos compatibles, ha quedado demostrado.

–Se está haciendo tarde. Voy a acostarme, aunque no creo que pueda dormir –los dos se pusieron en pie y agarraron sus vasos para llevarlos a la casa.

Se dirigieron a sus habitaciones y, delante de la puerta de ella, Jeff apoyó una mano en el marco mientras, con la otra, le acarició el cabello.

–Creo que es la solución perfecta para los dos. Lo único que tienes que hacer es decir que sí.

Holly miró esos ojos que podían causar destrozos en su vida y en su razón.

–Me lo pensaré –repitió ella casi sin respiración, recordando sus besos–. Buenas noches, Jeff.

Jeff le sonrió.

–Hasta mañana.

Confusa, Holly se metió en la cama y se quedó mirando la oscuridad mientras pensaba en su futuro.

Sería un cambio radical en su vida. Su familia lo comprendería, ya que cualquiera de ellos haría lo mismo en semejante situación. Todos sus familiares eran ambiciosos; les gustaba el dinero y cualquiera le aconsejaría que aceptara la proposición. La relación de Jeff con ellos no sería problema, Jeff gustaba a la gente y parecía tener un amplio círculo de amigos. Incluso en la oficina de Dallas le había sorprendido ver la cantidad de personas que se había parado a saludarle, a darle la bienvenida y habían mostrado interés por lo que estaba haciendo.

El viernes por la tarde, cuando regresó a Dallas para pasar el fin de semana, intentó hacer una vida lo más normal posible.

Mientras cenaban ensaladas el domingo por la noche, Holly le contó a Alexa la proposición que Jeff le había hecho. Alexa dejó el tenedor en el plato y se la quedó mirando con los ojos desmesuradamente abiertos.

–¿Un millón de dólares y tu propio negocio? Es una proposición fabulosa.

–Alexa, si acepto, tendré que casarme con él. Estaré unida a Jeff en matrimonio, una relación íntima y estrecha. Tengo dudas respecto a él, apenas le conozco.

Alexa frunció el ceño.

–Es una proposición demasiado buena para rechazarla.

–Quizás. Tengo que pensarlo bien.

–Un año, Holly. Déjate de dudas y acepta. Una oportunidad así sólo se presenta una vez en la vida.

Alexa volvió a fruncir el ceño y dio unos golpecitos en el plato con el tenedor antes de añadir:

–Además, vas a estar ahí con él durante un año. Y si es atractivo…

–Sí, lo es –dijo Holly.

–Si rechazas la oferta, como tienes que quedarte allí un año de todos modos, podrías enamorarte de él, no casarte con él y perder el millón y el negocio.

–Cualquier cosa que haga tiene sus inconvenientes, lo importante es elegir lo mejor posible.

–Exacto. Lo mejor es agarrar ese millón de dólares y se acabó.

Holly sonrió.

–Creo que estás pasando por alto algunos detalles de importancia, pero tendré en cuenta esta conversación a la hora de tomar una decisión.

–Trataré de evitar hacerte reproches si no aceptas.

–Te lo agradeceré –respondió Holly sonriendo–.

Cada vez que decido decir que sí me entra un miedo terrible.

–Si te casas, voy a echarte de menos aquí.

–Pase lo que pase no voy a dejar mi piso. El palacio en el que Jeff vive es ridículo. Ocurra lo que ocurra vendré a Dallas y a mi casa.

–La mayoría de las mujeres darían lo que fuera por vivir en un palacio.

–Deberías verlo, he estado en hoteles más pequeños. Pero no te preocupes, seguiremos siendo vecinas, aunque no con tanta frecuencia.

Alexa y ella se despidieron delante de las puertas de sus casas. Necesitaba tiempo para pensar. Había pasado el fin de semana considerando la propuesta de Jeff y estaba empezando a inclinarse por aceptarla, era demasiado importante para rechazarla.

La señora de Jeff Brand. No podía imaginarse a sí misma casada con él. Apenas se conocían. En realidad, casada o no, era muy posible que se acostara con él antes de que acabara el año; por tanto, merecía la pena aceptar la proposición.

El lunes, Jeff había ido a una reunión de negocios con Noah y no pasó por la oficina, por lo que ella no le vio hasta el día siguiente en el rancho. Eran las ocho y media de la mañana cuando Jeff se asomó a su despacho.

–Buenos días. ¿Qué tal el fin de semana?

–Bien. ¿Y tú? –preguntó Holly apenas prestando atención a la respuesta de él.

Con su acostumbrado atuendo, vaqueros, camisa tejana y botas, parecía más un ranchero que un multimillonario. No obstante, el pulso se le aceleró al verle mientras pensaba que pronto sería su esposa.

De repente, notó que a Jeff no se le había escapado la intensidad de su mirada, por lo que se apresuró a añadir:

–Perdona, estaba pensando en los datos que estaba examinando.

–He dicho que me gustaría que llamaras a Garrett Linscott para ver si me consigues que hable conmigo por teléfono. Prefiero que lo hagas tú y no una de las secretarias porque tú podrías convencerle.

Sorprendida, Holly asintió.

–Lo intentaré, pero se muestra muy frío con Noah y viceversa. Noah tiene pocos tratos con él.

–Nunca nos hemos puesto de acuerdo con ellos en lo que al dinero respecta, siempre quieren más beneficios que los demás. A mi padre le parece demasiado. Supongo que Garrett ha desairado a Noah, y Noah le ha ignorado y se ha concentrado en otras cuentas; pero Garrett tiene la cadena de ropa más próspera de todo el sudoeste. Una vez participé en un rodeo con Garrett, llama y a ver si quiere hablar conmigo.

–Lo intentaré –respondió ella, y Jeff se alejó.

Holly consiguió una cita telefónica y se olvidó del asunto hasta el mediodía, cuando Jeff entró en su despacho y se sentó delante del escritorio.

–Gracias por conseguir que Garrett haya hablado conmigo por teléfono, imaginaba que lo conseguirías. Voy a cenar con él el jueves.

–¿Dónde? –preguntó Holly, consciente de que Garrett Linscott vivía en Houston.

–En Houston. Tomaré un avión. Holly, me gustaría que me acompañaras.

Sorprendida, ella asintió.

–Estupendo –Jeff se puso en pie–. Saldremos por la mañana para no ir con prisas. Le pediré a Nita que haga las reservas de las habitaciones del hotel y que alquile una limusina. Regresaremos el viernes.

–Bien. ¿Cuál es el propósito de la cena? Supongo que quieres que vendan productos Brand.

–No. Lo que quiero que venda es la gama Cabrera. Pero bueno, ya veremos. Al menos ha accedido a verme y a hablar conmigo.

–Es verdad. Hemos logrado lo que ni Noah ni tu padre lograron –le apetecía la idea de ir a Houston a una cena.

Casi no pudo concentrarse en todo el día, la proposición de Jeff no dejaba de rondarle por la cabeza. A eso de las cinco, incapaz de seguir trabajando, oyó a las secretarias marcharse. Jeff apareció poco después.

–¿Por qué no dejas el trabajo ya? Podríamos darnos un baño en la piscina y cenar.

–Perfecto –respondió Holly rápidamente–. Me reuniré contigo en la puerta dentro de unos minutos.

Nerviosa, salió del despacho después de apagar el ordenador. Una vez fuera, Jeff, que la esperaba, la agarró del brazo y la llevó hasta su coche.

–Iremos en coche, es más rápido.

Charlaron de lo que había pasado aquel día, pero no mencionaron la proposición que la tenía obsesionada. Se bañaron en la piscina y luego fueron a ducharse y a cambiarse para la cena. Ella se puso unos pantalones blancos de lino y una blusa haciendo juego, se cepilló el cabello y se lo dejó suelto.

Por fin, Holly salió de la habitación y fue a buscarle.

En la mesa había un gran ramo de margaritas y rosas, y vino en una cubeta con hielo. Al ver a Jeff avanzando hacia ella, respiró profundamente.

–¿Una copa de vino?

–Sí, gracias –respondió Holly, consciente de la mirada de admiración que Jeff le dedicó.

–Espero que sea una cena de celebración –dijo Jeff al darle la copa de vino blanco.

Entonces, Jeff alzó su copa a modo de brindis y añadió:

–Por el futuro, Holly. Dime, ¿has tomado ya una decisión?

Capítulo Cinco

Holly alzó su copa, la chocó con la de él y luego bebió un sorbo del vino blanco seco y frío.

Jeff dejó su copa encima de la mesa y, después de quitarle la copa, la rodeó con los brazos.

—Bueno, ¿cuál es tu respuesta? ¿Vas a aceptar mi proposición? ¿Vas a casarte conmigo?

—Lo he pensado mucho, Jeff. Hablemos de los términos del acuerdo.

—Ahhhh —los ojos de Jeff se iluminaron.

—Me has ofrecido un millón de dólares y montarme un negocio. La propuesta del negocio es bastante vaga. Dime, ¿qué harías? ¿Debes tener un límite?

—La práctica Holly —bromeó Jeff—. Por mi parte, el límite será un millón de dólares. ¿Qué te parece? Tú dispondrás de otro millón para invertir en el negocio.

Holly asintió.

—Me parece justo. Quieres estar casado durante un año y a cambio me ofreces un millón más el negocio. Me gustaría medio millón más porque el trato me atará al rancho más de lo que me ata el trabajo. En total, millón y medio en metálico más el negocio. Estoy segura de que tú sacarás mucho más que eso.

—No te quepa duda, Holly. De acuerdo —respondió Jeff rápidamente, sorprendiéndola. Lo que la hizo suponer que Jeff debía de ser muy rico–. Entonces, ¿trato hecho? ¿Te casarás conmigo?

–Es una locura, pero sí. Me casaré contigo –el dinero que iba a ganar casi la mareaba.

Lanzando un grito de victoria, Jeff la levantó y la hizo girar una vuelta completa, haciéndola reír mientras se agarraba a sus hombros. Después, la dejó en el suelo, pero la mantuvo cerca de sí.

–Holly, todo va a salir bien, ya lo verás. Los dos conseguiremos lo que queremos. Pero primero… vamos a hacer esto como es debido.

Jeff le cubrió la boca con la suya al momento. Sus lenguas se entrelazaron sellando una promesa mutua con pasión.

Pronto sería su marido y se volcó en el beso. Sin embargo, cuando el deseo la hizo arder, se separó de él.

–Jeff, tenemos que hablar de muchas cosas.

Jeff se enderezó y la soltó. Los dos respiraban con dificultad.

–Hemos hablado ya de lo importante. Te aseguro que no te arrepentirás. Además, ya verás lo pronto que pasa el año –Jeff sonrió–. Ah, Holly, esto es estupendo. Hemos hecho un buen trato. Llamaré a mi abogado para que prepare el contrato prematrimonial y será mejor que tú hables con tu abogado para que lo examine.

–Buena idea –respondió ella, consciente de que ahora podía permitirse ese lujo–. De todos modos, sigue siendo una locura, Jeff.

–A mí no me lo parece, teniendo en cuenta lo que vamos a sacar de ello.

–Supongo que en público tendremos que fingir

estar enamorados, ya que haces esto a causa de tu familia.

–Sí, aunque Noah no se lo va a creer. Conoce muy bien la opinión que tienes del rancho.

–Mi familia aceptará cualquier cosa que les digamos, están muy ocupados todos con sus vidas y sus asuntos, con ellos no tendremos problemas. Ya le he hablado de este asunto a una de mis mejores amigas.

–Da igual. Papá le dijo a Noah que eligiera a una mujer y que se casara.

–Sabía que tu padre tenía la última palabra en todo lo referente a la empresa, pero no sabía que se inmiscuyera de esa manera en vuestras vidas para conseguir lo que quiere –comentó Holly, empezando a comprender el carácter rebelde de Jeff.

–Espera un momento –Jeff salió de la estancia de improviso y cuando volvió tenía una caja envuelta en un papel dorado en la mano–. Esto es para ti, Holly.

Holly la abrió y dentro encontró otra caja de terciopelo negro, que también abrió. Se quedó boquiabierta al ver el resplandeciente anillo con un brillante en el centro rodeado de brillantes más pequeños.

–¡Jeff, es precioso! –alzó los ojos para mirarle y sintió una punzada de culpabilidad por haberle pedido otro medio millón.

–Veamos si he elegido bien el tamaño del anillo –Jeff se lo quitó y se lo deslizó por el dedo.

–Es perfecto. ¿Cómo sabías el tamaño?

–No lo sabía, ha sido casualidad.

–Es el anillo más bonito que he visto en mi vida –dijo Holly, sobrecogida por su compromiso–. Es posible que nos hayamos precipitado. Jeff, si vas a seguir haciendo cosas como ésta, será mejor que olvides el medio millón extra que te he pedido.

Jeff le dio un abrazo.

–Puede que hagas que valga la pena.

Holly se lo quedó mirando y le rodeó el cuello con los brazos.

–Gracias. Todo esto es un sueño –Holly se puso de puntillas y le besó.

Jeff le rodeó la cintura y la abrazó al tiempo que respondía a su beso.

Holly ardía en deseo. Enterró los dedos en el espeso cabello de Jeff y luego le acarició la espalda. Necesitaba hacer el amor con él.

Por fin, alzó el rostro y, al mirarle, vio que él la estaba observando.

–Fijemos la fecha de la boda pronto. Cuanto antes nos casemos antes empezará el año.

–No puedo dejar de mirar el anillo –dijo ella moviendo los dedos–. Jeff, este anillo es una extravagancia, un pecado.

–No, no lo es. Quién sabe, puede que sea la única vez que me case, así que será mejor que lo haga todo lo mejor posible.

–Espero que no sea la única vez que ninguno de los dos se casa –dijo ella con solemnidad, incapaz de concebir que ese matrimonio fuera duradero.

–Será mejor que no nos preocupemos de eso ahora. Holly, voy a pagar por la boda, así que haz lo que quieras, no te preocupes por el dinero. Lo único que tienes que hacer es decirme cuándo te vendría bien.

De repente, Holly se sintió confusa. Los acontecimientos se estaban precipitando más de lo que había imaginado.

–A mí me vendría bien el tercer fin de semana de agosto, lo tengo libre –dijo ella.

–Hecho. El tercer fin de semana de agosto. Tenemos que ir a ver a mi familia. Les llamaré para invitarles a cenar mañana por la noche, les diré que quiero presentarles a una amiga, seguro que eso les pondrá en aviso. Nos reuniremos con ellos en Dallas. Cuando se lo digamos, querrán organizar una fiesta para anunciar nuestro compromiso.

–No he visto nunca a tu madre en la oficina ni en las fiestas de la empresa. Me sentiría culpable de no ser por lo que me has dicho, que tu padre ordenó a Noah que se casara. No me parece bien.

–No, no está bien. Pero así es mi padre, siempre queriendo salirse con la suya –Jeff se acercó a una mesa para agarrar un teléfono inalámbrico, que conectó con el altavoz.

Holly escuchó la conversación telefónica en la que Jeff organizó la cena con su familia.

No podía dejar de mirar el anillo y se preguntó cuánto tiempo le llevaría acostumbrarse a lucirlo en el dedo. Miró a Jeff mientras hablaba y el corazón le dio un vuelco. Jeff iba a casarse y a gastarse una fortuna en ella. Lo único que le pedía a cambio era un año. Las dudas que tenía respecto a él desaparecerían en doce meses.

En agosto iba a convertirse en su esposa. La señora de Jeff Brand. Volvió a mirarle y recordó la imagen de él casi desnudo en la piscina: esbelto, musculoso, sensual.

Jeff acabó la llamada y se volvió hacia ella.

–Ya está. Nos reuniremos con ellos en el club mañana a las siete de la tarde. Dejaremos el trabajo pronto. Antes de la cena, podríamos pasarnos por la oficina para anunciar nuestro compromiso y para que tú enseñes el anillo a todo el mundo. Voy a llamar al tío Shelby para invitarle; es decir, si es que está en el país.

–Nita y Daphne me van a odiar. Coquetean mucho contigo.

Jeff sacudió la cabeza.

–No les he hecho caso. Se les pasará.

–Se van a sentir destrozadas.

–Después de anunciarlo en la oficina y a mi familia, haremos una fiesta aquí para anunciar nuestro compromiso a los que trabajan en el rancho, al encargado y a todos los amigos de la zona. Invitaremos a Nita y a Daphne, y les presentaremos a tipos que les acabarán interesando más que yo.

–Lo dudo –comentó Holly–. Bueno, será mejor que empecemos a fijar las fechas.

–¿Qué clase de luna de miel te gustaría? –Jeff se acercó a ella, la abrazó y la besó.

Cuando dejaron de besarse había pasado media hora.

–Jeff, espera, no tan a prisa –Holly se alisó la ropa mientras trataba de recuperar la compostura–. Vamos a llamar a mi familia. Les va a sorprender, pero nada más. Todos están siempre muy ocupados y centrados en lo que hacen.

Les llevó una hora hablar con sus padres y hermanos. Su angustia aumentó al pensar en aquel matrimonio que ninguno de los dos quería. Notó que Jeff estaba más callado y supuso que, igualmente, se debía a una cierta dosis de ansiedad. Cada llamada les había puesto más en contacto con la realidad de lo que estaban haciendo.

–Como no creo que vayamos a poder dormir, será mejor que nos sentemos y empecemos a planificar la boda.

Eran casi las tres de la madrugada cuando le dio a Jeff las buenas noches.

Al día siguiente, en la oficina, Jeff se encerró en su despacho y llamó a Noah.

–Me gustaría hablar contigo, ¿tienes tiempo?

–Sí; tengo una reunión, pero es más tarde. ¿Qué es lo que quieres decirme que no puede esperar hasta esta tarde cuando nos veamos?

–Quiero que lo sepas de antemano. ¿Estás sentado?

–No me digas que vas a dejar el trabajo.

–No, nada de eso. Voy a casarme, Noah.

–¡Qué! ¿Quién es la afortunada? Recuerdo a Carrie, Emma, Polly… y estoy seguro de que hay muchas a las que no he conocido. ¿Cómo te ha convencido?

Jeff se echó a reír.

–No me ha convencido de nada. ¿Te acuerdas de que papá me dijo que podía quedarme con el rancho si me casaba?

–Sí, claro. Por favor, no me digas que vas a casarte sólo porque papá te ha ofrecido el rancho. No puedes hacerlo.

–Me temo que sí. Quería que lo supieras porque, de cara a la galería, vamos a decir que estamos locamente enamorados.

–No te cases sólo por quedarte con el rancho. Siempre has conseguido evitar que papá te chantajeara y te manipulara. ¿Sabe tu prometida que sólo quieres casarte con ella por el rancho y que no estás enamorado?

–Lo sabe y hemos hecho un trato. Ella también va a sacar lo suyo de todo esto.

Se hizo un prolongado silencio. Por fin, Noah lanzó una maldición.

–¡Maldita sea, Jeff! No es Holly, ¿verdad?

–Sí. Tú también la sobornaste, ¿por qué no puedo hacerlo yo?

–Esperaba que volviera a trabajar para mí. Es una de mis mejores empleadas.

–Puede que vuelva a trabajar para ti algún día. Hemos hecho un trato satisfactorio para los dos.

–No puedo creerlo. Debes de haberla ofrecido una fortuna para que aceptara. Acabará siendo demasiado independiente para querer volver a trabajar para mí. No lo entiendo, ni siquiera os gustáis.

–Nos las arreglaremos. A veces nos llevamos bien –comentó Jeff irónicamente, pensando en la noche anterior cuando se habían besado y en lo que la deseaba en ese momento–. Le voy a pagar un millón y medio, por adelantado. Ganará más que eso, pero es un gran incentivo. Además le he regalado un brillante del tamaño de los faros de un coche.

–No lo hagas, te arrepentirás. No puedo creer que estemos teniendo esta conversación, te estoy diciendo justo lo que tú me has estado diciendo toda la vida.

–Y tú siempre te has beneficiado mucho más que yo de las generosas recompensas de papá por hacer lo que él quiere. Bien, hermano, por fin he espabilado y voy a obtener mi recompensa.

–Jamás habría creído que ella aceptaría tu proposición. Por supuesto, se trata de más de un millón y… es ambiciosa.

–Le he ofrecido otras cosas además –dijo Jeff, evitando decirle a su hermano lo del negocio.

–Estás cometiendo un grave error. Siempre has sido muy independiente y has tenido demasiadas novias para sentar la cabeza y tener una relación estable con Holly, a menos que hayáis decidido llevar vidas separadas y sólo vivir bajo el mismo techo. En fin, creo que voy a callarme. Ya has hecho lo que quieres; sin embargo, el rancho de la familia no vale tanto como para casarte con alguien con quien te llevas a matar.

–Quiero ese maldito rancho. Creo que podemos hacerlo; y, si no podemos, nos dejaremos.

–Os dejaréis al cabo de un año y a papá le dará un ataque por haberte dado el rancho. ¿O es eso lo que pretendes?

–No. De cara al exterior, vamos a representar el papel de pareja enamorada. Aunque Holly le contará la verdad a su familia y a sus amigos íntimos; según ella, no les importará porque todos sus familiares son muy ambiciosos.

–Sí, esa misma impresión tengo yo, aunque no les conozco. Creo que Holly tampoco les ve mucho. Ahora me arrepiento de haberla obligado a trabajar contigo, no creo que os haya beneficiado a ninguno de los dos.

–Deja de ser tan negativo. Somos dos personas adultas y estamos haciendo lo que queremos. Ella va a sacar casi dos millones y yo me quedo con el rancho. No es un mal trato.

–Para mí, sí. Espero que opines lo mismo dentro

de un año –Noah suspiró–. Está bien, supongo que debo aceptar que estás prometido.

–Y la boda va a ser pronto. Quiero invitaros a cenar a Faith y a ti, además de a nuestros padres, esta noche para anunciar formalmente nuestro compromiso matrimonial. Puedes contarle a Faith la verdad.

–Sí, no hay problema. Iremos a cenar.

–Voy a llamar a papá y a mamá y luego te volveré a llamar. Anímate, Noah. Ya somos mayorcitos.

Noah lanzó un gruñido.

–Esta noche todavía no me lo habré creído del todo. No se lo contaré a Faith hasta después, no sé si podría fingir bien.

–Gracias. Hemos quedado en el club a las seis y media –dijo Jeff antes de colgar.

Sólo le llevó unos minutos quedar con su tío para la cena, que accedió, ya que estaba en Chicago, a tomar un avión.

Jeff salió de su despacho y se dirigió al de Holly.

¿Serían capaces de aguantarse durante un año entero? ¿Sería capaz él de controlarse y pasar con ella todo ese tiempo?

Esperaba que fuera así. Su casa era enorme y no tenían por qué molestarse. Su preocupación se evaporó al pensar en el rancho de la familia. Era un magnífico rancho para el ganado vacuno con abundante agua, un clima magnífico y una situación extraordinaria.

Entró en la oficina de Holly y cerró la puerta. Ella levantó la mirada y abrió mucho los ojos, parecía molesta por la interrupción. Le dieron ganas de deshacerle el moño y tomarla en sus brazos.

–Ya les he dicho a Nita y a Daphne que vamos a cerrar la oficina pronto. Vamos a la casa para prepararnos. Le he contado todo a Noah, pero todavía no se lo va a decir a Faith.

–Dudo que le haya gustado la noticia. Sabe que no estamos enamorados.

–Tienes razón. También he llamado a mi tío Shelby y le he dicho que iba a invitar a la familia a cenar para darles una noticia. Mi tío está en Chicago, pero va a tomar un avión privado para cenar con nosotros esta noche.

–¿Le has contado la verdad?

–No, todavía no. Lo haré, pero esta noche, con mi padre delante, no. Quiero paz y tranquilidad, por eso no le he dicho nada.

–Tu tío y tú estáis muy unidos, ¿verdad?

–Me siento más unido a él que a mi padre –respondió Jeff.

La mirada de Holly pareció perderse momentáneamente. Después, sacudiendo la cabeza, volvió los ojos de nuevo a él.

–Está bien. Dame un cuarto de hora para acabar lo que estaba haciendo.

Jeff asintió y se marchó, sospechando que Holly estaba empezando a tener dudas respecto a haber aceptado el trato.

Aquella tarde, los nervios se apoderaron de ella al pensar en la noticia que iban a dar a la familia de Jeff. Las dudas la habían asaltado todo el día y no había dejado de mirar el anillo, símbolo de la promesa del dinero que iba a recibir.

Aún sentía un hormigueo en el estómago cuando

entraron en el club de campo y tenía húmedas las palmas de las manos.

–Sonríe. Tienes cara de ir al matadero.

Holly le miró.

–Me siento culpable y no sé por qué.

–No tienes por qué sentirte culpable. Estamos haciendo lo que mi padre quiere que hagamos.

–Aunque les he dicho a mis padres que es un matrimonio de conveniencia, con ellos no me siento culpable. Tanto a mis padres como a mis hermanos les ha parecido una excelente idea al enterarse del dinero que voy a ganar con todo esto.

–Mi padre va a ponerse muy contento –le dijo Jeff tomándola del brazo–. Estás guapísima esta tarde.

–Gracias –respondió ella, sospechando que Jeff le habría dicho lo mismo aunque tuviera un aspecto penoso–. Tanto Noah como tú, cuando queréis algo vais a por todos con tal de conseguirlo. En eso sois iguales.

–Supongo que sí. Lo hemos heredado de nuestro padre.

Holly saludó a Noah, a Shelby y a Knox. Sabía que serían amables con ella, pero eso no la tranquilizó.

–Tu padre es igual que Noah y que tú, aunque en mayor.

–Sí, ya nos lo han dicho.

Saludó a Faith, a quien no había visto desde la boda. Noah le estrechó la mano afectuosamente, pero la sonrisa no le alcanzó a los ojos. Y después saludó a la madre de Jeff.

En cuestión de minutos Noah y Jeff habían conseguido que el ambiente fuera relajado. Sabía que la madre de Jeff, Monica, se estaba esforzando por mostrarse simpática y pronto las mujeres estaban conversando.

Estaban tomando los aperitivos en un salón reservado y Jeff, por fin, se puso en pie.

–Quiero daros una noticia –Jeff le tomó la mano y la hizo ponerse en pie a su lado–. Le he pedido a Holly que se case conmigo.

La familia pareció estallar y la rodearon para felicitarle y ver el anillo que, hasta hacía unos minutos, había estado en el bolsillo de Jeff, antes de ponérselo de nuevo en el dedo. Noah fue el último en felicitarle; con un suave apretón en el hombro, dijo:

–Bienvenida a la familia Brand.

Holly le miró y, aunque él sonreía, le conocía lo suficiente para darse cuenta de que no le complacía el trato que Jeff y ella habían hecho.

Shelby se le acercó sacudiendo la cabeza.

–No puedo creer que Jeff vaya a casarse, lo que has hecho es milagroso.

Holly sonrió.

–Estoy encantada. Gracias por venir esta noche, significa mucho para Jeff. Se siente muy unido a ti.

–Entre mi hermano y yo siempre ha habido muchas diferencias. También las hay entre los gemelos, pero están más unidos que Knox y yo, y me alegro de que sea así. Knox y yo hemos pasado por momentos muy difíciles. A mí nunca me ha gustado que siempre favoreciese a Noah; sin embargo, es comprensible ya que Noah se parece mucho a él. Yo, por el contrario, me he inclinado por Jeff toda la vida ya que se parece más a mí y tiene una personalidad más alegre y divertida. A Jeff siempre le ha gustado divertirse.

–En mi familia todos nos llevamos bien… es decir, cuando nos vemos –Holly sonrió.

–Será un placer conocerles. Irán a la boda, ¿no?

–Sí, claro. Nos reunimos unas cuantas veces al año.

–Por lo que dices no parece que haya niños pequeños. Los niños unen a las familias. Nunca he estado tan unido con Noah como con Jeff; sin embargo, Emily es un encanto y admito que voy a Texas muchas veces sólo por verla.

–¿Estáis hablando de mí? –preguntó Jeff acercándose a ellos.

–A pesar de ser un tema de conversación fascinante, no; no estábamos hablando de ti, sino de Emily –respondió Shelby.

Holly permaneció en silencio, disfrutando la conversación entre tío y sobrino que evidenciaba una clara relación íntima entre ambos.

Durante la cena, trató de prestar atención a las conversaciones. Hacia el final de la velada, los padres de Jeff ya habían hecho planes para dar una fiesta, con el fin de anunciar su compromiso matrimonial, el viernes por la noche.

La cabeza le daba vueltas cuando entró en el coche con Jeff y emprendieron el camino de regreso al rancho.

–Mis padres están encantados –dijo Jeff–. Has estado muy bien.

–Puede ser, pero no me siento muy bien. Jeff, esto es una locura, yo no quería relaciones de ningún tipo. Y la boda se nos va a echar encima antes de que nos demos cuenta.

Jeff se echó a reír.

–Holly, ninguna mujer ha mostrado tener tan mala opinión de mí como tú. Es una suerte que haya tenido bastantes relaciones; de lo contrario, mi ego estaría por los suelos.

–Eso es imposible. Tanto Noah como tú estáis muy seguros de vosotros mismos –comentó ella–. Voy a tomarme una semana de vacaciones para prepararme la boda.

–Bien. Pero no olvides que el jueves vienes a Houston conmigo.

–Iré contigo, tanto si trabajo la mayor parte de la semana que viene como si no. A Noah no le ha hecho gracia que vayamos a casarnos.

–Lo ha disimulado bastante bien.

–Habéis hablado de ello.

–Cualquiera habría creído que sería Noah el del matrimonio de conveniencia y que yo sólo me casaría por amor, pero ha resultado ser al contrario –Jeff la miró de soslayo–. Deja de preocuparte.

–Es difícil, Jeff. Vamos a dar un gran paso y no somos nada compatibles.

–Los dos nos esforzaremos porque el matrimonio nos beneficia a los dos, Holly.

Sabía que Jeff tenía razón, pero le resultaba imposible dejar de preocuparse. El optimismo de Jeff no le estaba ayudando ya que sólo demostraba lo alegremente que se tomaba la vida y el futuro.

El jueves estaba nerviosa mientras se vestía para marcharse con Jeff a Houston. Habían reservado dos habitaciones separadas en el hotel e iban a cenar con el presidente y director de marketing de la cadena de tiendas Linscott Way West.

Fueron en el avión particular de Jeff. Durante el vuelo y el trayecto en coche al hotel, Jeff se mostró relajado y despreocupado respecto a todo lo referente al trabajo. En varias ocasiones, ella había abierto la carpeta con la información que tenía sobre la cadena de tiendas para que ambos se familiarizaran con el negocio, pero Jeff había cambiado de tema, le había quitado la carpeta de las manos y la había apartado.

–¿Es que no quieres informarte sobre la empresa? Así podrías hablar con conocimiento.

–Estoy familiarizado con esa empresa, por eso vamos a Houston. Esas tiendas dan muchos beneficios. Deja de preocuparte.

–¿Es que no te tomas en serio nada nunca? –le espetó ella, preguntándose por qué Jeff quería hablar con ellos sin estar preparado para hacerlo.

Holly vio el brillo travieso en los ojos de Jeff y su irritación aumentó.

–Hay muchas cosas que me tomo en serio –Jeff le acarició una mejilla con las yemas de los dedos–. Cuando te beso me lo tomo muy en serio.

–Jeff, por favor, sé un poco más profesional –se quejó ella.

–Lo digo en serio –pero ella sabía que estaba bromeando–. Tranquilízate, Holly. Lo único que tienes que hacer esta noche es mostrarte tan encantadora como siempre y les cautivarás. Eso es lo importante.

–No es a eso a lo que vamos a Houston –declaró Holly con exasperación antes de cerrar la boca firmemente y volver la cabeza para mirar por la ventanilla.

–Por favor, tranquilízate –dijo él–. Relájate y disfruta.

–Me va a resultar imposible –Holly volvió el rostro para mirarle y le vio sonreír.

–La cena va a ser excelente y espero que la velada sea agradable. Sé que me estás comparando con Noah.

–Noah no es irresponsable ni incontrolable –observó ella, y la sonrisa de Jeff se agrandó.

–Por ti haré un esfuerzo por ser responsable y por controlarme esta noche –dijo Jeff, y ella sonrió.

–Está bien. Lo haremos a tu manera, nada de trabajo ahora –declaró Holly, dándose por vencida.

Si el encuentro resultaba un fracaso, no sería culpa suya.

Capítulo Seis

Mientras se vestía para la cena, su nerviosismo aumentó. Había comprado un vestido para la ocasión, verde sin mangas y ceñido. Se recogió el cabello y se puso unas sandalias de tacón alto. Tenía ganas de ver cómo se las arreglaba Jeff con un posible cliente.

Cuando él llamó a la puerta de su habitación, agarró el bolso y abrió.

–Ya estoy lista –dijo ella, agradecida por la expresión de placer que vio en el rostro de Jeff.

–Estás preciosa. Les vas a deslumbrar hasta el punto de que no se van a enterar de lo que digo –Jeff le tomó la mano y se la besó, un gesto que le pareció encantador.

–No digas tonterías –Holly le sonrió–. Tú tampoco estás nada mal.

Jeff le quitaba la respiración. Cuando la agarró del brazo, esperó que no notase la aceleración de su pulso.

Les llevaron en coche a un elegante restaurante entre altos pinos con fuentes fuera y dentro.

Una vez sentados en una sala acristalada, vio el estanque con cascadas, fuentes y lirios en flor. Velas y jarrones con ramos de capullos de rosas ocupaban en centro de la mesa cubierta con un mantel de lino.

De repente, el jefe de comedor apareció con dos

hombres, Garrett Linscott y Matt Arapowski. Jeff se levantó para saludarles.

Jeff se mostró encantador durante la cena, incluyéndola en la conversación. Ya en los postres, Jeff bebió un sorbo de agua y dejó el vaso en la mesa.

–Garrett, tenemos la exclusiva de la gama Cabrera en botas, sillas de montar y demás artículos de piel.

–Lo sabía. Es un buen negocio.

–Sé que tienes en tus tiendas las mejores marcas del mercado, pero no vendes Cabrera.

–No. Hubo un momento en que no nos pareció que mereciera la pena y, desde entonces, no hemos vuelto a pensar en ello –Garrett miró a Matt, que sacudió la cabeza.

Holly, callada, escuchó a Jeff hablando de la oportunidad que estaban desperdiciando por no vender artículos Cabrera. Jeff también habló de los beneficios, comparados con los costes, que les produciría vender las botas. Sorprendida, comprendió por qué no había querido leer los papeles en el avión: Jeff había hecho cuentas y tenía pleno conocimiento de la situación.

–No hay mejor bota en el mercado, están hechas a mano por artesanos –declaró Jeff–. El mismísimo Emilio Cabrera sigue haciéndolas. Os voy a regalar a los dos un par de botas para que os las pongáis y veáis cómo son. Es una gama de prestigio.

Mientras presenciaba cómo Jeff les estaba convenciendo al tiempo que entreteniéndoles, se dio cuenta de que tenía que dejar de juzgarle por las apariencias y que le había subestimado. Jeff le estaba dando una lección sobre costes, precios y márgenes de beneficios, y manejaba las cifras a la perfección.

En un par de ocasiones la incluyó en la conversación con preguntas a cerca de la gama de botas. Sin embargo, a pesar de preguntarle, ella sabía que Jeff conocía de sobra la respuesta, simplemente no quería dejarla al margen.

Garrett y Matt accedieron a incluir la gama Cabrera de botas en su catálogo y a venderlas en algunas de sus tiendas más importantes. Después de eso, Jeff volvió a entretenerles. Como si nada, Jeff había conseguido que accedieran a vender las botas en sus tiendas incluso antes de recibir un par de botas cada uno de regalo.

Con perplejidad, se dio cuenta de que Jeff era tan astuto como Noah le había dicho que era. Sintió exaltación. A Noah le haría feliz aquel trato, ya le había mencionado que quería que Linscott fuera su cliente.

Se había equivocado respecto a Jeff.

Poco a poco fue integrándose de nuevo en la conversación. En algunos momentos, Matt y ella charlaron mientras Jeff y Garrett rememoraban viejos tiempos.

Cuando la velada llegó a su fin, se despidieron ya en la calle. Después de que Garrett y Matt se marcharan, Jeff llamó a su chófer y pronto se pusieron en camino de regreso al hotel.

—Felicidades, Jeff, has hecho un trabajo magnífico esta noche. Noah se va a alegrar muchísimo —declaró ella entusiasmada.

—¿Estás sorprendida? —preguntó él sonriéndole.

—Estoy que no me lo creo, lo admito.

Jeff se inclinó sobre ella, colocando ambas manos en el asiento a ambos lados de su cuerpo.

—Creías que no estaba preparado para la reunión de esta noche, ¿verdad?

Holly enrojeció.

–Ya te lo he dicho, me has dejado atónita –respondió ella mirándole a los ojos–. Lo has hecho todo con la mayor facilidad del mundo, como si no fuera nada. Y sé perfectamente que no venían con la idea de vender la línea Cabrera en sus tiendas –las palabras le habían salido entrecortadas por el deseo que se había apoderado de ella–. Estoy impresionada.

Jeff la rodeó con los brazos y la levantó sin esfuerzo para sentársela encima.

–Bueno, ya está bien de trabajo –Jeff se inclinó para besarla.

En el momento en que la boca de Jeff le cubrió la suya, se olvidó de la cena, el trabajo, los dos hombres con los que habían cenado y todo lo demás… a excepción de Jeff.

Jeff le cubrió la garganta con una mano y luego el pecho. Cuando sintió los dedos de él en la cremallera, le agarró la muñeca y se apartó.

–Jeff, estamos en público –dijo ella, bajándose de Jeff y sentándose en el asiento del coche.

–He tenido suerte de contar contigo. Gracias, Holly.

–Creo que exageras, pero me alegro de que lo digas.

–Antes de volver mañana por la mañana, ¿te gustaría que pasáramos unas horas aquí?

–Me encantaría. Podría echar un ojo a algunas cosas que quiero para la boda.

–De acuerdo. Tomaremos el avión después de almorzar.

En el momento en que salieron del ascensor en el hotel, Jeff la estrechó en sus brazos.

–Deja que abra tu puerta –dijo Jeff, quitándole la llave de la mano.

Jeff abrió la puerta y esperó a que ella entrara. La siguió, dejó la llave en una mesa y cerró la puerta. Se volvió y la abrazó.

Holly le rodeó el cuello con los brazos, pegándose a él. Le besó con pasión, volcando el entusiasmo de aquella noche en el beso. Jeff apoyó la espalda en la puerta y la estrechó contra sí. Al notar su erección, la pasión se incrementó.

No notó los dedos de él en la cremallera. El vestido y el sujetador cayeron al suelo. Abrió los ojos cuando Jeff le cubrió los pechos con las manos y atormentó sus pezones. Le temblaron los dedos cuando ella le quitó la chaqueta del traje y le desabrochó los botones de la camisa.

Jeff se quitó la corbata y volvió de nuevo su atención hacia ella, sujetándole los pechos, acariciándoselos.

–Qué hermosa eres –dijo Jeff en un ronco susurro.

Holly le quitó la camisa, que quedó colgando de la cinturilla de los pantalones. Le acarició los anchos y musculosos hombros, el esculpido pecho… y la llama del deseo ardió.

Sin desabrocharle los pantalones, le acarició los muslos. Jeff respiró profundamente antes de agarrarle la mano y colocársela sobre el duro miembro.

Jeff se desabrochó el cinturón, pero ella le agarró la muñeca.

–Vamos a esperar, ¿no? –preguntó Holly.

Jeff volvió a tomar aire y, acariciándole el cuerpo, se la quedó mirando de una manera que la hizo temblar y desear bajarle los pantalones.

Cada día descubría un aspecto nuevo de él. No estaban enamorados y apenas se conocían. Quería conocerle mejor antes de acostarse con él.

–Jeff, espera –dijo ella. Inmediatamente, se puso el vestido y se volvió de espaldas a él–. Súbeme la cremallera, por favor.

Jeff le besó la nuca. Le besó la espalda y las protestas de ella murieron con un jadeo antes de cerrar los ojos.

–¡Jeff! –susurró Holly mientras las sensaciones la inundaban.

Por fin, volvió a darse la vuelta, le abrazó y le besó.

Continuaron besándose hasta que el deseo se hizo insoportable. Entonces, ella se apartó de Jeff y se colocó la ropa de nuevo.

–Tenemos que parar. Sólo faltan unas semanas. Cuando nos casemos, no tendremos que parar ni esperar.

Con respiración sonora y entrecortada, Jeff se la quedó mirando.

–Voy a contar los minutos. Va a ser un buen matrimonio, Holly. No te arrepentirás de la decisión que has tomado.

–Espero que tengas razón –contestó ella con solemnidad.

–Vendré a buscarte para ir a desayunar. ¿A qué hora quieres que venga?

–A las siete –respondió Holly, tratando igualmente de recuperar la respiración. Jeff estaba más guapo y deseable que nunca–. Pronto estaremos casados.

Jeff la besó suavemente y se marchó.

El corazón aún le latía con fuerza cuando se metió en la cama. La noche había sido todo un éxito en lo que al trabajo se refería. ¿Qué otros secretos escondería Jeff?

***

El tercer fin de semana de agosto Holly estaba en el pórtico de la enorme iglesia de Dallas del brazo de su padre.

–Hoy estás preciosa, Holly –dijo Dennis Lombard en voz baja–. ¿Sigues estando segura de que te conviene casarte con Jeff?

–Sí, estoy segura –respondió ella con firmeza, sonriendo a su padre.

Los ojos verdes de Dennis presentaban una expresión solemne al asentir.

–Bien. Has hecho un buen negocio. Aunque no seáis completamente compatibles, lo que vais a ganar lo compensará con creces.

En ese momento, la organizadora de la boda se les acercó.

–Holly, señor Lombard, ya es la hora.

Empezaron a recorrer la nave de la iglesia acompañados del sonido de trompetas, violines y órgano. Miró al enorme número de invitados y luego a las ocho damas de honor, con Alexa a la cabeza; después, dirigió la mirada a los testigos del novio. Noah estaba al lado de Jeff como padrino de boda. Cuando sus ojos se encontraron con los de Jeff, se le aceleraron los latidos del corazón. Más guapo que nunca con el esmoquin, le sonrió.

Sus dudas se habían disipado. Iba a estar casada con él durante un año. Esa noche se marchaban a Nueva York para pasar allí cuatro días y después a París, y se preguntó si los nervios que sentía se debían a la boda o al hecho de que iban a pasar las dos próximas semanas en Nueva York y París.

Dos semanas con Jeff en viaje de luna de miel. Estaba asombrada de que la enorme iglesia se hubiera llenado con los invitados. Entre las familias de ambos y los amigos la boda se les había escapado de las manos.

Su padre se detuvo y, al momento, ella dejó que la áspera mano de Jeff tomara la suya. Al mirar esos ojos grises sintió cosquillas en los dedos de los pies.

Jeff le sonrió y le guiñó un ojo, sumergiéndola en un momento especial, exclusivo de ambos.

La ceremonia fue transcurriendo y, por fin, el sacerdote les declaró marido y mujer.

Holly miró a Jeff, que le apretó la mano. A continuación, la sesión de fotografías. Después, fueron al club de campo para el banquete de bodas.

Se desprendió de la cola del vestido y Jeff la tomó en sus brazos para el primer baile.

—Cuando volvamos de la gran ciudad te llevaré a ver el rancho que acaban de darme. Quizá comprendas por qué quería quedármelo.

Holly lo dudaba. En su opinión, sólo eran unas tierras con caballos, vacas, establos y cobertizos. Pero no se lo dijo, imaginaba que a Jeff no le importaría lo que pensaba respecto a su casa o al rancho que su padre le había regalado.

Alzó la mirada al rostro de Jeff mientras se movían al compás de la música en la pista de baile.

—¿Crees que parecemos una pareja de enamorados?

—Por supuesto —respondió él, y ella sacudió la cabeza.

—Siempre tan optimista. Pero no me importa. Mi familia está contenta. Incluso Noah parece haber aceptado la situación. Vamos a pasar dos semanas en dos ciudades.

—Tráfico, ruido… —le recordó él.

—Restaurantes, museos, tiendas, conciertos, ópera. Gente por todas partes.

—Al menos a los dos nos gustan las costillas y el baile.

—Eso es todo. Jeff, somos incompatibles y ya está.

Holly bailó con su padre, que parecía contento por ella. Mientras bailaban, vio a Jeff bailando con su madre. Al bailar con sus hermanos, obtuvo de ellos la misma reacción que de su padre: todos pensaban que el trato que había hecho con Jeff era un gran negocio.

No le sorprendió que las familias de ambos parecieran gustarse, tenían mucho en común. La única oveja negra era Jeff.

Llegaron a Nueva York de noche. Delante de la puerta de su suite en el hotel, Jeff la tomó en sus brazos para cruzar el umbral; una vez dentro, la dejó de nuevo en el suelo de la lujosa habitación en la que había champán en una cubeta de hielo. Además del champán había extraordinarios canapés y un ramo de flores.

Holly cruzó la estancia y se asomó a la ventana para disfrutar la vista de la ciudad, completamente iluminada… hasta que Jeff se le acercó y la hizo darse la vuelta.

Jeff se había quitado la chaqueta del traje, la corbata y los zapatos. Sirvió dos copas de champán y le dio una; después, alzó la copa en un brindis.

Riendo, Holly chocó su copa con la de él.

–El señor y la señora Brand. Por que nuestro matrimonio sea ventajoso para los dos, Holly.

–¿Siempre consigues lo que quieres?

–Claro que no. Pero casi nunca pierdo el optimismo. Vamos a hacer otro brindis –dijo Jeff volviendo a alzar su copa–. Nada de arrepentimientos, mi amor.

–Brindo por lo de nada de arrepentimientos. Sin embargo, lo de «mi amor» es un poco exagerado.

Jeff sonrió mientras bebían champán. Después, dejó su copa y le quitó a ella la suya.

–Hoy estás deslumbrante, señora Brand –Jeff la rodeó con los brazos–. Lo primero que vamos a quitarte es esto –dijo Jeff retirándole las horquillas del pelo.

El cabello le acarició los hombros y el corazón le latió con fuerza, y se olvidó de todo lo que la rodeaba a excepción de Jeff.

–No sé cómo va a salir esto teniendo en cuenta que somos incompatibles, pero hoy hemos convencido a todo el mundo de lo contrario.

–Tú te esforzarás, yo me esforzaré y todo saldrá bien.

Mientras hablaba, el tono de voz de Jeff había disminuido y se había tornado más ronco. La miró a los ojos y luego a la boca mientras le rodeaba la cintura con un brazo y la atraía hacia sí.

Apenas capaz de respirar, deseó sus besos, que le hiciera el amor. Había pasado toda la semana soñando con él por las noches, soñando con ese momento. Había empezado a tomar la píldora, así que no tenían que utilizar preservativos.

Le rodeó el cuello con un brazo y se inclinó hacia él, la boca de Jeff cubrió la suya, penetrándosela profundamente con la lengua. Se encendió la llama de la pasión, ardiente e intensa.

Después de bajarle la cremallera del vestido, Jeff se apartó para dejarlo caer a sus pies. Sujetándola por la cintura, se la quedó mirando.

–Eres sumamente hermosa, me quitas la respiración –declaró Jeff en un ronco susurro.

Entonces, le quitó el sujetador.

Holly tomó aire honrosamente cuando Jeff le cubrió los pechos con las manos.

–Qué hermosura –repitió él acariciándole ambos senos antes de agachar la cabeza para apoderarse de uno de los pezones con la boca y pasar la lengua por él.

Con los ojos cerrados, Holly lanzó un quedo gemido y se agarró a sus hombros. Después, le desabrochó el cinturón y le bajó la cremallera de los pantalones. Jeff se los quitó y ella le despojó de los calzoncillos, liberándole. El miembro estaba duro y listo, y ella tembló de deseo.

El maravilloso y musculoso cuerpo de Jeff, de nalgas firmes y largas piernas, la excitaba. Jeff la tomó en sus brazos y la llevó al dormitorio de la suite; allí, la depositó en la cama y, tras tumbarse a su lado, la abrazó.

Agitada y gimiendo de placer, le besó con toda la pasión que sentía, consumida por un deseo que la asombraba.

Quería besarle y explorar su cuerpo, y le empujó hasta hacerle quedar tumbado bocarriba; entonces, le cubrió de besos todo el cuerpo antes de meterse el miembro en la boca para acariciarlo y besarlo.

Con un gruñido, Jeff cambió de posición. Ahora

era ella quien estaba bocarriba y él devolviéndole las caricias y los besos.

La acarició íntimamente mientras la besaba, moviendo la mano entre sus piernas, hasta hacerla arquearse y gritar. Paseó la lengua por su cuerpo, besándoselo y deteniéndose en la entrepierna.

Holly gritó de placer mientras movía las caderas, incapaz de permanecer quieta, deseándole dentro. Enterró los dedos en los cabellos de Jeff mientras él la hacía enloquecer.

–Te deseo –gritó Holly–. Hazme el amor ya.

–Apenas hemos empezado –dijo Jeff volviendo a besarla y a acariciarla, tumbándola bocabajo para besarle la espalda y la parte posterior de los muslos mientras volvía a colocar la mano en su entrepierna.

El tormento y la pasión se incrementaron mientras él continuaba haciéndole el amor y acercándola al abismo.

Cuando Jeff se colocó entre sus piernas y se dispuso a penetrarla, le deseaba con frenesí. Se aferró a él mientras Jeff se introducía en su cuerpo lentamente. Ardiente, espeso, duro... se deslizó dentro de ella y volvió a salir, incendiándola. Jadeó mientras se abrazaba a Jeff con brazos y piernas.

Jeff volvió a penetrarla, se movió despacio, aún manteniendo un control férreo. La llenó y salió de nuevo. Ella gritó tirando de Jeff.

–Jeff, por favor. No puedo esperar más –jadeó Holly.

–Eres toda pasión y ardor –le susurró moviéndose en su cuerpo.

Holly, manteniéndole el ritmo, le acarició una y otra vez.

Por fin, Jeff perdió el control y la penetró salvajemente, provocando el orgasmo de ambos. Ella gritó al alcanzar el clímax y Jeff tembló. El éxtasis la envolvió.

–Holly, mi amor. Ahhh –dijo Jeff jadeante.

Poco a poco, Holly fue recuperando el ritmo normal de la respiración y comenzó a salir de su estupor.

Se quedaron abrazados. En ese momento, se sintió muy unida a él, como si sus diferencias ya no tuvieran importancia. Volvió la cabeza para besarle y Jeff la besó en la boca; fue un beso de satisfacción, un beso cariñoso y leve, una afirmación.

Aún abrazándola, Jeff se tumbó de costado y ambos quedaron cara a cara.

–Me has destrozado –dijo Holly.

–Espero que no. No era mi intención. Además, tengo planes para luego.

–No me digas eso ahora –susurró ella perezosamente–. Eres un amante extraordinario.

El placer la tenía mareada.

–Y tú eres una amante extraordinaria; no obstante, sabía que lo serías –respondió Jeff.

Holly abrió los ojos y le miró fijamente. Después, se echó a reír.

–Me gusta que me digas eso.

Jeff la abrazó y le acarició el cabello.

–Hemos hecho un trato estupendo, Holly.

–Ten cuidado, ninguno de los dos queremos enamorarnos.

–No creo que corramos ese peligro. No obstante, en estos momentos tenemos una unión espectacular.

Holly se acurrucó contra él.

–Qué cuerpo tienes –murmuró ella.

–Eso tendría que decirlo yo. Quizá deberíamos dejar París para otro viaje y pasar las dos semanas de que disponemos en esta habitación.

Los ojos de ella se abrieron al instante.

–De ninguna manera, Jeff –contestó ella–. Me has prometido ir a París. Ya lo tenemos todo arreglado para...

–Tranquila, sólo estaba bromeando. Te llevaré a París, pero la alternativa no es mala idea.

–Si fuera un gato, te arañaría.

Jeff le acarició la cadera y luego el brazo.

–No me canso de tocarte ni de mirarte ni de besarte.

–Me alegro de que digas eso –respondió ella contenta–. Jeff, jamás olvidaré esta noche.

–Eso espero. No sé lo que nos deparará el futuro; pero si no vuelvo a casarme, siempre pensaré que este matrimonio ha sido bueno.

–Estoy de acuerdo contigo –respondió ella acariciándole con las yemas de los dedos.

Holly le miró y se preguntó qué cosas en la vida consideraría Jeff importantes a parte del trabajo en el rancho. Él no había arriesgado nada emocionalmente con ese matrimonio y no creía que eso cambiara. Para ella también ésa era su única noche de bodas y, hasta el momento, el matrimonio había sido bueno.

Capítulo Siete

Felicitándose a sí mismo por haber conseguido que Holly se casara con él, Jeff la besó en la sien, el oído y la garganta. Tenía el rancho y a Holly en su cama. Si el resto del año era como esa primera noche, sería como estar en el paraíso.

La besó, consumido por el deseo. Nunca había estado realmente enamorado ni había tenido una relación seria, y no esperaba que ocurriera ahora tampoco. Se puso en pie, la tomó en sus brazos, la llevó a la ducha y abrió el grifo del agua caliente.

Despacio, la enjabonó, excitado y deseándola.

La aclaró bajo los chorros de agua y comenzó a besarla y acariciarla. Holly estaba mojada, cálida y suave; gimió de placer, excitándole aún más.

–Eres muy hermosa, Holly. Muy hermosa, mi amor –susurró él sin ser consciente de lo que le decía mientras le cubría con besos la garganta y los pechos.

Le acarició las piernas y la entrepierna, y Holly, jadeante, se aferró a él.

Alzándola, la penetró.

Holly gritó de placer; se agarró a sus hombros y se movió a su ritmo, envolviéndole. Hizo un esfuerzo por controlarse, por prolongar el momento, por darle placer a Holly hasta hacerla enloquecer de pasión.

Jeff incrementó el ritmo de los empellones hasta

oírla gritar y estremecerse de placer al alcanzar el clímax.

—¡Jeff! —gritó ella.

El grito le liberó, haciéndole alcanzar el éxtasis, sacudido por oleadas de placer.

Gradualmente su respiración volvió a la normalidad. Holly le abrazaba, le acariciaba la espalda y le besaba el rostro. Él volvió la cara para besarla a su vez.

—Esto es magnífico, Holly —susurró Jeff mirándola.

Holly abrió los ojos, su rostro mostraba una expresión de letargo y satisfacción, su boca estaba enrojecida por los besos.

Jeff le sonrió y ella le devolvió la sonrisa. Se preguntó si no correría el peligro de acabar enamorándose de Holly durante ese año de matrimonio, pero descartó la idea, era ridícula. Sintiera lo que sintiese por ella, sabía que Holly se marcharía nada más acabar el año. A Holly no le gustaba nada la vida en el rancho, sentía un gran rechazo por todo lo que era importante para él.

No obstante y dada la situación, sabía que no podía haber elegido una mujer más adecuada que Holly para un matrimonio de conveniencia.

Jeff dejó que se acabara de duchar. Cuando estuvieron secos los dos, volvió a tomarla en sus brazos y la llevó a la cama. Ya tumbados los dos, la mantuvo pegada a su cuerpo, abrazada.

—Mi amor, esto es maravilloso. Te enseñaré París, pero antes de enseñarte la ciudad quiero enseñarte nuestro dormitorio allí.

—De acuerdo —respondió ella—. Pero no olvides que hemos quedado con tu tío allí para almorzar. Va a ir desde Londres a hacernos una visita.

–Es nuestra luna de miel. Si cancelo la cita, lo comprenderá.

–Tu tío sabe que este matrimonio es un apaño y también sabe por qué, no se le pasará por la cabeza que no puedas ir a verle para almorzar con él. Además, tú quieres mucho a tu tío y te gustará verle.

–Vale. Pero de momento y ahora que estamos aquí, voy a aprovechar –dijo Jeff y, al instante, se colocó encima de ella.

Holly lanzó un quedo grito de sorpresa y le miró. Él vio como esos ojos verdes oscurecían de deseo.

Eran las doce del mediodía cuando pensaron en el desayuno.

–Voy a pedir que nos traigan el desayuno a la habitación y nos lo tomaremos desnudos en la cama –dijo Jeff agarrando un papel de la mesa que había al lado de la cama.

–No me parece buena idea. Si hacemos lo que dices, no desayunaremos –dijo Holly sonriéndole.

–¿Y qué si no desayunamos? Acabaremos comiendo en algún momento.

–Me opongo rotundamente a desayunar desnuda –declaró ella–. Y hoy necesito un rato libre para ver mi correo electrónico. No quiero perder el contacto con la oficina.

–Lo dices de broma, ¿verdad?

–No, lo digo en serio. No es necesario que perdamos por completo el contacto con la oficina. Podría ocurrir algo importante.

–Holly, deberías aprender a relajarte y a disfrutar de la vida un poco más.

—Me gusta mi vida, gracias —dijo ella alzando la barbilla—. También me gusta que las cosas se hagan. Toma nota, no te vendría mal.

—Prefiero hablar de lo del desayuno desnudos. Quizá consiga convencerte. Pero antes, pidamos el desayuno. ¿Qué quieres tomar?

A Holly le resultó difícil pensar en el menú con Jeff besándola y acariciándola. Ya pasaba de la una de la tarde cuando llamaron al servicio de habitación y el desayuno se convirtió en almuerzo en su habitación.

Con un plato de huevos revueltos y beicon delante, Holly se quedó mirando a Jeff.

—¿Te das cuenta de que llevamos cuatro días encerrados en esta habitación a pesar de estar en esta maravillosa ciudad con tantos sitios a los que ir y tantas cosas que comprar?

El jueves por la mañana iban a tomar el avión para París.

—Me lo he pasado muy bien aquí —respondió él—. ¿Te estás quejando?

Holly se ruborizó.

—No. Sabes que lo he pasado bien; de no ser así, te lo habría dicho. Es sólo que me sorprende que ninguno de los dos haya querido salir.

—Prefería hacer lo que he hecho —dijo Jeff con una sonrisa traviesa.

Y Holly decidió no volver a mencionar salir del hotel.

Los tres días siguientes vio tanto de París como había visto de Nueva York. Pero el cuarto día, iban a almorzar con el tío de Jeff y ella, entusiasmada con la idea de ver la ciudad, se arregló con esmero.

Disfrutó enormemente del almuerzo en la terraza de un restaurante encantador y disfrutó observando el entorno mientras los dos hombres charlaban. Por fin, cuando Shelby comenzó a hablar del trabajo, ella prestó más atención a la conversación.

–Jeff, el médico le ha dicho a tu padre que tiene que dejar el trabajo completamente; de lo contrario, las consecuencias pueden ser funestas. Tu madre no puede hacer nada, ya sabes que cada uno de los dos ha hecho lo que ha querido. Tu padre se niega a dimitir como presidente de la junta directiva, yo me estoy matando para aumentar el volumen de negocio y, por cierto, te felicito por conseguir la cuenta de Houston. Quiero que a Noah y a ti os vaya lo mejor posible porque quizá así Knox se jubile... si no es demasiado tarde.

–No te esfuerces tanto. Ya no tienes veinte años.

–Me conoces bien y sabes que no lo haré –respondió Shelby.

–Noah va a pensar que tu esfuerzo se debe a que quieres demostrarle a papá que no es indispensable.

Shelby sacudió la cabeza.

–Quizá no sea del todo falso. Sin embargo, yo no tengo que demostrarle nada a Knox, tengo un buen nivel de vida. En estos momentos, tu padre está feliz por el incremento de beneficios. Noah se está deshaciendo de algunas de las cuentas más antiguas y menos rentables y está incrementando la eficiencia de la empresa. Tú, por ejemplo, has conseguido una cuenta que es un auténtico tesoro. Las cosas marchan bien y Knox está contento.

–No estaba seguro de que se alegrara de que volviera a formar parte de la empresa.

–¡Qué dices! Claro que sí. Sobre todo, después de la cuenta de Houston. Está pensando en cómo hacer que continúes en la empresa.

Holly se quedó mirando a Shelby con expresión de horror, pensando que no iba a permitirle a Noah que la dejara trabajando para Jeff después de que se cumpliera el año de matrimonio. Jeff parecía tan disgustado como ella y vio un brillo de irritación asomar a sus ojos grises.

–No, ni hablar. He accedido a trabajar temporalmente para le empresa; pero cuando se cumpla el plazo, me marcharé. No voy a implicarme en el negocio de la familia más de lo necesario –Jeff la miró–. Holly es de la misma opinión, a ella no le gusta nada estar en la oficina del rancho.

Holly se ruborizó cuando Shelby la miró y sonrió.

–No es posible que trabajar con Jeff no te parezca tan interesante como trabajar con Noah –comentó Shelby.

Holly sabía que el comentario había sido hecho en tono jocoso, pero no le había hecho gracia.

–Me temo que Jeff tiene razón –dijo ella–. Yo soy una mujer de ciudad, prefiero Dallas al campo de Texas. Cuando se cumpla un año, volveré a Dallas –dijo respondiendo a Shelby, pero mirando a Jeff.

Shelby sonrió, se inclinó hacia ella y le dio una palmada en la mano.

–No te lo reprocho. Yo prefiero Londres al rancho de Jeff. Los ranchos tampoco son para mí. Dame Dallas, Houston, Londres, París… pero nada de campo.

La atención de Shelby se volvió de nuevo a su sobrino.

–Sólo quería ponerte al corriente de la situación. Cuando me entere de lo que Knox decide hacer, te lo diré inmediatamente. Pero ya sabes que es un especialista en encontrar los puntos flacos de la gente, mira lo que te ha hecho a ti con el rancho.

–Sí, lo sé, pero no hay nada que quiera tanto como para quedarme en la empresa después del año. No hay otro rancho y por dinero no lo haría. Y si hay cambios en la oficina de Dallas, Holly se enterará antes que yo de ellos. Holly mantiene el contacto.

–Bueno, ya está bien de hablar de trabajo. Dime, Holly, ¿qué te ha enseñado Jeff de París?

–No mucho –respondió ella, ruborizándose de nuevo.

–En ese caso, voy a poner remedio al asunto esta tarde; es decir, si tú quieres. Podríamos ver algunos sitios de esta maravillosa ciudad.

–Me encantaría.

Jeff se echó a reír.

–Os acompañaré.

–Tú puedes hacer lo que quieras –dijo Shelby, sonriéndole a ella–. Pero es evidente que Holly quiere pasear por la ciudad.

–Sí que quiero y estaré encantada de ir contigo de visita turística.

Shelby se echó a reír.

–Bueno, ya que parece que hemos terminado de comer… ¿Nos vamos ya?

Holly ya se había dado cuenta de que Jeff no era el único despreocupado y encantador miembro de la familia, y comprendió por qué Jeff se llevaba tan bien con su tío y Noah con su padre. Noah era igual que Knox; sin embargo, Shelby parecía más el padre de Jeff que su tío.

Shelby y Jeff la tuvieron sumamente entretenida toda la tarde y le enseñaron maravillosos lugares de esa ciudad. Por fin, Shelby se detuvo y se miró el reloj.

–Bueno, voy a dejarte a solas con Jeff. Oblígale a que te pasee mañana, tarde y noche. Yo tengo que irme ya para tomar un avión.

–Me alegro mucho de haberte visto –dijo Jeff abrazando a su tío.

–Ha sido un placer –dijo Shelby antes de volverse a ella para tomarle la mano–. Eres una esposa maravillosa para Jeff. Espero que vuestro matrimonio sea próspero y sólido.

Después, Shelby le soltó la mano para darle un abrazo.

–Gracias –respondió ella, sorprendida por las últimas palabras de Shelby, ya que éste conocía lo superficial y temporal que era la naturaleza de su matrimonio.

Jeff le puso un brazo sobre los hombros mientras esperaban a que Shelby se alejara en el taxi que acababa de parar.

–Lo que mi tío ha dicho hace que me den ganas de perder un par de buenas cuentas para que papá me deje en paz y también deje de intentar que me quede en la empresa –declaró Jeff.

–No, no puedes hacerle eso a Noah –contestó Holly horrorizada.

–Ya lo sé y no voy a hacerlo. Noah no tiene la culpa de que mi padre sea tan manipulador. Pero no voy a trabajar para la empresa más de un año y tú tampoco.

–En eso tienes razón, Jeff –respondió ella con vehemencia.

Reanudaron el paseo, deteniéndose en otro puente del Sena.

–Esto es precioso, Jeff –dijo Holly, parándose para sacar una foto.

Después, Jeff le quitó la cámara y sacó una foto de ella. Cuando terminó, ella volvió de nuevo la vista al río y a la ciudad.

–Es una preciosidad. Siempre he querido venir aquí, pero pensaba que tardaría mucho en hacerlo.

Jeff la hizo darse la vuelta y la besó en la frente, sus ojos grises cálidos.

–¿Qué prefieres, ir a otro restaurante a cenar o volver al hotel y cenar en la habitación?

–Si estás dispuesto a salir del hotel mañana para reanudar nuestra visita turística, voto por cenar en la habitación –respondió Holly.

Jeff le rodeó la cintura con el brazo y la besó con pasión.

–Habitación del hotel –susurró ella.

–Ah, por fin estamos compenetrados otra vez. Lo ves, no siempre estamos en desacuerdo.

Holly le sonrió.

–Ha sido un día estupendo.

Pasara lo que pasase, jamás olvidaría París con Jeff.

En el momento en que entraron en la habitación del hotel, Jeff cerró la puerta y la abrazó. Sus ropas fueron sembrando el camino desde la puerta al dormitorio entre besos y caricias acompañadas de miradas apasionadas.

Se amaron lo que quedaba de aquel día y no salieron de la habitación hasta el día siguiente por la tarde para ir a pasear por la ciudad y cenar fuera.

Durante el transcurso de la semana se vio envuelta en pasión. Cada día que pasaba se llevaba mejor con Jeff y ambos descubrieron que tenían mucho en común a pesar de sus diferencias.

Holly durmió durante el vuelo de regreso a Estados Unidos. Abrazada a Jeff, soñó con las noches parisinas y los exquisitos pasteles franceses.

Durante el vuelo al oeste de Texas en el avión privado de Jeff, volvió a sentir rechazo a ir allí. Quería ir a Dallas, a una ciudad, pero se recordó a sí misma que no tenía elección. Ahora estaba casada con Jeff y eso lo cambiaba todo. Las noches de pasión compensarían las desventajas de vivir en aquel entorno.

El domingo por la tarde Jeff recibió una llamada telefónica, a la que ella no prestó atención. Después de colgar, Jeff le dijo:

—Una de las vacas está pariendo y tiene dificultades, así que voy a ir para ver si puedo ayudar. Hace una noche magnífica, ¿por qué no vienes conmigo en la camioneta? No creo que tenga que pasar mucho tiempo allí.

—¿La vaca no está en el establo?

—No. No se han dado cuenta de que estaba a punto de parir y la han dejado ir a los pastos.

—De acuerdo —respondió Holly—. ¿Voy bien con pantalones cortos?

—Estás maravillosa con pantalones cortos —respondió Jeff con los ojos en sus piernas desnudas.

–Bueno, vaquero, vámonos –dijo ella.

Fueron en la camioneta con las ventanillas abiertas. Al pasar unos arbustos, aparecieron a la vista dos luces y, alumbrados por ellas, dos hombres agachados al lado de una vaca.

–Ya hay dos hombres ahí, ¿por qué es necesario que vayas tú también?

–Puede que no sea necesario, pero quería ver cómo van las cosas.

–¿Has ayudado a parir a una vaca con anterioridad?

–Sí. Si quieres, puedes esperar afuera, en la parte posterior de la camioneta. O si lo prefieres, puedo enseñarte cómo ayudar a una vaca a parir.

–No, gracias. Me quedaré aquí, pero afuera, en la parte de atrás de la camioneta.

Jeff se quedó allí hasta que el ternero nació. Cuando quiso enseñárselo, ella no sintió ningún interés y sí algo de repugnancia.

El lunes siguiente, en Dallas, Holly alzó el rostro cuando Jeff entró en la oficina. Allí siempre vestía con traje, su aspecto era más profesional. Por supuesto, llevaba botas.

Jeff se sentó frente a ella y estiró sus largas piernas.

–¿Dispones de un momento?

–Sí. ¿Pasa algo?

–He recibido una llamada del presidente de Western Living. Quieren reunirse conmigo.

–Jeff, eso es maravilloso –dijo ella, consciente del prestigio de esa gama.

–He accedido a ir a Phoenix a la reunión, pero quiero que me acompañes. Ayudaste mucho en Houston.

Holly se sintió halagada y también le agradó la idea de que Jeff no la excluyera.

–Gracias. Me encantaría.

–Tomémonos un día más de vacaciones en Phoenix, ¿te parece?

–No me parece que tenga sentido –respondió ella–. Eso es holgazanear simplemente.

Jeff sonrió traviesamente y se puso en pie.

–¡Qué dices! Holly, tú ni siquiera conoces el significado de esa palabra. Vamos, prueba. Encontraré la forma de hacer que Phoenix te parezca interesante y así no creas que has perdido el tiempo.

–Lo que tú digas, Jeff –respondió ella, impaciente con la actitud de Jeff.

Al mirarle a los ojos, vio pasión en ellos, una pasión palpable y ardiente que la dejó sin respiración y sin capacidad de razonar.

–Dentro de una hora nos marcharemos. ¿Quieres que durmamos en un hotel, cenemos fuera y volvamos a casa mañana por la mañana?

–Me encantaría. Pero lo del hotel no es necesario, está mi piso. Podríamos quedarnos allí.

–¿Sigues teniendo el piso? –preguntó él con sorpresa.

–Sí. Ahora puedo permitirme pagarlo y me gusta tener un sitio para quedarme cuando estoy en Dallas.

–Muy bien. En ese caso, nos quedaremos en tu piso. Saldremos de la oficina a las cinco.

Holly asintió, consciente de que Jeff quería lo mismo que ella. Le vio marcharse del despacho mientras recordaba la noche anterior cuando hicieron el amor; de repente, quería estar fuera de allí y en los brazos de Jeff.

Le resultó imposible concentrarse en el trabajo, por lo que a las cuatro y media empezó a recoger. A las cinco menos cuarto estaba lista para marcharse y, cuando Jeff se asomó al despacho, el pulso se le aceleró.

–Vámonos.

–Muy bien –respondió Holly casi sin respiración.

En el momento en que entraron en su casa, Jeff la estrechó en sus brazos. Hicieron el amor con frenesí, a pesar de no haber pasado ni veinticuatro horas de la última vez.

Dos horas más tarde, ella seguía en sus brazos, saciada, aletargada y satisfecha.

–He pasado el día entero pensando en ti. Y esta tarde no podía concentrarme en el trabajo –dijo él.

–Debo admitir que yo tenía el mismo problema. Ahora estoy mejor.

–Podríamos llamar para que nos trajeran la cena aquí.

–No, has dicho que íbamos a salir a cenar esta noche. El resto de la semana, en el rancho, vamos a comer todo el tiempo en casa. Será mejor que me saques por ahí si quieres ganar puntos con tu esposa.

–De acuerdo, saldremos –contestó Jeff de buen humor–. Dime adónde quieres ir.

–Vas a correr un gran riesgo si elijo yo.

–No te preocupes, aquí estoy yo para despilfarrar. Sobre todo, si me prometes hacer el amor otra vez después de la cena.

–Volveremos corriendo.

–Trato hecho –dijo Jeff sonriéndole–. Holly, esto es estupendo. Espero que a ti también te lo parezca.

–Pero nuestro matrimonio tiene un plazo límite.

–Sí, es verdad. De lo que puedes estar segura es que jamás viviré en una ciudad.

Holly le miró a los ojos; sí, Jeff había hablado en serio.

–No era nuestra intención que esto durase. Es un matrimonio destinado al fracaso –declaró ella.

–Al fracaso no. Nuestro matrimonio es exactamente lo que nos propusimos que fuera, temporal. Nada de ataduras ni desilusiones amorosas porque no hay lazos emocionales.

Las palabras de Jeff le hicieron daño, a pesar de que eso era ridículo. ¿Acaso estaba empezando a sentir algo por él?

Más entrada la semana, tomaron un avión a Phoenix y salieron con tres clientes, el director general y dos vicepresidentes de una prestigiosa cadena con tiendas en cinco ciudades. Jeff les convenció para que vendieran la línea Cabrera. Esa misma noche, más tarde, al volver a la habitación del hotel, él la tomó en sus brazos y lanzó un grito de júbilo.

Holly, agarrándose a sus hombros, se echó a reír.

–Jeff, cállate. Nos van a echar del hotel.

–No, no nos van a echar, estamos en la suite más cara que tienen; y créeme, es cara. Aunque no me importaría estar en un motel porque lo único que quiero es una cama y a ti. Ha sido increíble. Has estado magnífica con esos tipos; no esperaban que una mujer tan hermosa pudiera saber tanto de cuentas y de gamas de productos. Gracias por venir conmigo.

–Ha sido una velada maravillosa, Jeff. Y tú has hecho un trabajo excelente –admitió Holly, una vez más impresionada con los logros de Jeff–. Ojalá volviéramos directamente a la oficina de Dallas. Noah se va a poner contentísimo.

–Eh, ¿se te ha olvidado que vamos a explorar Phoenix? Al demonio con la oficina de Dallas.

–Jamás te comprenderé –dijo ella completamente en serio–. ¿Cómo puedes ser tan bueno en este trabajo y no importarte en absoluto? Te da igual lo que piensen Noah, tu padre y el resto de la oficina. No entiendo tu actitud.

Poniéndose serio, Jeff la miró fijamente a los ojos.

–No me gusta el mundo de los negocios, eso es lo que no comprendes. A ti, por el contrario, te encanta el trabajo, vives para el trabajo, es lo más importante para ti. Supongo que a mí me pasa algo parecido con el trabajo en el rancho, pero no con la empresa de mi familia. No, nunca veremos las cosas de la misma manera en cuanto a eso se refiere.

Se hizo un tenso silencio durante unos momentos; entonces, Jeff volvió a sonreír y añadió:

–Al infierno con los negocios. Has estado maravillosa esta noche.

Agradecida, se abrazó a Jeff y se inclinó para besarle; después, él la llevó a la cama.

A la noche siguiente, de vuelta en el rancho y tras haber hecho el amor, Jeff se levantó de la cama y, al cabo de un momento, volvió con una caja pequeña en la mano.

–Para ti, mi amor.

Sorprendida, Holly abrió la caja y se quedó perpleja al ver el collar de brillantes.

–¡Jeff, es espectacular! –exclamó Holly jadeante, incapaz de creer que Jeff le hubiera comprado semejante joya.

–Quiero que te lo quedes –dijo él sacándolo de la caja–. Vuélvete.

Sintió el frío del collar alrededor del cuello. Se alzó el cabello para que él pudiera abrochárselo.

Holly se dirigió al espejo y se puso delante de él. Estaba envuelta en una sábana y las piedras preciosas brillaban.

–Jeff, es digno de una reina. No deberías haberlo comprado.

–Te lo mereces –contestó él–. Me has ayudado a conseguir dos de las mejores cuentas que tiene la empresa.

–Tú haces muy bien tu trabajo y, realmente, no me necesitabas.

–Podríamos pasarnos la noche discutiendo. Quédate el collar y ya está –Jeff la abrazó y la besó.

Hicieron el amor toda la noche.

Holly estaba en el despacho de Jeff cuando Noah llamó, por lo que pudo oír lo que Jeff decía por el teléfono. Pronto se dio cuenta de que Noah no hacía más que halagar a su hermano.

Cuando Jeff colgó el teléfono, se la quedó mirando.

–Imaginas lo que ha dicho, ¿verdad? Creo que Noah también te va a llamar a ti. Está encantado y ya ha hablado con mi padre.

–Tu padre va a querer que sigas en la empresa.

–Me da igual –respondió Jeff–. Este fin de semana me gustaría enseñarte el rancho que me ha dado mi padre por haberme casado. No lo has visto y creo que te gustará. Quiero enseñarte el rancho de la familia, mi abuelo fue quien lo compró.

Cuando ella asintió, Jeff sonrió.

–Iré, pero un rancho es un rancho, con caballos, vacas y en medio del campo –declaró Holly con un suspiro.

–Tomémonos el viernes libre y vayamos allí. Volveremos vía Dallas y pasaremos la noche en tu piso.

–Estupendo –respondió ella, pero sin entusiasmo.

–Bien, saldremos el viernes al mediodía. Ah, otra cosa, voy a participar pronto en un rodeo en Fort Worth y me gustaría que me acompañaras. Puede que lo pases bien.

–Jeff, no me hacen ilusión los rodeos; sin embargo, te acompañaré.

–Formamos un buen equipo –dijo Jeff.

Por primera vez, Holly se puso nerviosa al darse cuenta del tiempo que pasaban juntos. Ya había transcurrido el primer mes de su año de matrimonio. Quedaban once meses.

El fin de semana tomaron un avión más pequeño que tenía Jeff y se dirigieron al sudoeste, a San Antonio.

–Ésta es la zona alta de Texas. Me parece una zona preciosa –dijo Jeff.

Mirando hacia abajo, Holly se dio cuenta de lo que quería decir Jeff. Aterrizaron en la pista de un rancho y le sorprendió ver colinas verdes, bosques y flores silvestres.

–Esta zona es muy diferente, Jeff –dijo ella.

–Deberías ver esto en primavera.

Cruzaron un riachuelo de aguas cristalinas y continuaron en coche por una carretera encharcada. La casa del rancho era grande pero menos deslumbrante que la del otro rancho.

–Empiezo a comprender por qué querías este rancho.

–Tiene petróleo, ganado y caballos. Es un rancho sumamente productivo. Mañana tomaremos la camioneta y te lo enseñaré.

Pasaron allí el fin de semana y ella se preguntó por qué Jeff no se había trasladado a ese rancho, le parecía mucho mejor que el otro.

Durante el vuelo de regreso el domingo por la noche, se lo preguntó.

–Ahora mi casa está en el oeste de Texas, me gusta más. Lo que me gusta de él es justo lo que a ti no te gusta. Iré con frecuencia al rancho de la familia, pero mi casa está en el oeste de Texas.

–No lo comprendo –dijo Holly.

Pero no le extrañaba, no podía comprender a Jeff.

Capítulo Ocho

Jeff le estaba cambiando la vida; de no ser por él, jamás se le habría ocurrido ir a un rodeo. Y tenía un asiento de primera fila que Jeff había reservado para ella.

Le sorprendía lo entusiasmado que estaba Jeff.

Vio la monta de caballos salvajes y se preguntó cómo alguien podía querer hacer aquello. Disfrutó la carrera con barriles, lo único que no le asustó. Por fin llegó el turno de la monta de toros. Cerró los ojos. Oyó las exclamaciones del público y, al abrir los ojos, vio al participante tumbado en la arena y al toro pataleándole.

Los payasos, llamando la atención del toro, consiguieron alejarlo; unos hombres salieron al ruedo para llevarse al participante, que, con la ayuda de los hombres, consiguió salir del ruedo por su propio pie entre los aplausos del público.

Por fin, le llegó el turno a Jeff y el terror se apoderó de ella. Presa del pánico, contuvo la respiración y cerró los ojos, pero volvió a abrirlos ya que sabía que Jeff le iba a preguntar si le había visto.

Sonó la campana, los espectadores aplaudieron y Jeff saltó a la arena, sonrió en su dirección, se acercó a la barrera, la saltó y desapareció.

Holly lanzó un suspiro de alivio y se dio cuenta de

que había estado aterrorizada. Le importaba lo que a Jeff le ocurriera. ¿Se había enamorado de él sin darse cuenta? ¿Se había engañado a sí misma respecto a lo que sentía por Jeff? ¿Acaso lo mucho que le desagradaba el rancho le había impedido reconocer que se había enamorado de él?

De repente, Jeff apareció con una sonrisa en el rostro y se sentó a su lado.

–¿Qué te ha parecido? ¿Lo estás pasando bien?

Holly se lo quedó mirando. Quería abrazarle y llorar de alivio de que no le hubiera pasado nada.

–¿Cómo puede gustarte hacer esto? –le preguntó ella.

–Ya veo que no te ha hecho gracia verme montar –dijo él, y su sonrisa desapareció.

–Estaba muerta de miedo –admitió ella al tiempo que se agarraba las manos para evitar tocarle. Quería abrazarle y mantenerle a salvo en su abrazo.

Jeff le lanzó una mirada interrogante y le separó las manos.

–Estás asustada, ¿verdad? –preguntó Jeff en tono de sorpresa.

–Sí –respondió ella, enfadada por que Jeff arriesgara su vida tan a lo tonto.

–Estoy bien, no es peligroso. Bueno, a lo mejor lo es, pero he hecho lo que me gusta hacer. Me gusta competir y saber que puedo hacerlo. Cuando gano, me siento muy bien.

–¿Te has hecho daño alguna vez?

–Sí, claro, pero nada serio. Los huesos rotos se sueldan.

Holly se pasó una mano por los ojos, consciente de que nunca le comprendería ni le gustaría lo que hacía.

–Venga, vámonos. Esto no te gusta y no estás viendo nada.

Después de salir de la plaza, Jeff la abrazó y ella le apretó con fuerza.

–Tenía miedo por ti –dijo Holly al tiempo que trataba de contener sus sentimientos–. Jeff, es un deporte horrible.

Jeff sacudió la cabeza.

–No, no lo es. Es lo que hacemos los vaqueros; bueno, a parte de la monta de toros.

Holly le soltó y se apartó de él.

–Lo siento, pero esto no es lo mío.

–Cielo, creo que están llamándome por los altavoces. A lo mejor he ganado. Ven, vamos a ver.

Holly asintió, aún asombrada de haber descubierto lo que sentía por Jeff.

Se quedó observando mientras Jeff charlaba y reía con los organizadores del rodeo mientras recogía su premio.

Durante el trayecto de vuelta al rancho, ella se mantuvo callada; al contrario que Jeff, que rebosaba entusiasmo.

En el momento en que entraron en la casa, Holly se abrazó a él y le besó, aliviada de que hubiera sobrevivido. Le deseaba con desesperación, quería hacer el amor.

Desparramaron la ropa por toda la cocina e hicieron el amor en el sofá de cuero del cuarto de estar. Y cuando yacían de costado después de recuperar el ritmo normal de la respiración, Jeff preguntó:

–¿A qué se ha debido esto? No es posible que sea por el entusiasmo que te ha causado el rodeo.

–Tenía miedo por ti –admitió ella–. Quería cerciorarme de que estás bien. No comprendo por qué participas en los rodeos; desde luego, no es porque necesites el dinero.

–Ya te he dicho por qué, es un reto.

Holly tembló y él frunció el ceño.

–Deja de preocuparte. Además, dentro de un año nos separaremos y no tendrá ninguna importancia para ti. Míralo así. Con franqueza, me halaga que te preocupes por mí.

Holly sintió el rubor de sus mejillas y apartó los ojos de los de él.

–Sí, claro, tienes razón. De todos modos, no voy a volver a un rodeo.

–Está bien. Bueno, vamos a darnos una ducha y a acostarnos –Jeff se puso en pie y, después de tomarla en sus brazos, se encaminó hacia las escaleras.

–Jeff, déjame en el suelo. Y vamos a recoger la ropa, no quiero que los empleados se encuentren mi ropa interior desperdigada por toda la cocina mañana por la mañana.

Jeff lanzó una carcajada y la dejó en el suelo.

–Somos una pareja de recién casados, no creo que Marc se vaya a asustar.

–No me importa. Yo voy a recoger mi ropa.

–De acuerdo, recogeré la mía también.

Antes de dormirse, volvieron a hacer el amor. Eran las tres de la madrugada cuando ella empezó a dormirse, y esperaba no soñar con el rodeo.

Después del desayuno y como era fin de semana, Jeff se fue a realizar algunos trabajos en el rancho. Aún le sorprendía la reacción de Holly respecto al rodeo; no sólo que no le gustara, sino que hubiera temido por su vida.

Había notado su miedo, su pánico, pero no podía imaginar que fuera porque se había enamorado de él. No le gustaba su estilo de vida, a menos que… ¿estaría cambiando?

Esa noche, cuando estaban los dos sentados en el patio después de la cena, con la mano de Holly en la suya, acariciándosela, le preguntó:

–¿Te gustaría tener tu propio caballo y salir a cabalgar algunas mañanas conmigo? Podría darte una yegua mansa. El campo de por aquí es precioso, Holly, y los amaneceres son espectaculares.

–No, gracias, Jeff. Monté a caballo de niña y no me hizo ninguna gracia. Tú vete a cabalgar si quieres, yo paso.

–Si no pruebas, no sabrás si te gusta.

–¿Como con el rodeo? No, me parece que no. Demasiado peligroso para mí –Holly suspiró–. Lo único que disfrutamos haciendo juntos es… –pero Holly cerró la boca al momento.

Divertido, él la vio sonrojarse.

–Vamos, termina lo que ibas a decir.

–Sabes perfectamente lo que iba a decir.

–Sí, claro que lo sé. El único sitio en el que nuestros intereses se compaginan es en la cama. El sexo, desde luego, es mucho mejor de lo que nunca podría haberme imaginado.

–Sorprendente, teniendo en cuenta todo lo demás –Holly parecía enfadada–. Bueno, no, también cuando trabajamos, a veces, nos entendemos muy bien. Cuando te lo propones, eres muy profesional y eficiente.

Jeff lanzó una carcajada.

–Pero la mayor parte del tiempo, en lo que al trabajo se refiere, no te lo parezco, ¿eh?

–Puede que no –admitió ella, ruborizándose de nuevo–. La mayor parte del tiempo te comportas de manera poco profesional y te tomas las cosas con demasiada tranquilidad; sin embargo, cuando no te queda más remedio, eres impresionante.

–Ven aquí –dijo él.

La deseaba y quería acostarse con ella. Tiró de su muñeca, la hizo ponerse en pie, la levantó en sus brazos y la llevó adentro.

–Estoy listo para impresionarte, como tú has dicho. Vamos a divertirnos un rato.

Jeff la llevó a la primera habitación que había en el piso bajo y, después de dejarla en el suelo, la abrazó.

La despertó el teléfono. Abrió los ojos en la oscuridad, momentáneamente desorientada. Jeff contestó la llamada. Ella miró el despertador y vio que eran las tres de la madrugada.

No tardó en darse cuenta de que había ocurrido algo.

–¿Dónde está? Ahora mismo me pongo en marcha. Tomaré el avión –Jeff colgó el teléfono y se levantó de un salto.

–¿Qué ha pasado? –preguntó ella.

Capítulo Nueve

–A mi padre le ha dado otro infarto y está en el hospital. Ha ocurrido hace una hora. Noah ha llamado tan pronto como ha podido. Me voy a Dallas en el avión.

–Te acompaño.

–Por mí, encantado; pero no es necesario que vengas.

Holly ya estaba saliendo de la habitación.

–Enseguida estoy lista –dijo mientras se dirigía al cuarto de baño para ducharse.

Al cabo de una hora estaban en el avión privado de camino a Dallas. Ella alargó una mano para tomar la de Jeff.

–Lo siento, Jeff. Espero que esté mejor cuando lleguemos.

–Gracias –respondió él agarrándole la mano.

Cuando llegaron al hospital, Jeff dio un abrazo a su madre; después, ésta se volvió para abrazarle a ella.

–Gracias por haber venido con Jeff, Holly. Es horrible –dijo la madre de Jeff secándose las lágrimas.

Noah le saludó y luego se volvió para hablar con Jeff, ella se apartó.

Había amanecido cuando Jeff se reunió con ella.

–El pronóstico es bueno. Está bajo vigilancia constante y hay una enfermera con él. Vámonos de aquí, le he dicho a mamá que la veré luego. Ha reservado una habitación en un hotel aquí al lado y Noah la va a llevar al hotel. Le he dicho que ya la llevaríamos nosotros, pero me ha dicho que me vaya contigo a descansar. Más tarde volveré para sustituirle, ahora vamos a tu piso.

Se marcharon a su piso. Después, cuando Jeff volvió al hospital, ella fue a la oficina.

Aquella noche Jeff y ella se reunieron en un restaurante.

–Te he echado mucho de menos –dijo él mientras la saludaba con un beso–. Papá está mejor –añadió Jeff cuando el camarero les dejó después de que pidieran las bebidas–. Creen que podrá volver a casa el fin de semana, así que nosotros podremos regresar al rancho.

Holly esperó haber logrado ocultar su desilusión respecto a marcharse de Dallas, aunque se alegraba de que Knox Brand estuviera mejor. Había disfrutado estando en la oficina central de la empresa, había sido más eficiente que en la oficina del rancho.

–Me alegro de que esté mejor, Jeff.

–El médico le ha dicho que se jubile, que deje por completo el trabajo. No sé cómo se lo va a tomar, pero Noah y mamá le están insistiendo para que siga la recomendación del médico. Estoy seguro de que el tío Shelby también ha hablado con él.

–Lo más seguro es que nombren a Noah presidente de la empresa.

–Sí, y lo hará muy bien. Sin embargo, tendrá que encontrar a alguien para que le sustituya a él como director general.

El camarero se acercó y les sirvió agua; después,

abrió una botella de vino y le dio a Jeff a probar en espera de su aprobación.

Tan pronto como volvieron a quedarse solos, Holly bebió un sorbo de vino. El teléfono de Jeff sonó en ese momento y se lo sacó del bolsillo para contestar. Habló con voz queda y ella no prestó atención a la conversación, pero le vio fruncir el ceño.

–¿Tu padre? –preguntó cuando Jeff guardó el teléfono.

–No, era Deke, del rancho. Me ha llamado para decirme que un animal está matando ganado. Si no lo encuentran antes de que vuelva a casa, iré con ellos a buscar al animal.

–¿A qué clase de animal te refieres?

–Debe de ser un felino, no imagino a un coyote atacando a animales tan grandes.

–Sigo sin entender que te guste esa clase de vida. ¿Vamos a volver al rancho esta noche?

–No, es demasiado tarde. Nos quedaremos para ver qué tal va todo con mi padre. Tú, entretanto, vuelve a la oficina si quieres. A menos que mi padre se ponga peor, regresaremos al rancho por la tarde, después del trabajo.

–Estupendo –respondió ella, y Jeff sonrió.

–Aquí estás mucho más contenta, ¿verdad?

–Sí. Igual que tú estás más contento en el rancho –contestó ella.

Al día siguiente, Holly volvió a la oficina; Jeff, por el contrario, fue al hospital. Se lamentó de que a Jeff no le gustara Dallas ni trabajar allí.

Esperaba ver a Noah más tarde. Estaba casi segura de que Noah iba a ofrecerle a Jeff el puesto de director general. ¿Rechazaría Jeff el cargo? Por su parte, no podía comprender cómo alguien podría rechazar la oportunidad de ser director general de Brand Enterprises.

Pensó en Jeff y reconoció que, a pesar de sus diferencias, se había enamorado de él.

El teléfono sonó, sacándola de su ensimismamiento.

A primeras horas de la tarde, cuando Noah llegó a la oficina, se enteró de que a Knox le iban dejar marcharse a su casa el viernes. Noah no mencionó ningún cambio en la empresa y ella no quiso preguntarle.

Jeff y ella volvieron al rancho a la mañana siguiente.

En el rancho, le vio cargando un fusil y una pistola.

—¿Cuántos vais a ir a la caza de ese felino?

—Creo que tres.

—¿Tres? No es suficiente. No vas a salir de la camioneta, ¿verdad?

Jeff se volvió y se la quedó mirando.

—No vamos a ir en una camioneta, haría demasiado ruido. Iremos a caballo.

—Un caballo no te va a proteger —dijo ella, más preocupada que nunca—. Jeff, podría pasarte cualquier cosa en un caballo.

Jeff movió el fusil.

—Voy armado. Vamos, deja de preocuparte, no vamos a correr ningún riesgo.

—¿Por qué te empeñas en hacer cosas tan peligrosas?

Jeff la miró fijamente y ella enrojeció.

–Te importo. Un mes atrás te habría dado igual que hubiera salido a pie a cazar felinos y osos, te habrías despedido de mí como si nada.

Jeff dejó el fusil en una mesa, junto a la pistola. A ella empezó a latirle el corazón con fuerza mientras Jeff se le acercaba, sus ojos grises indescifrables.

–Supongo que me importas; pero es natural, dada la intimidad que compartimos.

Jeff le puso las manos en los hombros.

–No tienes que darme explicaciones. Me siento halagado y me alegro de que no estemos peleándonos todo el tiempo, cosa que hacíamos al principio constantemente.

–Estamos casados, Jeff. Aunque se trate de un matrimonio de conveniencia, pasamos casi todo el tiempo juntos. Eso, por sí solo, genera cariño. E imagino que a ti te pasa lo mismo.

–Sí –respondió él sobriamente–. Me alegro de que haya cariño entre los dos, hace que todo sea mucho más fácil. Sé que no vamos a enamorarnos, pero me gusta que nos tengamos cariño, Holly.

–Voy a quedarme muy preocupada. Además, sé que os separaréis para buscar al animal, así que vas a quedarte solo.

Jeff le levantó la barbilla.

–Deja de preocuparte, no voy a correr riesgos innecesarios. Te aseguro que el animal no va a atacarme; por el contrario, es el animal el que tendrá miedo de mí.

–Eso no lo sabes. La clase de vida que te gusta es muy primitiva.

Jeff sonrió.

–Yo no diría eso –Jeff la besó y ella se abrazó a él.

Después, se separó ligeramente de ella y la miró–. Haces que me den ganas de no ir y quiera hacer otra cosa.

–Vamos, vete –dijo ella enfadada–. Pero sigo sin comprender la clase de vida que te gusta ni tu adición al riesgo y al peligro. Y tampoco entenderé nunca por qué nos atraemos el uno al otro.

–Yo tampoco –respondió Jeff con solemnidad.

Llegó la noche y Jeff no había regresado. Holly no dejaba de mirar. Pasaron las horas y estaba cada vez más nerviosa, con más miedo de que pudiera haberle ocurrido algo.

Cuando sonó el teléfono, dio un salto y corrió a descolgar. Contuvo la respiración y luego soltó el aire al oír la voz de Jeff.

–Hola, cariño –dijo él–. ¿Qué tal estás?

–Preocupada por ti. Gracias a Dios que has llamado. ¿Cuándo vas a volver?

–No creo que vuelva esta noche. Acuéstate. Y no te preocupes, cazaremos al animal si todavía está en esta zona. Te echo de menos –la voz de Jeff se tornó más ronca.

–Me alegro de que me eches de menos –respondió ella–. Ya estoy en la cama y también te echo de menos. Me gustaría que me tuvieras abrazada en estos momentos.

Jeff lanzó un gruñido.

–No me tortures, Holly.

–Entonces, ven. Duerme aquí esta noche.

–No puedo, pero no creas que es porque no quiero. Te llamaré si pasa algo. Buenas noches, mi amor –y, tras esas palabras, Jeff cortó la comunicación.

–Jeff Brand, eres un bárbaro. Detesto tu estilo de

vida –dijo ella en voz alta, consciente de que iba a sufrir mucho cuando se separasen.

¿Qué ocurriría cuando Noah le ofreciera el puesto de director general? Estaba segura de que Noah se lo ofrecería.

Eran las cuatro de la madrugada cuando la despertó el teléfono.

–Lo hemos cazado y acabamos de volver a casa, Holly –dijo Jeff con entusiasmo–. Quería llamarte antes de entrar en la habitación y despertarte. Estamos en el establo y mañana te enseñaré el felino.

–No te preocupes, no tengo ninguna prisa en verlo –respondió ella. El pulso se le aceleró al instante, Jeff estaba a salvo y pronto le tendría en sus brazos.

Colgó el teléfono, se sentó en la cama y encendió la lámpara de la mesilla de noche.

Oyó los tacones de las botas resonar en el suelo de madera antes de que Jeff abriera la puerta y entrara en la habitación. Jeff apareció y ella corrió a su encuentro. La levantó en sus brazos y giró una vuelta completa con ella. Jeff olía a sudor, a cuero y a loción para después del afeitado. Estaba feliz de encontrarse en sus brazos y de tenerle a salvo en la casa.

–Cielos, Jeff, qué preocupada me tenías –susurró ella antes de besarle.

Mucho más tarde, Holly estaba en los brazos de él escuchando su relato de los acontecimientos de aquella noche.

–Es un puma. Te lo enseñaré luego.

Holly no quería ver el puma, pero pensó que debería hacerlo para complacerle.

–Lo principal es que has vuelto sano y salvo.

Un tiempo después, en el corral, mientras veía a los hombres sacando fotos, volvió a sentirse abatida. Era un puma enorme, tan grande como los leones que había visto en el zoológico. Por lo que los hombres habían dicho, era Jeff quien lo había matado. Un logro más de lo que él se enorgullecería siempre y que a ella le horrorizaba.

Cuando entró en las oficinas centrales de la empresa el lunes por la mañana, un gran alivio la embargo al encontrarse en Dallas, aunque sólo fuera por un día.

Se preguntó si Knox renunciaría a su cargo de presidente de la empresa y se jubilaría por completo o si, por el contrario, arriesgaría su vida y permanecería como presidente.

Miró el calendario que tenía encima de su escritorio. Si ya estaba enamorada de Jeff, ¿cuánto más le querría después de un año entero de matrimonio?

El martes, con gran alivio de haberse marchado de Dallas, Jeff entró en su oficina en el rancho. Vio que tenía una llamada de Noah y le llamó, su hermano le dijo que estaba de camino al rancho y que llegaría en media hora.

Inquieto, se dirigió al despacho de Holly. Habían hecho el amor por la mañana y habían desayunado juntos; pero al entrar, le dieron ganas de cerrar la puerta, abrazarla y besarla. Sin embargo, sospechaba que ella no permitiría semejante actitud en el lugar de trabajo.

Holly alzó el rostro y se lo quedó mirando.

–No pareces muy contento. ¿Qué ha pasado?

–Acabo de hablar con Noah. Estará aquí dentro de media hora, quiere hablar conmigo de negocios.

–Imagino lo que quiere.

–No es necesario imaginar nada. Lo sabré en el plazo de una hora.

Las secretarias llegaron y Jeff les dijo que su hermano iba a ir. Al poco tiempo, Noah entró en su despacho, su aspecto tan profesional como siempre con un traje azul marino y corbata haciendo juego.

–Bueno, ¿a qué se debe esta visita? Siempre que vienes al rancho es por algo.

–Tienes razón –respondió Noah sonriendo–. Jeff, papá quería verme anoche. Faith, Emily y yo fuimos a su casa a cenar y, después de la cena, papá me llevó a su despacho para hablar a solas conmigo y me dijo que ha accedido a dejar la empresa del todo.

–Es una buena noticia, es justo lo que debía hacer.

–El tío Shelby está en su casa ahora; lo más seguro es que haya ido para felicitarle por su decisión, lo que hará que papá se arrepienta de lo que ha hecho.

Jeff se echó a reír, pero por poco tiempo, ya que sabía que Noah había mencionado la razón de su visita y le aterrorizaba lo que se le echaba encima.

–Vamos, di ya lo que quieres decirme de verdad.

–La junta directiva tendrá que aprobarlo, por supuesto, pero me van a ofrecer el puesto de presidente.

–Felicidades, Noah. Va a ser antes de lo que esperabas, pero te mereces el cargo. Serás un gran presidente.

–Gracias. Tienes razón, es lo que siempre he querido. Tú, Jeff, también has hecho un gran trabajo, cosa de la que estaba seguro. He hablado con papá del asunto y he venido para ofrecerte el puesto de director general. Tómate unos días para pensarlo antes de darme una respuesta, no te precipites a rechazar la oferta.

Jeff cerró brevemente los ojos y sacudió la cabeza.

—Te lo agradezco de veras.

—He venido hasta aquí para hablar contigo del asunto. Tendrías que trabajar en Dallas, pero no sería necesario que dejaras el rancho. Jeff, serías un director general magnífico. Al menos, piénsatelo. ¿Tan terrible te parece trabajar en Dallas?

—No —respondió Jeff, no queriendo decirle a Noah lo aliviado que se sentía cuando volvía al rancho porque era algo que su hermano nunca comprendería—, pero sólo voy a Dallas un día a la semana. Sin embargo, cinco días es completamente distinto. Eso significaría pasar allí la mayor parte del tiempo.

—Tendrías todo tipo de compensaciones económicas, serías muy rico. Por supuesto, sé que a ti eso del prestigio y los contactos no te impresionan.

—Tienes toda la razón, no me impresionan —contestó Jeff—. Me importan un pimiento.

—A veces no puedo creer que seamos gemelos.

—A mí me pasa lo mismo. Lo pensaré, Noah, y te agradezco que me hayas ofrecido el puesto, pero el mundo de los negocios no es para mí.

—Es difícil de comprender, teniendo en cuenta lo bien que se te da. Se entendería si no valieras para ello, pero no es el caso. Es más, haces que parezca lo más fácil del mundo. Quizá te resulte tan fácil por el hecho de no importarte en absoluto. En fin, jamás lo comprenderé.

–Ni Holly –comentó Jeff, y vio a su hermano arquear las cejas.

–Holly es de ciudad. En fin, reflexiona sobre el asunto y mira a ver si podrías aguantarlo, aunque fuera sólo por unos años. Cinco años, por ejemplo, no es mucho. Ganarías una fortuna.

–Noah, te lo agradezco, pero estoy seguro de que no tendrías problemas para encontrar a alguien capacitado para el cargo. Cualquier ejecutivo daría saltos de alegría si se lo propusieras. Tú mismo me has dicho que estabas preparando a Mason Cantrell para hacer el trabajo que estoy haciendo ahora. ¿No podría ser él el director general?

–Prefiero que lo seas tú. Sé que podría encontrar a alguien, pero… quizá lo que pasa es que me gusta trabajar contigo.

–Ya, entiendo. Somos muy competitivos cuando trabajamos juntos –dijo Jeff medio en broma.

Noah sonrió.

–Me gusta trabajar contigo. Por favor, piénsalo. Quiero que ocupes ese puesto. Me conformaría incluso con dos años.

–¿Dos años? –repitió Jeff, preguntándose cómo podría aguantar ese trabajo durante dos años. Un año ya le parecía cadena perpetua–. Noah, te prometo que lo pensaré y, de nuevo, gracias por ofrecerme el cargo.

–Te lo has ganado a pulso.

–Ya que estás aquí, ¿por qué no te quedas a comer? Holly se alegrará de verte.

–Bien, gracias. Le diré que intente convencerte; aunque puede que no tenga la influencia necesaria y, además, es posible que no le importe.

–Puede ser –dijo Jeff en tono ligero–. Lo que sí va

a pensar es que estoy loco si rechazo tu oferta. ¿Sabes una cosa, Noah? Deberías ofrecerle el cargo a Holly. Ella sería una buena directora general.

–No quiero pensar en eso todavía. Quiero que tú consideres la propuesta.

Jeff asintió.

–De acuerdo. Bueno, ya está bien de hablar de trabajo. Vamos a tomarnos un descanso porque quiero llevarte a un sitio que dan el mejor pollo frito de todo el sudoeste.

–Trato hecho.

Para alivio de Jeff, no hablaron de trabajo durante la primera parte de la comida; su hermano y él charlaron sobre el pasado y Holly parecía contenta oyéndoles contar anécdotas. Pero después, Holly y Noah se pusieron a hablar de trabajo y él dejó de prestarles atención.

Sabía que a él jamás le interesaría la vida de la empresa tanto como a ellos dos y también era consciente de que no aceptaría la oferta de su hermano.

–Holly, nuestro padre va a dejar la empresa por completo, va a dimitir como presidente. Se anunciará oficialmente pronto, pero voy a ser yo el presidente.

–Felicidades, Noah –dijo Holly–. Te lo mereces. Tu padre se quedará tranquilo sabiendo que ha dejado la empresa en buenas manos.

–Gracias. He venido porque quiero que Jeff acepte el puesto de director general.

Jeff vio como los ojos verdes de Holly se agrandaban y se clavaban en él.

–Le he dicho a Noah que lo pensaré –dijo Jeff sonriendo.

–Holly, utiliza la influencia que tengas en mi hermano y convéncele para que acepte. La empresa ya ha experimentado un incremento de beneficios por el trabajo que él ha realizado –dijo Noah.

–Jeff, te felicito –dijo ella con un entusiasmo que él no compartía.

–Sería magnífico que Noah y tú pudierais seguir trabajando juntos –añadió Holly.

Jeff se preguntó si no se le había ocurrido que pudiera rechazar la oferta de su hermano.

–Me siento halagado; pero, en el fondo, no soy más que un ranchero. Significaría que tendría que trabajar en Dallas.

Noah se echó a reír y Holly le miró con el ceño fruncido.

–Por favor, Holly, intenta convencerle –dijo Noah.

–Lo siento, pero me temo que no tengo tanta influencia con Jeff –respondió ella mirándole a los ojos.

Noah volvió el rostro y le miró.

–Jeff, tengo la impresión de que Holly y yo no vamos a convencerte –dijo Noah–. En fin, tenías razón, éste es el mejor pollo que he tomado en mi vida –entonces, Noah se miró el reloj–. Bueno, será mejor que me ponga en camino de vuelta a casa.

Transcurrió otra media hora hasta que Noah se marchó. Holly guardó silencio mientras regresaban al rancho en el coche.

–¿Quieres hablar de la oferta que Noah te ha hecho? –preguntó Holly por fin.

–Si quieres. Supongo que te gustaría hablar de ello.

–Cuando Noah lo comentó en mi presencia, creía que habías aceptado.

–¿No se te ocurrió pensar que iba a rechazarla? –preguntó Jeff con cierta sorpresa.

–No, no se me ocurrió. Sigo sin comprender por qué te gusta tanto el rancho, requiere trabajar día y noche. ¿Y vas a decirme que no te hizo ilusión conseguir la cuenta de Houston? –preguntó ella volviéndose ligeramente en el asiento para mirarle.

–En primer lugar, el rancho me encanta, igual que los trabajos que requiere; algunos rutinarios y otros fuera de lo cotidiano. Necesito que me dé el viento en el rostro, el sol, me gustan los caballos… Me siento libre, tengo suerte de estar donde estoy y haciendo lo que hago; sea domar caballos como ayudar a una vaca a parir o arreglar una valla. El trabajo en el rancho hace que, al final de la jornada, me sienta como si hubiera conseguido algo. Y eso no me pasa trabajando en Brand Enterprises.

–Eso es imposible, Jeff –dijo Holly con voz tensa.

–En fin, volvamos al rancho a hacer algo que nos gusta a los dos –dijo él.

–Se te ha presentado una oportunidad que a cualquiera le parecería un sueño –declaró ella enfadada.

–Sé que a mucha gente le encantaría que le hicieran una oferta así, pero no es lo que yo quiero. Como tampoco quería trabajar en Dallas durante un año.

Holly cerró la boca y volvió la cabeza para mirar por la ventanilla. Él sabía que Holly estaba disgustada y que no le comprendía.

Eran casi las dos de la tarde cuando llegaron al rancho. En vez de ir a la oficina, Jeff condujo hasta la casa y aparcó el coche en la parte posterior.

–Deberíamos ir a la oficina, hemos perdido ya mucho tiempo –dijo Holly disgustada e impaciente.

Mientras él rodeaba el coche para abrirle la puerta, ella salió y cerró de un portazo.

Jeff la agarró por el brazo.

–Tenemos que hablar, Holly. Vamos arriba para hablar sin que nadie nos moleste –dijo él, conduciéndola al interior de la casa.

–¿Es que vamos a tomarnos el día libre? –preguntó ella.

–Es posible. Vamos a hablar de la oferta de Noah. Mi hermano te ha dicho que intentes convencerme, así que aprovecha esta oportunidad para intentar convencerme.

–Yo no puedo influirte en nada –declaró ella.

–No estoy de acuerdo. Venga, vamos al dormitorio, ahí no nos molestará nadie.

Tan pronto como cerraron la puerta de la habitación, Jeff la abrazó. Holly estaba tensa y se le resistió, sus verdes ojos echaban chispas.

–Nunca te comprenderé. Te han hecho una oferta única y tú vas a rechazarla.

–No es lo que quiero hacer –contestó Jeff–. Le he dicho a Noah que voy a pensarlo y lo haré, pero también sé que, si rechazo la oferta, no tendrán problemas en encontrar a alguien para ocupar ese puesto. Y ahora, mientras lo pienso, hay algo que me interesa mucho más –dijo él estrechándola contra sí.

–Deberíamos volver a la oficina.

Jeff la besó con pasión.

–Te deseo –susurró él.

Holly siguió resistiéndose durante unos segundos, pero pronto se inclinó hacia él. Holly era suave, olía a miel y quería pasar el resto del día besándola y haciéndole el amor.

Le desabrochó los botones de la camisa de seda negra mientras la besaba y luego el sujetador, le subió la temperatura al llenarse las manos con los senos. El deseo escapó a su control y el mundo, a excepción de Holly, dejó de existir.

La suavidad de ella era una tentación, sus besos eran fuego. Quería poseerla, que Holly le recibiera. El sexo con ella era espectacular y su pasión continuaba aumentando.

Mientras le acariciaba un pezón con una mano, con la otra le bajó la cremallera de los pantalones, deslizó la mano por debajo de las bragas y la acarició íntimamente, haciéndola gemir de placer, lo que intensificó su propio placer.

Bajó la cabeza para besarle y chuparle el pecho, y sintió las manos de ella por su espalda.

–Holly –susurró Jeff mientras se quitaba los pantalones y los calzoncillos.

Holly le miró con ojos ensombrecidos por el deseo. Él la levantó y apoyó la espalda en la pared. Cuando la penetró, Holly lanzó un grito y le dio un ligero mordisco en el hombro.

Gritando una vez más, Holly alcanzó el clímax y él perdió el control, moviéndose dentro de ella furiosamente hasta lograr el orgasmo.

Poco a poco, sus respiraciones recuperaron el ritmo normal.

–Eres maravillosa, mi amor –murmuró Jeff besándola repetidamente hasta dejarla de pie en el suelo.

–Jeff, te estás aprovechando de mí –susurró Holly.

–¿Sí?

Holly le miró y sonrió.

–Sí. Sabes perfectamente que no iba a hacer el amor.

Jeff la tomó en sus brazos.

–Vamos a darnos una ducha.

–Esto no cambia en nada lo que pienso de la oferta de Noah. Y sigo sin comprender por qué vas a rechazarla.

–Le dije que lo pensaré y lo haré, pero no creo que cambie de idea. Holly, tengo dinero suficiente para hacer lo que me plazca –le recordó él.

Holly asintió, pero frunció el ceño.

–Venga, vamos a darnos una ducha y luego iremos a trabajar –dijo Jeff, volviendo a dejarla en el suelo.

¿Le resultaría posible darse una ducha con ella y no volverse a excitar sexualmente?

Capítulo Diez

Eran las tres de la tarde cuando regresaron a la oficina y Holly se dirigió directamente a su despacho. Dejó la puerta abierta y pasó el resto de la tarde sola, sin dejar de dar vueltas en la cabeza a los acontecimientos de la mañana.

Sabía que su relación con Jeff iba a acabar en desastre. A pesar de sus diferencias, estaba realmente enamorada de él, cosa que seguía sorprendiéndola.

Con un suspiro, intentó concentrarse en el trabajo, pero sin conseguirlo, no podía dejar de pensar en Jeff. ¿Cómo podía querer rechazar ser el director general de Brand Enterprises? Era el trabajo del siglo. Una nueva oleada de irritación la embargó al pensar en la obstinación de él. Era consciente de que Jeff, aunque le había prometido a su hermano pensarlo, iba a rechazar la oferta.

¿Cómo se le había ocurrido enamorarse de un hombre al que jamás comprendería? Era como si su vida estuviera escapando a su control.

Debería haber dejado la empresa cuando Noah le anunció que iba a trabajar para Jeff.

Jeff entró en la oficina de Noah y cerró la puerta. Su hermano se recostó en el respaldo del asiento.

–Buenos días. Supongo que has cerrado la puerta porque has tomado una decisión ya y vas a contármela, ¿no?

–Sí, así es. Lo he pensado y sabes que te estoy enormemente agradecido.

Noah sonrió.

–Lo comprendo, Jeff. Siempre pensé que era por papá por lo que te habías marchado, pero no es así, ¿verdad?

Jeff reflexionó un momento antes de contestar.

–No, no me fui por él. Soy un ranchero y me encanta el rancho. Estoy esforzándome mucho para que vaya bien…

–Estás haciendo más que eso –le interrumpió Noah–. Sé que tienes dinero de la empresa, de nuestro fideicomiso, de las inversiones en el petróleo, pero también el rancho te da muchas ganancias.

–Voy a rechazar tu oferta. No puedo soportar la idea de volver.

–No me sorprende, pero quería ofrecértelo a ti antes que a nadie.

–Te lo agradezco, Noah.

Noah asintió.

–Sugeriste a Holly para el puesto y creo que tienes razón. Y de eso precisamente quería hablarte. Holly tendrá que volver a Dallas, ¿estarías dispuesto a dejarla venir? ¿Haría eso que tu trato con papá se cancelara, a pesar de que ya te ha dado el rancho?

Jeff sintió un nudo en el estómago y le sorprendió.

–Seguiremos comportándonos como un matrimonio normal de cara al exterior. No creo que papá vaya a sospechar nada. En cuanto a mí, me parece bien –respondió él en tono ligero, pero sabía que no estaba siendo sincero con Noah, algo que nunca había hecho.

Noah empequeñeció los ojos y se lo quedó mirando.

–Estás mintiendo –declaró Noah.

Jeff respiró profundamente.

–Creo que deberías ofrecerle ese puesto a Holly y sé que ella lo aceptará sin pensárselo dos veces. Creo que es justo.

–Te estás volviendo muy altruista –comentó Noah.

–Me enfrento a los hechos, nada más. Sé que a ella le encantaría ser directora general y sabrá hacer bien el trabajo.

–En eso estamos de acuerdo. En fin, me alegraré de tenerla de vuelta aquí.

–De todos modos, los dos sabíamos que nuestro matrimonio es sólo algo temporal.

–No comprendo cómo pudisteis hacer semejante trato. Pero sí, claro que lo comprendo, tú querías el rancho y ella quería el dinero que tú le ofreciste.

–Exacto –Jeff se puso en pie–. Me marcharé para que hables tú con Holly. Me alegro por ella. Noah, de nuevo, gracias.

–Lo he intentado. Me gusta trabajar contigo. Cuando te vayas, dile a Holly que quiero hablar con ella. ¿Por qué no vamos los tres a almorzar juntos para celebrarlo? Es decir, si acepta, como tú dices que hará.

A Jeff le sorprendió el disgusto que sentía ante la idea de verla tan poco de ahí en adelante. Y sabía que Holly se marcharía del rancho tan pronto como le fuera posible.

Jeff entró en el despacho de Holly y cerró la puerta tras sí.

–Noah quiere verte –dijo avanzando hacia ella.

–Está bien. ¿Por qué has cerrado la puerta para decirme eso?

Jeff se acercó al escritorio y, sin titubear, la hizo ponerse en pie y la besó.

¿Querría seguirle viendo los fines de semana? Ella tenía que cumplir con su parte del trato y continuar casada con él, aunque sólo fuera de cara al exterior, durante un año.

Holly malinterpretó el motivo del beso.

–Has rechazado la oferta de Noah, ¿no es cierto?

–Sí, lo he hecho. Siento desilusionarte, pero de cara al futuro no tendrá importancia para ti. Seré mucho más feliz así.

Aunque Holly asintió, él le notó en la expresión que censuraba su decisión.

Holly se sentó delante del escritorio de Noah dispuesta a tomar notas de lo que él quisiera hablar con ella.

–¿Qué es lo que vamos a tratar?

–Supongo que ya sabes que Jeff ha rechazado el puesto.

–Sí. Noah, he intentado convencerle, pero…

Noah alzó una mano.

–No te preocupes, Holly, conozco a mi hermano. No es por eso por lo que quería verte, sino para ofrecerte el puesto de directora general.

Perpleja, Holly se lo quedó mirando.

–¿Yo? Noah, no puedo creerlo. Por supuesto, me siento halagada y te doy las gracias, pero… ¿Qué les parecerá a los de la junta directiva y a tu padre? Puede que no estén de acuerdo.

–Ya he hablado en privado con los miembros de la junta y todos han aceptado. Mi padre también. Mi padre está convencido de que, si trabajas aquí, acabarás convenciendo a Jeff de que se quede más tiempo trabajando en la empresa. A todos les parece que puedes hacer el trabajo y que lo harás bien.

Una gran ilusión la embargó.

–Noah, estoy encantada. Por supuesto que acepto.

–Sé que puedo contar contigo. Naturalmente, tendrás que volver a vivir en Dallas. Jeff y tú tendréis que arreglar vuestros asuntos en cuanto a este matrimonio de conveniencia se refiere, pero no creo que Jeff ponga ninguna objeción.

Holly estaba deseando contárselo a Jeff.

–Voy a ir a hablar con Jeff. ¿Le has dicho que me ibas a ofrecer el puesto?

–Sí. En realidad, ha sido idea suya.

Esta vez, la sorpresa le dolió.

–¿Que ha sido idea de Jeff?

–Sí. Le parece que eres perfecta para el cargo y tiene razón.

Apenas prestó atención a la respuesta de Noah. Si Jeff la había propuesto para el cargo, significaba que no le importaba que se fuera a vivir a Dallas y que no se vieran. Por segunda vez, se sintió abandonada por el hombre de su vida. Su primer novio la había abandonado y había roto su compromiso matrimonial de repente.

Ahora, Jeff estaba haciendo lo mismo. Le dolía y tenía dificultad para concentrarse en lo que Noah le estaba diciendo.

–Perdona, pero es que ha sido todo tan imprevisto que… no he oído lo que me estabas diciendo –dijo Holly avergonzada.

–Comprendo que estés excitada. No quiero que se entere nadie en la empresa todavía, hasta que esté todo más claro. Tú ocuparás mi despacho, yo voy a ocupar el de mi padre. Tómate un día libre para hablar con Jeff de vuestro futuro y para que lo celebréis.

–Gracias, Noah. De verdad, no sabes cuánto te agradezco esta oportunidad.

–Harás un buen trabajo. Buscaremos a alguien para que te sustituya en el rancho de Jeff. Los dos tendréis que hacer cambios en vuestro acuerdo matrimonial, pero sé que no os va a suponer ningún problema.

–No, ninguno –respondió ella con voz tensa, profundamente dolida de que Jeff quisiera apartarla de su vida–. Noah, me gustaría dejar el trabajo con Jeff en el rancho desde ahora mismo. Podría seguir trabajando en mi despacho hasta que todo esté listo.

Noah se quedó pensativo un momento.

–Sí, bien. Algunos se preguntarán por qué, pero dudo que nadie piense demasiado en ello. De acuerdo, hecho. Sé que Jeff no pondrá objeciones. Puede que no le guste, pero lo aceptará.

Apenas consciente de lo que hacía, Holly salió del despacho de Noah, se dirigió al suyo, recogió y se marchó a su piso.

Estaba dolida y enfadada consigo misma por haberse enamorado de Jeff, de un hombre que no la amaba.

Desgraciadamente, esta vez el sufrimiento era mayor que la vez anterior. Estaba mucho más enamorada.

En su casa, lloró hasta que no le quedaron más lágrimas por derramar; después, empezó a pensar en el futuro y en lo que iba a hacer. Tenía que despedirse de Jeff, algo fácil para él. Debía llevarse las cosas que tenía en el rancho. No le quedaba más remedio que permanecer casada con él durante el resto del año para cumplir con su parte del trato, pero el matrimonio sería sólo nominal a partir de ese momento.

Jeff estaba en la oficina de Dallas ese día, así que se lavó la cara, se cambió de ropa y, aprovechando que él estaba en la ciudad, se marchó al rancho para recoger sus cosas.

Estaba llevando lo último que le quedaba al coche cuando Jeff detuvo su vehículo y salió de él.

—Eh, ¿qué haces? ¿Por qué no me dijiste que ibas a venir al rancho? —al aproximarse, la sonrisa desapareció de su rostro—. ¿Qué pasa?

—Supongo que tenemos que hablar.

—Aquí hace mucho calor, vamos dentro y tomemos una limonada o cualquier otra cosa fresca —sugirió Jeff agarrándola del brazo.

El corazón le dio un vuelco y deseó no sentir nada por él. El sufrimiento le tenía encogido el corazón.

En cuestión de minutos, entraron en el estudio de Jeff con dos vasos de limonada y cerraron la puerta.

—Gracias por sugerirle a Noah que me diera el cargo de directora general, Jeff. Me ha ofrecido el puesto y yo lo he aceptado.

—Sí, ya me lo ha dicho —dijo Jeff en voz queda, acercándose a ella—. Vamos a sentarnos.

Holly se sentó en un sillón de orejas y él frente a ella en otro.

—Eso significa que, de ahora en adelante, voy a vivir en Dallas otra vez —declaró Holly haciendo un esfuerzo por no echarse a llorar.

–Si eso es lo que quieres… –una chispa de ira asomó a sus ojos grises–. Sé que estás deseando marcharte de aquí, nunca te ha gustado este sitio.

–Es lo que quiero hacer. Noah ha dicho que te buscará a otra persona para hacer el trabajo que yo estaba haciendo aquí.

–Siento tener que obligarte a seguir casada conmigo hasta que se cumpla el año, pero es la única forma de que me quede con el rancho que me ha dado mi padre.

–Lo sé.

–Te voy a echar de menos, Holly.

Holly se levantó y él se puso en pie al instante. Ella le tendió la mano.

–Ha sido una experiencia muy agradable y lucrativa –declaró ella.

Jeff le tomó la mano y se la estrechó.

–Sí, Holly –respondió Jeff–. ¡Ah, qué demonios! –en ese momento, Jeff la rodeó con los brazos y la besó dura y posesivamente.

Ella se aferró a Jeff con el dolor de saber que era su último beso. Por fin, jadeante, se separó de él.

–Jeff, dejémoslo. Nuestra relación sexual ha sido buena, pero se ha acabado. En fin, tengo que marcharme ya. A parte del sexo, no ha habido unión entre los dos.

–De acuerdo, Holly.

Jeff la acompañó hasta el coche.

–Te veré en Dallas. No vas a volver por aquí, ¿verdad?

–No, no volveré –respondió Holly con un nudo en la garganta–. Adiós, Jeff. Gracias por recomendarme para el cargo.

Jeff asintió y ella se marchó rápidamente para evitar que viera las lágrimas que empezaron a resbalar por sus mejillas. No soportaba llorar, pero no podía evitarlo. Agarró un pañuelo de celulosa y se secó los ojos; después, miró por el espejo retrovisor y lo vio de pie en medio de la carretera esperando a que desapareciera de la vista.

—Adiós —susurró ella—. Te amo.

Jeff la vio alejarse, consciente de lo mucho que iba a echarla de menos.

—Maldito seas, Noah —dijo en voz alta.

No soportaba la idea de perder a Holly, aunque sabía que lo superaría; hasta entonces, siempre había sido así con todas las mujeres con las que había tenido relaciones.

Jeff estaba nervioso y expectante el lunes siguiente durante el trayecto a Dallas. Iba a comer con Noah y Holly para celebrar la toma del nuevo cargo de ella.

Al llegar a las oficinas de la empresa, se dirigió directamente al despacho de Holly y llamó a la puerta. El pulso se le aceleró, lo único que quería era cruzar la estancia y tomarla en sus brazos. En vez de hacer eso, se limitó a saludarle.

—¿Qué tal todo?

—Bien. Mañana van a anunciar oficialmente mi nuevo cargo. Todo ha ido más rápido de lo que Noah creía.

—Felicidades. Deja que te invite esta noche para celebrarlo.

—Lo siento, pero ya tengo otro compromiso —respondió ella—. En otra ocasión, Jeff.

Jeff asintió. La deseaba y sabía que lo mejor que podía hacer era salir del despacho inmediatamente.

–En ese caso, hasta la hora de la comida, Holly –dijo él con desilusión.

Salió de la oficina y el ambiente se le antojó asfixiante. La deseaba y no tenía ganas de trabajar.

El almuerzo le resultó una tortura. Cuanto más tiempo pasaba con ella más la deseaba.

Holly había ido al restaurante en coche con Noah y él había ido solo. Al terminar la comida, él le había ofrecido llevarla de regreso a la oficina, pero ella, educadamente, le había rechazado y había vuelto con Noah. Estaba claro que Holly tenía intención de apartarle de su vida por completo.

Por la noche, durante el trayecto de vuelta al rancho, se dio cuenta de que trabajar para Noah durante el tiempo que le quedaba hasta que el año se cumpliera le iba a resultar insoportable. Echaba mucho de menos a Holly.

Sentado en el patio con una cerveza en la mano y mirando a las estrellas no tuvo más remedio que enfrentarse a la idea de que se había enamorado de Holly y que no se había atrevido a reconocerlo.

¿Podría conseguir que volviera con él? No, no lo creía. Holly detestaba el rancho, le encantaba su nuevo trabajo y también Dallas.

Era él quien debería haber aceptado el cargo, seguir trabajando para la empresa y tener a Holly en su vida. ¿Habría dejado el rancho por ella? Empezaba a pensar que sí. Si decidía trabajar en Dallas, Noah le encontraría un despacho inmediatamente. Podría seguir con su trabajo y vivir en la ciudad. ¿Le daría eso una oportunidad con Holly? ¿Podría soportar vivir en Dallas?

Quizá fuera mejor que el infierno que vivía en esos momentos.

Capítulo Once

Holly se puso un traje negro para ir a trabajar, el negro estaba en concordancia con su humor. Echaba de menos a Jeff; echaba de menos su compañía, el apasionado sexo, su amistad, su relajada manera de ser, su encanto… todo. Sufría y estaba profundamente enamorada de Jeff, sentía por él esa clase de amor que duraba toda la vida. Sus diferencias habían dejado de tener importancia.

Tampoco le importaba el trabajo, lo único que sabía era que no quería ir a la oficina y no verle. No podía pensar en el trabajo ni en nada que no fuera él. Incluso Noah había notado el cambio y le había preguntado si se sentía bien en más de una ocasión.

¿La echaba de menos Jeff? No lo creía. Ni siquiera le había llamado. Se pasaba la semana esperando que llegara el lunes y, al mismo tiempo, odiaba los lunes. De repente, Jeff había dejado de ser el que era y se comportaba con ella de forma profesional y distante, la trababa con la educada cortesía que mostraba con las secretarias que trabajaban para él.

Incluso echaba de menos la tranquilidad del rancho.

El teléfono sonó, se apresuró a descolgar el auricular y oyó la voz de Jeff. El corazón pareció querer salírsele del pecho.

–Holly, voy a ir a Dallas al mediodía para llevar un caballo que he vendido. Me gustaría invitarte a cenar esta noche. ¿Estás libre?

–Sí, estoy libre. ¿Quieres que me reúna contigo en algún sitio en particular?

–Pasaré por tu casa para recogerte a las seis y media. ¿Puedes a esa hora?

–Sí, claro –respondió ella–. Estaré lista.

–Me gustaría hablar contigo –dijo Jeff.

–De acuerdo –contestó ella, preguntándose de qué querría hablarle Jeff.

–Entonces, hasta luego –tras esas palabras, Jeff cortó la comunicación.

Holly se miró al espejo y decidió salir del trabajo a las cinco de la tarde con el fin de tener tiempo para cambiarse y arreglarse para la cena.

Pasó el día entero intentando adivinar por qué Jeff quería hablar con ella. A excepción de los lunes, que le veía de paso, llevaba tres semanas sin estar con él. Tres semanas de puro infierno.

Aquella tarde, Holly se puso un vestido azul sin mangas con escote de pico y cuya falda tenía una raja a un lado que le subía a medio muslo. Se dejó el pelo suelto y veinte minutos antes de la hora estaba lista.

Cuando el timbre sonó, corrió a abrir. Jeff estaba guapísimo con su traje gris oscuro. Se le secó la garganta y temió que Jeff pudiera oír los latidos de su corazón.

–Pasa –dijo ella cediéndole el paso.

Los ojos grises de Jeff oscurecieron al mirarla intensamente mientras cerraba la puerta tras sí.

–Estás deslumbrante –dijo él con voz ronca–. Te echo de menos.

Mientras le miraba, no sabía qué decir. Lo único que quería era arrojarse a sus brazos.

–Estaba equivocada, Jeff –susurró ella.

–Y yo.

Jeff la rodeó con los brazos y la besó.

La cabeza empezó a darle vueltas y le devolvió el beso con pasión.

Jeff dejó de besarla para mirarla.

–Te amo, Holly –dijo él, y ella pensó que iba a desmayarse.

–Jeff, mi amor… Yo también te quiero. El trabajo no vale la pena. Fuiste tú quien le dijo a Noah que me diera este cargo y yo creía que lo hiciste porque querías apartarme de tu vida.

–Nunca –Jeff lanzó un gruñido–. No puedo dormir, no puedo trabajar, no puedo hacer nada.

Jeff volvió a besarla y fue el final de la conversación. La tomó en sus brazos, la llevó al dormitorio y le hizo el amor durante las dos horas siguientes.

Más tarde, la tenía abrazada: los dos desnudos, satisfechos, con las piernas entrelazadas, y ella con la cabeza en su pecho.

–Holly, te echo de menos y estoy dispuesto a trabajar en Dallas si con eso consigo tenerte a mi lado –dijo él con solemnidad–. Quiero que nuestro matrimonio sea de verdad. ¿Quieres volver a casarte conmigo?

Sorprendida y feliz, derramó lágrimas de alivio.

–Sí, Jeff, lo haré. Incluso he echado de menos el rancho. No es necesario que pases en Dallas todo el tiempo. Lo único que quiero es estar contigo.

–Cuando te propuse para el cargo no lo hice porque quisiera deshacerme de ti, lo que pasa es que no se me ocurrió pensar que te apartaría de mi vida. No me había atrevido a reconocer lo que sentía por ti, no me había dado cuenta de lo enamorado que estoy de ti. Es la primera vez en la vida que me enamoro de verdad.

Holly se entregó a él, le besó y puso fin a la conversación durante otra hora.

Más tarde, a medianoche, sentados a la mesa de la cocina y comiendo unos bocadillos, Jeff dijo:

–Te he traído una cosa.

Jeff salió de la cocina, volvió con una caja pequeña y se la puso en la mano.

Cuando Holly abrió la caja, lanzó un gemido al ver la enorme esmeralda rodeada de brillantes.

–Jeff, es maravilloso.

–Con este anillo, te desposo; real, verdadera y eternamente enamorado –declaró él deslizándole el anillo en el dedo.

Holly le besó y la conversación volvió a interrumpirse hasta mucho más tarde.

–Jeff, podemos vivir en el rancho.

–Te he dicho que viviría en Dallas.

–Quizá tú podrías trabajar aquí dos días a la semana y puede que Noah acceda a que yo trabaje en el rancho un día a la semana. Estaríamos algún día separados, pero sabiendo que nos queremos podremos soportarlo.

–Me parece un buen plan.

Sonriendo y sintiendo una felicidad desbordante, Holly se abrazó a él.

Epílogo

Un año más tarde...

De pie, al lado del bar del enorme cuarto de estar de su mansión, Knox Brand, chocando la copa suavemente con un tenedor para acaparar la atención de los presentes, alzó la voz:

–Atención, por favor.

La familia y los amigos íntimos callaron y se volvieron hacia Knox.

Holly vio a su marido acercársele antes de rodearle la cintura con el brazo. Levantó los ojos y vio la cálida mirada de Jeff, llena del mismo amor que ella sentía.

–Nos hemos reunido aquí esta noche para celebrar la inminente llegada de nuestro segundo nieto... mejor dicho, nieta, la segunda, motivo por el que Holly va a dejar el trabajo. Felicidades, Holly –Knox alzó su copa y todos los presentes aplaudieron.

Holly se echó a reír por el alboroto que causó el anuncio de que iba a dejar el trabajo.

–Estamos encantados de que Jeff y Holly pasen aquí, en Dallas, la mayor parte del tiempo. Queremos agradecer a Holly todo lo que ha hecho por la empresa y desearle lo mejor en su nuevo trabajo, el de madre.

Otra ronda de aplausos y Jeff se inclinó para besarla.

–Amigos –dijo Noah, dejando en silencio a los invitados una vez más–, voy a quitarle la palabra a mi padre, si me lo permitís. Holly ha hecho un trabajo magnífico. Hemos tenido la suerte de que se enamorara de mi hermano, se casara con él y se convirtiera en otro miembro de la familia Brand. En el trabajo, sentimos mucho perderla, pero comprendo sus motivos y le agradeceré siempre su talento y lealtad. Os deseamos a Jeff y a ti lo mejor. Por vosotros, por la segunda nieta de papá y mamá, y por la prima que le vais a dar a Emily –Noah alzó su copa a modo de brindis y el resto de los reunidos se le unió.

La fiesta resultó perfecta. En el patio, las parejas bailaban al compás de la música de la banda de música. La piscina estaba llena de niños y Noah tenía a Emily en sus brazos.

Holly miró a la niña de Noah, que tenía el cabello rubio de su madre y los ojos grises de su padre, una niña preciosa. Se preguntó si su hija tendría el cabello castaño o negro, los ojos verdes o azules. Lo sabría al cabo de dos meses.

–Si alguna vez quieres volver a la empresa, no tienes más que decírmelo. Y otra cosa, no sé cómo has conseguido que Jeff acceda a quedarse seis meses más –le dijo Noah.

Holly sonrió y miró a Jeff, que sonreía traviesamente mientras le rodeaba la cintura.

–Vamos a pasar en Dallas la mayor parte del tiempo por el bebé –dijo Jeff–. Holly ha expuesto sus razones, todas lógicas, y también me ha dicho que te debía seis meses más por lo menos.

–Gracias de nuevo, Holly. He dicho completamente en serio lo de que te voy a echar de menos en la empresa.

–Lo que tú pierdes lo gano yo –comentó Jeff–. Y ahora espero ver mucho más a mi mujer, ya que la has tenido trabajando sin parar durante este último año.

–No me importaba, Noah, en serio –protestó ella.

–Emilio –dijo Jeff al abuelo de Faith–. Ven con nosotros.

–¿Con vosotros, los jóvenes? No voy a hacer más que molestar.

–Claro que no –dijo Faith tomando a su abuelo por el brazo.

–Bueno, la verdad es que me gustaría tener a mi bisnieta en los brazos –dijo Emilio, y Emily se inclinó hacia él inmediatamente–. Creo que alguien tiene sueño. Deberíamos ir a buscar una mecedora –dijo el anciano con la niña–. Si nos disculpáis…

Emilio se marchó y Noah rodeó los hombros de su mujer con un brazo.

–Jeff, estas mujeres nos han cambiado la vida. Debo decir que Holly ha logrado civilizarte un poco.

Jeff se echó a reír.

–Mira quién habló. Faith te ha hecho algo menos competitivo, ya no tienes que ganar siempre y a toda costa.

–Te lo recordaré la próxima vez que compitamos por algo –comentó Noah con ironía.

Holly se sentía feliz y llena de amor mientras oía hablar a los dos hermanos, consciente de que había algo de verdad en sus palabras. No parecían tan competitivos el uno con el otro y también estaban más unidos. Sospechaba que, cuando Jeff y ella tuvieran a la niña, las dos familias se sentirían aún más unidas.

Ya contaba a Faith como a una de sus mejores amigas. Aún le sorprendía que Faith se hubiera casado con Noah, cuya personalidad fría y profesional era lo opuesto a la naturaleza relajada y alegre de Faith. Era algo parecido a lo que les pasaba a Jeff y a ella; no obstante, cada día que pasaba con él le gustaba más. Su amor no tenía límites.

Cuando todos los invitados se hubieron marchado, Holly empezó a sentir el cansancio.

–Creo que deberíamos irnos, Holly está cansada –dijo Jeff.

Holly se volvió a la madre de Jeff para darle las gracias por la fiesta.

–Ha sido una fiesta maravillosa. Me siento muy bien entre vosotros. Éste va a ser el primer bebé en mi familia y tengo la sensación de que, a partir de que la niña nazca, veré más a mis padres.

–Sé que será así. Tu madre me ha hecho toda clase de preguntas respecto a Emily –dijo Monica Brand sonriendo–. Estoy deseando tener otra nieta. Emily es encantadora. Disfruto muchísimo yendo a comprarle ropa.

Holly sonrió.

–Gracias otra vez.

–Gracias, mamá –dijo Jeff besando a su madre en la mejilla y abrazándola–. Ha sido una fiesta estupenda, lo hemos pasado muy bien.

A Holly el trayecto de media hora hasta su casa se le antojó una eternidad. Por fin, se encontró en el dormitorio y en los brazos de Jeff.

–Te quiero, Jeff Brand –dijo ella, feliz.

–Te quiero, cielo. Y me alegro de que ahora vayas a estar en casa todo el tiempo. Te amo, Holly. No puedes hacerte idea de cuánto –dijo él, abrazándola mientras la besaba.

–Cuando la niña cumpla tres meses podremos volver al rancho –dijo Holly.

–Sssss. Ya hablaremos de eso en su momento.

Holly rodeó el cuello de su marido con los brazos. Sabía lo afortunada que era de tener el amor de un hombre como Jeff, y pronto tendría a su hija. Le besó, deseando pasar la vida entera demostrándole lo mucho que le amaba.

DESEO
SARA ORWIG

NO SOLO NEGOCIOS

Noah Brand la había comprado, en cuerpo y alma. La subasta benéfica le había dado la oportunidad perfecta para hacer que Faith Cabrera cayera rendida a sus pies. Durante un día… y una noche, la tendría a su merced, y estaba seguro de que eso sería un auténtico placer para los dos.

Pero Faith sabía que una noche de pasión no llevaba a una vida de felicidad, y no estaba dispuesta a dejar que el implacable magnate se apoderara de la empresa de su familia.

N.º 573

NEGOCIOS… Y AMOR

Jeff Brand necesitaba casarse de inmediato. Y su nueva ayudante le serviría. Al fin y al cabo, la atracción entre Holly Lombard y él estaba empezando a resultar imposible de resistir. Además, a ambos les convenía un matrimonio sin ataduras.

Sin embargo, tan pronto como le puso el anillo en el dedo, Jeff se dio cuenta de que se había metido en un lío. Sabía montar un potro salvaje, dirigir un negocio multimillonario y conquistar a cualquier mujer que se propusiera, pero… ¿mantener sus sentimientos fuera de aquella unión? Con una esposa como Holly, Jeff se enfrentaba al desafío más difícil de su vida.

BIANCA.

Atrapados por una tormenta de nieve.
Reunidos por las consecuencias

UN CORAZÓN
DE HIELO

CATHY WILLIAMS

N.° 3201

Una tormenta de nieve obligó a Alice Reynolds a buscar refugio en casa de un desconocido, aunque no se esperaba un recibimiento tan gélido. Estaba muy claro que Mateo Ricci no quería compañía, pero la nieve los tenía bloqueados y los enfrentamientos entre ambos llegaron hasta el punto de explotar. Alice era una mujer de naturaleza cauta, pero fue incapaz de resistirse y se deshizo de toda cautela….

La experiencia le había demostrado a Mateo que el compromiso siempre conllevaba dolor, pero cuando Alice acudió en su busca varias semanas después de su encierro, Mateo sintió la tentación de continuar la aventura con aquella mujer cuyo inalterable optimismo había dejado huella en su endurecido corazón. Hasta que Alice dejó caer la bomba que le reservaba: ¡estaba embarazada!

¡YA EN TU PUNTO DE VENTA!

BIANCA™

LA HERMANA DE SU AMIGO

DANI COLLINS

N.° 3202

Para Konstantin Galanis, Eloise Martin siempre había sido terreno prohibido. Era demasiado joven, demasiado inocente y, por si eso fuera poco, la hermana de su mejor amigo. Pero, años después, se la encontró en Manhattan, disfrazada de elfa, y descubrió que, entre casarse con un hombre al que no quería y vivir en la pobreza, había elegido vivir en la pobreza. A partir de ese momento, el duro magnate se sintió obligado a ayudarla haciéndole su propia propuesta navideña.

En cuanto a Eloise, el beso que se habían dado años atrás aún la turbaba. Aceptar su anillo de compromiso era un acto de desesperación, y cada minuto que estaba con él aumentaba su incontrolable deseo. ¿La habría salvado Konstantin del frío para condenarla a vivir abrasada por su pasión?

BIANCA™

*Atrapada por la nieve con su jefe
y su deseo prohibido*

DE JEFE
A AMANTE

MICHELLE SMART

N.º 3203

La secretaria Victoria Cusack estaba harta del exigente multimillonario Marcello Guardiola. Después de que él la hubiera
llamado de madrugada para que fuera a su casa, ella decidió
dejar el trabajo, pero se vio atrapada por una nevada. Aislada
con el hombre que ya no era su jefe, no le resultó difícil olvidar
que él era terreno prohibido.

Para Marcello, la prioridad era su trabajo, sobre todo después de haber sufrido una terrible pérdida, y exigía lo mismo
de Victoria. Como no estaba acostumbrado a que le dijeran
que no, se juró que, gracias a su encanto, haría que ella
volviera al trabajo. Pero la química abrasadora entre ambos
los condujo a una situación muy distinta.

BIANCA™

Una proposición inesperada:
quiero que seas mi esposa

UN ACUERDO MUY CONVENIENTE

MILLIE ADAMS

N.º 3204

¿Cómo terminó Noelle Holiday, dueña de un vivero de árboles de Navidad y un pequeño hotel, aislada por la nieve con un atractivo millonario italiano?

Rocco Moretti, implacable promotor inmobiliario, había viajado hasta Snowflake Falls para comprar lo único de lo que Noelle no deseaba desprenderse: su adorado negocio familiar.

Tras una noche de pasión, Rocco añadió una nueva clausula a las negociaciones: Noelle podría mantener sus negocios si se casaba con él y tenían un hijo juntos.

La vida de Noelle cambió en el momento en el que se subió al avión privado de Rocco con un anillo de compromiso en el dedo. Él le ofrecía lujo y comodidades, pero, aquella Navidad, Noelle encontró algo que deseaba mucho más que aquel acuerdo por conveniencia…

¡YA EN TU PUNTO DE VENTA!

BIANCA™

¿Una razón por la que quedarse?

UN BESO BAJO LAS ESTRELLAS DEL NORTE

SUSAN CARLISLE

N.° 3205

Cuando la doctora Trice Shell se trasladó al extremo norte de Islandia, estaba deseando lanzarse de cabeza al trabajo y olvidar su doloroso pasado. Estaba nerviosa, pero su compañero temporal, el doctor Drake Stevansson, se mostró dispuesto a enseñarle los entresijos del puesto.

Drake tenía el aspecto de un guerrero vikingo y una forma de ser que hizo que Trice se sintiera más segura que nunca. La atracción que había entre ellos, capaz de derretir la nieve, era innegable, pero Drake tenía intención de marcharse.

¿Qué pasaría cuando las miradas furtivas se convirtieran en besos apasionados que amenazaban con hacer descarrilar todos sus objetivos?